放課後探偵団２

書き下ろし学園ミステリ・アンソロジー

青崎有吾・斜線堂有紀・
田綾乃・辻堂ゆめ・額賀澪

大好評を　　　　　　ジー『放課後探偵団』が10年の時を経て復活！　第22回鮎川哲也賞受賞『体育館の殺人』にはじまる〈裏染天馬〉シリーズが大人気の若き平成のエラリー・クイーンこと青崎有吾、『楽園とは探偵の不在なり』で注目を集める斜線堂有紀、〈響け！ユーフォニアム〉シリーズが大ヒットし話題を呼んだ武田綾乃、『あの日の交換日記』がスマッシュヒットした辻堂ゆめ、『タスキメシ』などのスポーツものから吹奏楽など幅広い形の青春ドラマを描き続ける額賀澪。以上1990年代生まれの俊英5人が描く、学園探偵たちの推理と青春。

放課後探偵団2

書き下ろし学園ミステリ・アンソロジー

青崎有吾・斜線堂有紀・
武田綾乃・辻堂ゆめ・額賀澪

創元推理文庫

HIGHSCHOOL DETECTIVES II

2020

contents

目次／扉デザイン　岡本歌織（next door design）

放課後探偵団 2

書き下ろし学園ミステリ・アンソロジー

その爪先を彩る赤
武田綾乃
Takeda Ayano

武田綾乃（たけだ・あやの）
1992年京都府生まれ。大学在学中に、第8回日本ラブストーリー大賞最終候補となった『今日、きみと息をする。』で2013年デビュー。『響け！ユーフォニアム　北宇治高校吹奏楽部へようこそ』に始まる〈響け！ユーフォニアム〉シリーズは、京都アニメーションでアニメ化され大きな注目を集める。著作は他に『青い春を数えて』『その日、朱音は空を飛んだ』『君と漕ぐ　ながとろ高校カヌー部』『愛されなくても別に』などがある。

扉イラスト＝井脇みちお

目安箱と呼ばれるその箱は、僕の学校の昇降口に置かれている。銀色で、金属製で、なんと鍵までついている。噂によると、かつて生徒会選挙の時に投票箱として使われていた代物らしい。匿名の要望書をここに入れることで生徒会に意見が届く仕組みだ。それなりに生徒からの要望もあるようだ。

僕の仕事は週に一度、この中身を回収することだ。高校一年生で、なおかつ生徒会役員の僕は、こうした細々とした雑務を任されていた。中高一貫の私立校であるこの学校で、高校入学組は少しだけ肩身が狭い。その肩身の狭さを払拭(ふっしょく)するために、敢えて僕は全く興味の無かった生徒会選挙に立候補した。四月半ばに庶務として当選してから一か月近くが経つが、僕の学園生活はなかなかに上手くいっていた。

小さな鍵で蓋を開錠し、中身を取り出す。中には用紙が十枚ほど、折り畳むようにして入っていた。衣替えの移行期間に突入し、校内では冬服の学生と夏服の学生が入り乱れている。僕は長袖のシャツを肘まで捲(まく)ると、束になった紙を取り出した。

「ねぇねぇねぇ！　聞いてよ薫(かおる)！」

クリアファイルに用紙を仕舞っていると、後ろから騒がしい声が聞こえてきた。振り返ると、クラスメイトの佐々木美香(ささきみか)が分かりやすく唇を尖らせていた。

「私の荷物さ、生徒会に没収されてたんですけど！」

「清掃期間中って言ってたでしょ。ちゃんと棚に収めてた？」

「入れてたよ」

「じゃあはみ出てたんじゃないかな。今の副会長、細かいところまでうるさいから。押収品は第三科学室に並べてあるから、来週の金曜日までに引き取りに行きなよ。それ以降は処分される規則になってる」

「ゲッ、最悪じゃん」

美香は顔をしかめる。僕らの学校では、教室の後方に棚が設置されている。生徒一人ひとりに収納スペースが与えられているのだが、棚にあるのは仕切りだけで鍵も戸もついていない。そのため、荷物を自分のスペースから溢れさせる生徒が続出し、各学期に一度それらを取り締まる清掃期間なるものが誕生した。僕ら生徒会が放課後の教室にそれぞれの棚を確認し、収まりきっていない物は没収するというわけだ。

「ウチの学校、校則緩いって聞いたから入ったのにさぁ、生徒会ってホント余計なことしかしないよね」

「緩いのは間違いないと思うよ、美香のそんな恰好も許されてんだからさ」

「えー？」

自分の鼻先を指さし、ヘラヘラと美香が笑う。その耳に燦然と光るのは、天然石を使用したピアスだ。パーマの掛かった金髪は、端に近付くほどにピンクが濃くなっている。履いているのはクロックスのサンダル風シューズで、丸い穴からはナイキのロゴが入った靴下が覗いている。その靴下は男物と思われるデザインをしており、彼女の足には一回り程大きいようだった。

美香とは対照的に、僕は模範的な恰好をしていた。白シャツのボタンは一番上の位置まで留めている。スラックスに皺ひとつないのは、毎晩寝る前にアイロンをかけているからだ。履いている青いラインの入った白のスニーカーは売店で買った上靴だった。本当は中身だけでいいのに、売店のおばちゃんはいつも過剰包装な状態で商品を渡してくる。白い長方形の箱に、靴の中に詰める緩衝材。エコと逆行していると常々感じているが、改善される様子はない。

僕たちの学校は私立ということもあってか、制服の着こなしは各生徒の裁量に任されている。上靴にも指定がなく、外で履く靴と区別していればいいという自由な校則だ。それでも多くの生徒が似たような恰好をしているのは、服装で個性を示すことに興味が無いからかもしれない。オシャレ嫌いな人間にとって、服装選択の自由は煩わしいものだったりする。

「あ、ごめん。僕、そろそろ生徒会室に行かないと」

「朝からミーティング？　大変だね」

「週に一回しかないし、そうでもないよ。美香みたいに部活入ってる方が大変だと思うけど」

「ま、好きでやってることだからね。私、大道具みたいな裏方の仕事好きだし」

「そろそろ本番なんでしょ？　なんだっけ、劇の名前」

「あぁ、『赤い靴を履く女』ね。毎年六月はこの劇をやるって決まりになってるみたいなんだけど」

そこでふと、美香が顔を曇らせた。彼女は両腕を組み、大袈裟に溜息を吐く。

「最近さぁ、どうにも雲行きが怪しいんだよね」

「怪しいって？」

「詳しくは知んない。私ら一年には教えてくれないんだけど、三年生がやたらとバタバタしてんだよねー」

「本番まで一か月切ってるからじゃない？」

「だといいんだけどさ」

表情を曇らせたままの美香に別れを告げ、僕は生徒会室へと向かった。週に一度の朝会では、目安箱の中身の報告や一週間のスケジュールを知らせたりする。

僕は先ほどファイルにしまった要望書の中身に、歩きながら目を通す。その大半は学園生活に対する細々とした苦情だった。二階のトイレ掃除が手抜きだとか、食堂を三年生が占拠しているせいで一・二年生が使用できないだとか。

これはあとから処理すればいいか。こっちは職員室宛だな。要望書の中身を脳内で振り分けていると、僕の両目に『演劇部』の三文字が飛び込んできた。あまりに良いタイミングだ。先ほど唇を尖らせていた美香の顔を思考から追い出し、僕はその内容を確認した。

「――というわけで、演劇部から要望書が届いています。なんでも、部の劇で使用する赤い靴が無くなったそうです。騒ぎになると劇の上演が危ぶまれるので、出来るだけ内密に生徒会に原因を調査して欲しいとの内容でした。靴が紛失したことは、部員にも秘密にしているそうです」

「まったく演劇部の奴らにも困ったものだな。生徒会は探偵事務所じゃないんだが？」

机に両肘をつき、口の前で手を組む。今日も偉そうなポーズを決めている副会長が、さっそく嫌味を飛ばしてきた。

生徒会室では八人の役員たちが席についていた。きっちりと髪の毛を七三で分けている副会長は、生真面目が服を着ているかのような性格と見た目をしている。公明正大を掲げる男だが、何故か入学時から僕に対する風当たりが強い。

服装のせいじゃないかと周囲の人間は邪推していたが、僕はきちんと校則にのっとった身なりをしている。恰好について文句を言われる筋合いはない。

「そもそも、新しい靴くらいまた買えばいいだろう」と副会長は軽く肩を竦めた。

「それが……紛失したのは代々受け継がれている伝統の靴だったらしく、できれば今までと同じ靴を使いたいとのことです」

「勝手な奴らだな。元々は自分たちの管理不足が招いたことだろうに」

「そうは言いますが、全てを自己責任だと片付けてしまっては生徒会の存在意義が無くなるのでは？」

「存在意義、か。君はいつも話を大袈裟にする」

「そうでしょうか。思ったことを口に出しているだけですが」

僕の反論に、副会長は「ふうむ」と口を噤んだ。周囲の人間は僕らの口論を、いつものことだなという顔で眺めている。

「では、こうしようか」

そう言って、副会長は芝居じみた動きで両手を広げた。

「演劇部の対処は君に任せる。そしてもう一件、ちょうど君に対処を頼みたかった人間がいるんだ。厄介な相手だが、頭は回る。今回の演劇部のトラブルに関しても、きっと力になってくれるだろう」

「厄介な相手と言うのは？」

「学園長の一人娘、久津跡愛美さ」

「誰ですか、それ」

素直な疑問が口に出た。二・三年生は苦笑しながら顔を見合わせているが、他の一年生は首を捻っている。どうやら知らないのは自分だけではないらしい。

僕の反応に、副会長は小馬鹿にするようにフンと短く鼻を鳴らした。ほっそりとした彼の人差し指が、染みの目立つ天井を指さす。

「屋上の住人だよ。最近暇を持て余しているみたいでね、どうにか対処できないかと苦情が来ていたんだ。演劇部のついでにソイツの相手もしてくれると助かる」

「久津跡さんと演劇部がどう繋がるかが理解できないのですが」

「それは君の想像力が乏しいからだと思うがね。まぁ、行けば分かるさ」

そう言って、副会長は揶揄するように口端を吊り上げた。体よく厄介ごとを押し付けられようとしていることは分かったが、それよりもこちらを小馬鹿にしたような態度が鼻につく。演劇部の要望書を両手で握り締めながら、僕は「やってやりますよ」と威勢の良い言葉を吐いた。

意気込む僕に向かって、「単純な性格なんだから」と隣に座る書記の先輩が苦笑していた。


その日の放課後、僕は副会長の指示通り、屋上へと足を運んでいた。冷静になって考えてみると、僕は入学してから今日に至るまで屋上に上がったことはなかった。理由は簡単で、関係者以外の立ち入りが禁止されているからだ。だが、副会長は久津跡愛美のことを『屋上の住人』と呼んだ。彼女がここに長居していることは間違いない。

鉄製の扉に手を掛け、体重を掛けながら前へと押す。ぎぎっと軋むような音を立てながら扉はゆっくりと開かれた。生暖かい春風が校舎内へと吹き込み、僕の頰にぶつかった。

「失礼しまーす」

その声掛けが正しいかは分からないが、僕は周囲を観察しながら足を進めた。屋上にはやたらとものがあり、給水タンクや謎の配管、さらにはプレハブ小屋のせいで死角となる部分が多かった。果たしてその人物はどこにいるのやら。タンクとタンクの隙間を抜けてようやく開けた場に出たその時、僕の視界に赤い何かが過った——靴だ。赤い靴。

生白い足首が、赤いパンプスから伸びている。スカートの裾が微(かす)かにはためき、腰まで伸びる長い黒髪が風を受けて揺れていた。柵に掛かった手、背中に張り付いた白いシャツ。彼女は振り返らず、黙って地上を見下ろしている。その表情はこちらから見えないが、きっと憂い顔に違いない。この状況は、アレだ。一番良くないヤツ。

反射的に、僕の身体は動いていた。五十メートル走七秒台の脚力を存分に生かし、僕はその背中を後ろから羽交(はが)い締めにした。

「はぁっ？」と少女は声を上げたが、最悪の展開を防ぐにはやむを得ない。僕は出せる限りの大声で、彼女へと語り掛けた。

「自殺はダメです！」

「誰が自殺なんてするのよ、離しなさい無礼者！」

「え？」

呆気に取られ、手から力が抜けた。無礼者って台詞を現実世界で聞いたのは初めてだ。

少女は僕の手を振り払うと、憤慨したように腰に手を当てた。制服姿に赤いピンヒール。ちぐはぐな組み合わせなのに、華美な顔立ちのせいか妙にしっくりくる。

「なんですの、あなた。突然やって来て摑みかかるだなんて、最近の若者はマナーを知らないのかしら」

「あ、すみません。早とちりしました」

若者なのはお互い様なのでは？と思ったが、向こうの剣幕が凄まじかったために、口にするのは憚られた。勘違いした僕が全面的に悪い。

「まったく」と呆れたように呟きながら、彼女は肩に流れる髪の端を弄んでいる。この喋り方、この態度……物語から抜け出してきたかのような典型的なお嬢様だ。これは副会長の手に余るな、と僕は冷静に分析する。あの人は高飛車な人間が苦手だから。

「あの、久津跡愛美さんですか？」

「なぜ自分の身分を名前も知らない人間に打ち明けなければいけないのかしら。こういう時はあなたから自己紹介するのが筋ではなくて？」

「それは失礼しました。僕は生徒会から派遣されました、一年の明日葉薫です。副会長から久津跡さんのところに行くように指示され、今日はお伺いしました。先ほどは失礼な真似をしてすみません」

副会長の名を出した途端、彼女はたじろいだ。「あの男の」と呟いた唇が微かに強張ったように見える。

「まぁ、最低限の礼儀は持ち合わせているようですし、許すとしましょう。私が貴方の探している久津跡愛美ですわ。庶民の方と交流する良い機会ですし、愛美さんと気軽に呼んでくださって構いませんわよ。べ、別に名前で呼んで欲しいと思ってるわけじゃないですからね！」

「はぁ、なるほど。愛美さんと副会長はどういう関係で？」

「強いて言うならば、あの男は監視役なんですの。忌々しい男ですわ。私にばかり面倒ごとを押し付けて」

「監視役？」

「あら貴方、本当に何も聞かずにここへ来たのですわね。この屋上には、私が会長を務める靴研究会の部室がありますの。こちらに小屋を作らせたのですけど、作る代わりにと生徒会の方が条件を出してきて。私に探偵の真似事をしろとおっしゃったの」

靴研究会なんて名前の部活は聞いたことがない、非公式の集まりだろうか。

「愛美さんはそういう謎解きが得意だったりするんですか？」

「いいえ。私が得意なわけではないですわ」

それはどういうことだろう。副会長の言葉を思い出すに、目の前の人物に演劇部の厄介ごとを解決させようとしていることは明らかなのだが。

思考が顔に出ていたのか、愛美はクツリと愉快そうに喉奥を鳴らして笑った。

「薫さんは、多重人格という言葉をご存じ？」

「あの多重人格のことですよね？見たことはないですけど、複数の人格が一人の人間にいる状態っていう」

「ええ。私、その多重人格者ですの。私のこの可憐な肉体の中に何人か別の人間がいますのよ」

素直に相槌を打っていたら、とんでもないことを言い出した。出来るだけ失礼な口調にならないように気を付けながら、僕はおずおずと推測を口にする。

「もしかして、探偵役は今の愛美さんの人格ではない別人格の人だと言いたいんですか？」

「ええ、その通り。といっても、私は実際に謎を解いているところを見たことはありませんの。

なんせ、人格が替わると記憶も書き替わってしまうものですから」

「……」

「何ですその目は。信じられません？」

「信じられないというか、だとするとどうやって探偵の人にお願いすればいいのかと思って」

「あぁ、それは簡単ですわ。人格を切り替えるだけですもの」

「そんなテレビのチャンネルみたいに切り替えられるんですか？　なんというか、お手軽すぎません？」

「私の場合は、というだけですわ」

そう言って、愛美は軽く右足を上げた。爪先を伸ばし、赤いピンヒールを揺らす。なだらかなふくらはぎのライン、引き締まった足首。肌色を凝視している自分に気付き、僕は慌てて目を逸らした。

ふふ、と愛美が笑みを深くする。

「靴を履き替えると、性格が変わるんですの。私」

「本当なんですか？」

「あら、信じてくださらない？」

「信じる人の方が少ないと思いますけど。もしそれが本当なんだとしたら、その人格を呼び出して頂けませんか」

「推理担当はローファーなんですの」

「じゃあそのパンプスをさっさと脱いでくれません？」

「まぁ、脱げだなんて破廉恥(はれんち)ですわ！」

やたらと甲高い声を上げ、愛美はプレハブ小屋へと駆け込んで行った。あそこが靴研究会の部室だろうか。というか、そもそも靴研究会ってなんなんだ。

あれこれ考えているうちに扉が音を立てて開いた。中から現れた愛美は、先ほどと違い黒のクルーソックスを履いていた。その足を包んでいるのは、革製の茶色のローファーだった。

彼女は僕の姿を見るなり、キョトンと目を丸くした。先ほどまでの高飛車な態度から一転、白い歯を見せるようにして彼女はニカッと大きく笑った。

「あれー、客人とか珍しー。あ、もしかしてうちの部の入部希望者？」

「いえ、そうじゃなくて……あの、久津跡愛美さんですよね？　さっきまで話してたんですけど、僕たち」

「あは、マジで？　ごめんごめん、他の靴履いてる時の記憶ないからさー」

一体何が可笑(おか)しいのか、彼女は腹を抱えて笑っている。ローファーを履いている時は随分と砕けた性格になるようだ。

「あの、愛美さんが多重人格って本当なんですか？」

「愛美さんって何？　そんな他人行儀な呼び方は嫌だって。愛美でいいよ」

「いやでも、愛美さんは先輩ですし」

「あ、先輩っていい響きだね！　アタシ、先輩って呼ばれたい。君、名前はなんていうの？」

「明日葉薫です」

　このやりとりも二回目だ。などと僕が考えている間に、「薫ちゃんねー」と愛美は勝手に僕の呼び方を決めていた。

　後ろ手で扉を閉め、愛美はローファーの先端でトンとコンクリート製の床を叩いた。長い睫毛を上下に動かし、彼女は真っ直ぐに僕を見据える。

「薫ちゃんはさ、オシャレにはこだわる方なの？」

「なんでです？」

「女子なのに制服のズボン着てるから」

　ピシッと人差し指を突きつけられ、僕は思わず唾を呑んだ。メンソールを塗り込んだ刷毛で心臓の内側を擦られたみたいな、冷たさと不快感が溶け合った感覚が僕の体内を駆け抜けていった。

「校則では男女共にズボンでもスカートでも選んでいいことになっています。それに性別と服装は関係ないと思います。僕は着たい服を着ているだけですから」

「ふーん。僕って言うのは？」

「それは……なりたい自分になっているだけです」

　小学生まで、僕は祖母と共に暮らしていた。世代的なものもあるかもしれないが、祖母はジェンダーというものに対してとても古臭い考え方を持っていた。服装は絶対にスカートで、選ぶ色はピンク以外ありえない。ズボンはダメ、青色もダメ。なぜならそれは、男の子のものだから。

元々の好みだったのか、それとも祖母の教えに反発してか。僕はスカートよりもズボンを、ピンクよりも青を好む女子高生へと成長した。制服をズボンにしたのも、学校でならそれが許されるからだった。

男になりたいというわけじゃない。ただ、女らしさは僕にとって、息苦しさの塊だ。

「別に、自分が女であることに違和感があるわけじゃないんです。ただ、制服を着ている間だけ、僕は女じゃなくて、理想の『僕』になれる。学校にいる間は生きやすい自分でいたい、それだけの話です」

「いいじゃん、そういうの。アタシ好きだよ」

カラカラと明るく笑い、愛美は自身の黒髪を後ろで縛った。高い位置で結ばれたポニーテールの毛先を、ボリュームを出すためにぐしゃぐしゃと掻き混ぜている。

「薫ちゃんのこと気に入った。困ってることがあったら助けてあげるよ」

「それじゃあさっきもお伝えしたんですけど、演劇部の無くしもの探しを手伝ってもらっていいですか？　副会長からの依頼なんですけど」

「任せといて。ここに一人でいても暇だからさ」

「靴研究会は、部員は他にいないんですか？」

「いるように見える？　いつも一人だよ。生徒会の奴ら、認可外だからって募集の許可も出してくんないの。ひどくなーい？」

「認可外の部活だから僕も知らなかったんですね。先ほど愛美先輩がプレハブ小屋を建てる代わりに探偵みたいなことやらされてるって言ってましたけど」

「探偵って面じゃないっしょ？　アハハ、単純に記憶力がいいだけなんだけどねー」

馴れ馴れしく肩を抱かれ、僕はぎょっとして近くにあった身体を押し退けてしまった。

「やめてください」

「えー、なんでよー」

「心の距離の表れです」

「じゃ、これから詰めてけばいいよねー」

白い歯を見せて笑う愛美の横顔を眺めながら、この人は笑ってばっかりだなと思った。先ほどの赤いパンプスを履いていた時とは大違いだ。

さっさとその靴を脱げよ。そう言ってやりたい衝動に、不意に駆られる。だが、初めて会った相手に対してその願望は身勝手すぎる。唾と一緒に言葉を呑み込み、僕は屋上の扉を指さした。

「では、さっそく演劇部に移動しましょうか」

「オッケー。まっかせといて」

僕の背中をバンと軽く叩き、愛美は校舎内へと歩き始めた。廊下をローファーで歩く姿はかなり目を引いていたが、校内用の靴として使用しているのならば校則上は問題ない。

「愛美先輩って、普段からその恰好なんですか」

「恰好って？」

「靴ですよ、靴」

「そりゃそうじゃん？　授業の時は売店で売ってるスニーカーが多いかなぁ」

「勉強用の人格ですか？」

「そうそう。アタシは勉強嫌いだから。適材適所ってやつ」

冗談のつもりだったのだが、あっさりと認められてしまった。ボリュームのあるポニーテールが、彼女が歩く度に左右に揺れる。

「それにしてもさ、薫ちゃんも良い子だよねー。演劇部の無くしものなんてさ、探さなくてよくない？」

「あぁ、それは……友人が演劇部なもので」

「生徒会役員が贔屓（ひいき）？　ずるーい」

「いえいえ、贔屓じゃないですよ。困っている学生がいたら助けるのが生徒会の役目です」

「ふーん。じゃ、ウィンウィンだったわけだ」

「何がです？」

「最近アタシ暇すぎてさー、生徒会に面白いものくれって文句言ってたから。それで多分、薫ちゃんのこと寄越したんだと思うんだよねー」

副会長の言う対処とは、このことだったのだろうか。面白いもの呼ばわりされているのは演劇部の失せ物か、それとも僕自身のことか。

「ちなみにさ、その友達ってどんな子なの。同級生？」

「そうです。一年生で同じクラスなんですけど、甘え上手というかなんというか……あ、ちょうどいました」

演劇部の部室は北校舎の二階にある。離れた位置にある二部屋が割り当てられており、一部屋は稽古用、もう一部屋は貴重品などを管理する物置部屋として使用されている。僕らが部長と待ち合わせていたのは、物置部屋の方だ。

廊下では部員たちが大道具や小道具の作成作業を進めていた。その中の一人がこちらの存在に気付いて駆け寄ってくる。美香だ。笑顔なのは良いが、右手にトンカチを握ったままなのが少し怖い。

「あれー、薫じゃん！　どうしたのこんなところで。やっぱ何かうちの部に問題あった？」

「問題というか、ちょっと相談を受けててね。部長さんに会いに来たの。ちなみにこちらは事情があって一緒に行動してる、先輩の愛美さん」

「おお、先輩！　一年の佐々木美香です、薫がお世話になってます」

ぺこりと頭を下げた美香に、愛美が「よろしくね」とその場で軽く手を振った。

「美香ちゃん、普段からそのクロックス履いてるの？」

愛美が美香の足元を指さす。黒色のクロックスのシューズはラフの究極形のような見た目をしている。美香は何故か照れたように笑った。

「学校の中だけですけどね、これが一番楽なんで」

「普段もヒールがない靴を履くことの方が多い?」

「恰好によってってのはありますけど、しばらくは高いヒールは履きたくないですね。ついこの間、折っちゃって」

「ヒールって折れるの?」と自然と疑問が口を衝いて出た。靴売り場でピンヒールを見掛ける度に、こんな不安定な構造でどうして皆歩けるのだろうかと疑問に思っていたのだが。

「折れるよー。全然、折れる」

「それってさー、ヒールに負荷を掛けちゃってんじゃない? ヒールに体重掛ける癖とかない?」

「あ、あります。踵立ちと言いますか、無意識にやっちゃって。あの、もしハイヒールが折れても修理ってできるんですよね?」

「よっぽどひどい壊れ方しなきゃ、全然できるよ。壊した靴、まだ修理出してないの?」

「というより、修理を人任せにしちゃってて。でも先輩の言葉で安心しました。良かったー」

トンカチを手にしたまま、美香は自身の胸に手を当てた。その唇から、ほうっと深く安堵の息が漏れる。そもそもどうして折れるような靴を履きたがるのか、僕には不思議だ。

「ちなみに美香ちゃんの足の大きさって何センチなの?」

「二十三センチですけど」

「へぇ。じゃ、ここで靴脱いでくれる?」

「えっ、なんでですか?」

「靴下見たいから」

どんな趣味だよ。そうツッコミそうになったが、愛美には何か考えがあるのかもしれない。美香は怪訝そうな顔をしながらもシューズから右足だけを引き抜いた。朝に見たのと同じ、スポーツブランドのロゴの入った靴下だ。

「脱げだなんて破廉恥」とこっそり呟くと、「仕返しするなんて、イイ性格してんね」と愛美に肘で小突かれた。

「靴下、足のサイズに合ってないみたいだけどどうしたの」

それは今朝会った時にも気になっていた。尋ねられた美香は、だらしなく口元を緩ませる。

「実は彼氏のを借りてるんです」

「何のために？」

「靴を脱いで着色作業をしてたら靴下が汚れたんですけど、見兼ねた彼氏が自分の靴下を貸してくれて。嬉しいのでそのまま私のものにしちゃいました。えへへ」

「他人の靴下なんて履きたいもんなわけ？」

「彼氏のものを持ってたら嬉しくなるんですぅ」

「ふーん、なるほど」

興味の欠片も無さそうな相槌を打ち、愛美は用済みとばかりに手を振った。惚気を聞かされて苛ついたのかもしれないが、聞いたのは愛美からだぞ、と思う。

「ありがとう、大体事情は分かった。じゃ、アタシと薫ちゃんは部長に会いに行ってくるから美香ちゃんも部活頑張ってね」

「もういいんですか？　もっと色んな話できますけど」

「それはまた今後、薫ちゃんが聞くから」

「マジで？　じゃあ薫、今度またカフェ行こうね」

美香は喜んでいるが、勝手に安請け合いしないで欲しい。恋愛話は苦手だ。

去っていく美香を見送り、僕は愛美と共に部室の扉へと向き合った。三度ノックし、ドアノブへと手を掛ける。

「生徒会です。失礼します」

扉を開けると、中では四人の部員たちが口論している真っ最中だった。彼らは僕たちを見るなり、慌てたように居住まいを正した。

「すみません、お見苦しいところをお見せして」

そう頭を下げてきた男子生徒には見覚えがある。確か、新入生歓迎会で部長と名乗っていた男だ。百七十程度の身長に、ほっそりとした体格。細い吊り目は常に笑っているかのような印象を与える。

「三年の渡部浩太です。一応、部長やらせてもらってます。あんまり舞台に立つことはなくて、専ら裏方の仕事――音響や照明を担当してます。目安箱の件で来てくれたんですよね？」

「その通りです。僕は一年の明日葉薫、こちらが助っ人の久津跡愛美さんです」

「どーもー」

ひらひらと手を振る愛美に、渡部の頬が軽く引き攣った。

「勿論知ってますよ。久津跡さんは三年生の中では有名人ですから」

「そうなんですか」と思わず愛美の顔を見上げた僕に、「そうなんですよ」と愛美はおどけた口調で頷いた。

皆が愛美に気を取られている間に、僕はざっと部室の中を観察する。整頓の行き届いた綺麗な部室だ。壁に並ぶ三つのロッカーには、「男」「女」「その他」と書かれた張り紙がされている。その横にも同じ張り紙をした大量のプラスチック製のボックスが高く積まれて置かれていた、中身は恐らく衣装だろう。一か所に集められた道具箱の類や、折りたたんで収納されているパイプ椅子。そのどれもが隅へ隅へと追いやられ、見せかけの美しさを保っている。よっぽど急いで掃除したように見える。

「他のメンバーも紹介させてもらいますね。こちらは三年生部員の持田幸恵です。いつもメインキャストを担当してくれていて、あとはセンスを買われて衣装リーダーも兼任しています」

渡部が紹介した女は、気の強そうな顔立ちをしていた。長い茶髪を丹念に巻き、その顔には完璧な化粧が施されている。不機嫌そうに腕を組んでこちらを睨みつける彼女には、周囲の目を惹く存在感がある。

「そしてこちらが今回の舞台の主演女優、市野文。一年生なんですけど、すごく優秀でね。今回主役に大抜擢されまして」

「ふ、文です、よろしくお願いします」

ぺこりと頭を下げた少女は、先ほどの幸恵とは対照的な見た目をしていた。ボブカットにされたさらさらの黒髪、小動物を思わせる小柄な体格。化粧っ気のない顔はどこか気弱そうで、庇護欲を掻き立てる。幸恵とは違ったタイプの美少女だ。

「文ちゃんは日頃から俺たち裏方の仕事も手伝ってくれていて、本当に良い子なんですよ」

「いえいえ、滅相もないです」

渡部の直球な誉め言葉に、文はブンブンと首を左右に振った。会話を聞いていた幸恵が小さく舌打ちをする。

「そうやって部長が率先して贔屓するんだもの、文ちゃんが女子に嫌われるのも仕方ないわよねー」

「え、私嫌われてるんですか……」

「いやいやいや、嫌われてないって。妙なことを言うのはやめてくれ」

「可哀想な文ちゃん。こんな男のせいで部内に敵を作って」

「ショックです」

「だから嫌われてないって！」

そう必死に叫ぶ渡部の声は、もはや否定というより悲鳴だ。しょんぼりと分かりやすく肩を落としていた文が、「分かってますよ」と笑いながら顔を上げる。もしかして今のは演劇部恒例のギャグなのだろうか。そう思って僕が幸恵の方を見ると、露骨に不愉快そうな顔をしていた。どうやら幸恵の方は冗談のつもりではなかったらしい。

「あのさぁ、三人については分かったんだけどさ。そこにいる子はなんなの？」

愛美が部屋の隅を指さす。人の輪から外れた場所に、ぽつんと一人佇(たたず)んでいる男がいる。そのうつろな両目は先ほどから窓の外の雲を追いかけていた。ふくよかな体型の男だ。肉付きの良い頬が下がっているせいで、なんだか悲愴感が漂っているように見える。

「こいつは田久信哉(たくのぶや)です。俺と同じ三年生で、副部長やってくれてます。俺と同じく裏方担当で、こっちは大道具などの美術系の仕事を任せてます」

な、と肩を叩く渡部に対して、田久は黙ったままだった。明らかに怪しい。僕の心情を汲み取ったのか、「あっ」と渡部が慌てたように口を開く。

「コイツが黙ってるのはいつものことなんですよ。すげー人見知りな性格なんですけど、心を開いた奴には甘いっつーか。でも、めちゃくちゃ仕事ができるヤツなんですよ」

「そうなんですか？」

「そうなんですよ」と答えたのは渡部の方だった。こうなるとわざと喋らせないようにしているのではないかと思えてくる。じっと視線を送る僕に、田久は気まずそうに顔を伏せた。

そもそも、どうしてこの場には四人しかいないのだろう。副会長から与えられた資料によると、演劇部の部員数は二十二名だ。どういう基準で渡部はここにいるメンバーを選んだのだろうか。

「他の部員の方は呼ばなくていいんですか？」

僕の問いに、渡部は大袈裟に肩を竦めた。

「要望書の方にも書かせてもらったんですが、今回の件は出来るだけ内密に処理したくてここにいる四人以外の部員にも秘密にしています。自分を含めてなんですが、ここにいるのは有力な容疑者です」

「容疑者ってなんのです?」

「赤い靴盗難事件のですよ」

部長の中では既に盗難事件にまで発展しているらしい。僕は手元にあるノートを開き、現在の状況を書きつけることにした。

「そもそも赤い靴が無くなったことは間違いないんですね?」

「はい。ここの四人で探し回ったんですが、まったく見つからなくて」

「盗まれた理由の心当たりもない?」

「いえ、むしろ盗む動機は誰にでもあるかと思います」と渡部は額を拭いながら答えた。

「どういうことです?」

そう尋ねながら、僕は三者の反応をつぶさに観察する。幸恵はフンと鼻を鳴らし、文が気まずそうに目を伏せる。田久は僕の視線に気付いたのか、視線から隠れるように窓際へと一歩下がった。

渡部が自身の靴を指さしながら説明し始める。

「我々が『赤い靴を履く女』の劇で使用する靴は代々先輩から受け継がれてきたものなんです。クリスチャン・ルブタンというブランドの赤いパンプスでして、ヒールの高さは十センチほどあります」

「ルブタン可愛いよね、アタシも好きー」

それまで黙って話を聞いていた愛美が、嬉々として相槌を打った。やはり靴研究会と名乗るだけあって、靴には並々ならぬこだわりがあるのだろうか。僕はというと、ブランドなんてさっぱり分からない。履けるのならそれでいいやと思ってしまう。

「そのクリスチャン・ルブタンの靴、盗まれるほどの価値があるんですか？」

「ＯＢが購入した際は、十万円程度だったらしいです」

「え、靴が？」

「そうです。靴が、です」

そこまで高価だと盗まれたと考える方が自然だ。「アタシの持ってるやつは十五万くらい」と愛美が言っているが、僕はそれを華麗にスルーした。

「何のためにわざわざそんな高価な靴を使用しているんですか？」

「ＯＢの人曰く、本物の演技は本物を通してじゃないと生まれないからだそうですが……ぶっちゃけると、当時の先輩が主演女優の子に惚れていて貢いだのが始まりみたいです。『赤い靴を履く女』は悪女に男が誑(たぶら)かされる話なので、まぁ、現実でも似たようなことが起こってたってことですね。結局その靴は部に寄贈されて、毎年この靴を履ける人のみが主演女優になれるという決まりになりました」

「シンデレラみたいな話ですね。ちなみに、靴のサイズは？」

「二十三・五センチです。女子だと平均的なサイズですが、それでもやっぱり履ける人は限られていて。今年の役者だとここにいる幸恵と文ちゃんが該当します」

「ちょっと！　まさかアンタ、そんな馬鹿な理由で私らを疑ってるんじゃないでしょうね」

一瞬ドキリとしたが、幸恵が睨みつけていたのは渡部だった。「そんなまさか」と否定しながらも、渡部はハンカチで額を拭っている。

僕はちらりと四人の足元を観察する。全員が僕と同じく、売店で売られているスニーカーを履いている。使い込まれたと一目で分かる渡部と幸恵の靴とは対照的に、田久、文の靴は新しかった。文は一年生だから当然だが、三年生である田久の靴まで綺麗なのは不自然な気がする。成長期で足のサイズが変わっただけかもしれないが。

「まぁまぁ、足のサイズで考察するのはおかしいって」と愛美が自身の足元を指さした。ピカピカに磨き込まれたローファーに、周囲の風景がぼんやりと映り込んでいる。

「大体さ、そんな高価な靴だったら普通はネットオークションとかに出して売るでしょ？　自分で履いたりしたらすぐばれるんだから」

「それは確かに」

「アタシとしてはさ、部長君がなんでこの四人に容疑者を絞り込んだのかを知りたいんだけど」

愛美の言葉に、部長は少し胸を張った。

「それは簡単です。今の時期、赤い靴は金庫に保管しているんですが、開錠に必要な暗証番号を知っているのはここにいる四人だけだからです」

「金庫って?」

「これですこれ」

そう言って、渡部はクローゼット代わりに使用されているらしきロッカーを開けた。大量に吊るされたカラフルな衣装を掻き分けると、奥から小さな金庫が出てきた。旅館に行くと部屋に設置されているような、オーソドックスなタイプの小型金庫だ。鍵穴は無く、数字を打ち込むパネルだけがついている。

「ここの暗証番号、部長が一年ごとに設定を変えることになっているんです。今年度は部長である俺と、副部長の田久、衣装リーダーの幸恵、そして主役の文ちゃんだけに数字を教えてました。だから持ち出せるのはここにいる四人以外ありえないんです」

「他の人が実は知っていたとかないんですか? 開けているところを見られたとか」

「それはないと思います。口を酸っぱくして秘密だって言ってたので」

基本的に、我が校の教室に監視カメラは設置されていない。設置されているのは門と職員室だけだが、たとえ犯人が映っていたとしても鞄に靴をしまっていたらお手上げだ。

「あの赤い靴が無いまま開演となったら、OBも他の部員たちも絶対に紛失に気付きます。そうならないよう、内々で処理したいんです。本当は盗んだ奴が告白してくれたら一番良かったんですけど、誰も口を割らなくて」

「僕たちが来る前に口論していた原因はそれですか?」

「そうです。金庫の中には集めた部費もあったんですけど、無くなったのは靴だけだったんです。犯人は最初から靴を狙っていたに違いありません。身内だけで処理できるうちに靴をどうか見つけてください」

なんとも難しい依頼だが、ダメだったらその時はその時だろう。幸運なことに、容疑者は四人にまで絞り込めているのだ。ここは素直に容疑者たちの証言を集めた方がいい。

「一人一人話を聞くことはできますか？」

僕の問いに、渡部は「勿論です」と頷いた。

「では渡部さんからお願いします。残り三人は退出して頂いていいですか？　順番に呼びますので」

指示に従い、三人が部室から出ていく。渡部だけが部屋に残り、神妙な面持ちで僕らを見ている。なんだか面接みたいだ、と僕も背筋を正した。愛美は隅にあったパイプ椅子を勝手に持ち出し、一人だけ座っている。脚まで組んで、やりたい放題だ。

緊張しているのか、渡部は黙ったままもごもご唇を動かしている。だが、僕が話をするよう促すと、彼はすぐさま口を開いた。


【証言者　部長・渡部浩太】

「えっと、靴が無くなってからの流れをご説明しますね。まず、靴が無くなったと発覚したのは昨日の昼休みです。ほら、今週は清掃期間だったじゃないですか」

渡部の言葉に、思わず「あぁ」と同情するような声が漏れてしまった。生徒会の清掃活動のメイン対象は授業用の教室で、期間中は毎日昼休みに点検を行う。それとは別に各部室も確認があり、これは期間内に一度だけ実施される。以前は抜き打ちで行っていたのだが、各部からのクレームが殺到したためにきちんと予告するようになったらしい。

僕も昨日の放課後は料理研究部と吹奏楽部の部室の点検があったため、家庭科室と音楽室、楽器室に足を運んだ。楽器室は片付けた形跡が一応あったのだが、それでもかなり散乱していた。セーフにしてあげたのは温情ではなく、部員たちの圧が凄まじかったからだ。演奏会前の吹奏楽部員の眼力は恐ろしい。

「生徒会の人たちが部室の点検に来るって言うんで、それまでに色んな荷物を片付けていたんです。床に落ちているだけでなく、整頓されていないものは全て回収だって言われていたんで」

「渡部さんが一人で掃除を?」

「いえ、幸恵も一緒でした。アイツ、ああ見えて面倒見が良いんです。衣装リーダーも、本当は皆やりたがらなかったんですけど、見兼ねた幸恵がやってくれて」

「なんでやりたがらない人が多いんですか?」

「衣装にトラブルがあったりすると、自腹で修繕したりしなきゃいけないからですね。勿論、予算内で収まれば一番良いんですけど、慣例的に代々衣装リーダーがある程度身銭を切ってくれてるフシがあって。掃除を手伝ってくれたのも、多分俺が間違って大事な衣装とかを無くさないように見張ろうと思ったんだと思います」

「本当に面倒見が良い人なんですね」

僕の言葉に、「まぁ、口は悪いんですけど」と渡部が苦笑する。

「そもそも、部室に残っていたのは田久の私物だったんです。アイツ、『これは小道具に使えるかも』とか言ってゴミみたいなものまで溜め込む癖があって。それで幸恵と二人で荷物を順番に田久の教室の棚に運んで……。恐ろしいのは田久がそのことに全く気付いてないことなんですけど。アイツ、部室を倉庫だと思ってるんですよ」

あはは、と渡部は笑い声を上げたが、それもすぐに萎み、大きな溜息となった。よほど参っているらしい。

「ちなみに田久さん本人はどうしてたんです?」

「アイツは図書委員の仕事が入ってて、その時いなかったんですよ。だから俺と幸恵がアイツの尻拭いをする羽目に……。ま、昔からそうなんですけどね。ここ三人は幼馴染なもんで」

「どのタイミングで靴を紛失していることに気付いたんですか?」

「田久の教室から帰った時に、ですね。俺が部室に戻ったら、幸恵が金庫の中身が無くなっているって言い出したんです」

「幸恵さんは何故金庫を確認したんです? タイミングが良すぎませんか」

「あ、た、確かに。もしかして、幸恵が犯人なんでしょうか。アイツ、ずっと文ちゃんが主演女優になったことに腹を立てていたので。靴が無ければ劇が中止になると思ったのかも」

「幸恵さんが犯人と決まったわけじゃないですけどね。ちなみに、それ以前に間違いなく靴があったタイミングはいつですか?」

「一昨日の昼休みにはありました、部の皆でポスター撮影した時に文ちゃんが履いてたんで。少しでも傷まないように稽古の時は代わりの安い靴を使うので、基本は金庫に入れっぱなしです。だから、撮影が終わったあとはすぐに金庫に戻しました。一昨日の放課後にあったかまでは分からないですね」

「一昨日の放課後で誰が最後に帰ったかは分かりますか？」

「順番は分からないですけど、最後に施錠したのは俺です。その時に靴があったかは確かめてないですけど、正直部室には誰でも入れるので金庫を開けられる人間なら誰でも盗めたと思います」

「なるほど、ありがとうございます」

部長の話を整理するとこうだ。

水曜日（一昨日）の昼休み　撮影の為に靴を使用、金庫にしまう。放課後は未確認。

木曜日（昨日）の昼休み　清掃中に靴の紛失を幸恵が発見。部室にいたのは渡部と幸恵。

金曜日（今日）の放課後、犯人見つからず。

「今のところ分かった情報は田久さんがズボラってことと、幸恵さんの勘が当たるってことぐらいですかね。渡部さんが犯人だったらこの証言は全部無駄だってことだけは確かですけど」

「いやいや、俺は嘘吐いてないですよ」

「アタシもそうだと思うなぁ。部長君が犯人だったら生徒会の人間を呼んだりしなさそうだしね」

組んだ脚をプラプラと揺らしながら、愛美は渡部へ笑い掛けた。「ですです」と渡部も激しく首を縦に振っている。

「じゃあ、聞くのはこれぐらいですか」

「待って。アタシも聞きたいことがある」

会話を切り上げようとした僕を制止し、愛美が軽く右手を挙げる。

「聞きたいことって何です?」

「部長君さ、恋人いる?」

「は?」

聞きたいことってそれなのか。反射的に呆れ声を出してしまった僕を、「そんな怖い顔しないでよ」と愛美は茶化した。

「気になるじゃん、演劇部の恋愛事情。演劇部って男女比どれくらいなの?」

「男と女が四対六です」

「へー。じゃあ男子の方がモテるんじゃないの?」

「だったら良いんですけど、全然ですよ。三年男子は俺と田久だけなんすけど、どっちも恋人いないですし」

「部長君が聞いてないだけじゃなくて?」

「言っちゃあアレですけど、田久は俺よりモテないですよ。他の後輩も彼女いないし。それにアイツの家は問題があるんで」

「問題って？」

「母親がヒステリーなんすよね。女の影があったら怒り狂うので、恋人なんて絶対作れないっすよ。ま、うちの演劇部は皆が独り身な分、男子の結束が固いんですけどね。特に俺と田久は一年の頃から恋人作らないぞ同盟ってのを作ってて、毎年クリスマスは一緒にゲームパーティーしてるんです」

「なるほどねぇ。オッケー、聞きたいことは聞けたから次は一年生の市野ちゃんを呼んで」

一体何がなるほどなんだろうか。僕が首を傾げている間に、渡部と入れ替わりで一年生の市野文が室内へと姿を現した。

【証言者　女優・市野文】

両手を前に揃え、背筋を正し、文は僕たちへと向き合う。緊張しているのか、その指先は自身のスカートを摑んでいた。

「そんなに緊張しなくて大丈夫ですよ。ただの事情聴取なので」

「あ、はい。そうですよね。すみません」

えへへ、と文は照れたようにはにかんだ。主演女優を任されている割に、緊張するタイプらしい。

「市野さんが最後に靴を見たのはいつでしたか？」

「水曜日のお昼休みです。ポスターの撮影があったので、その時に履きました。部長が金庫に戻しているのを見たのが最後で、それ以降は見てません」

「その日の放課後練習はどうしてましたか？」

「あの時、役者は全員、台詞合わせの為にもう一つの部室の方にいました。あっちは防音室になってるんです。大きい声を出すので、他の人たちに迷惑にならないように。なので靴のことは全然気にしてませんでした」

「赤い靴を履いて練習しないんですか？」

「まさか。あの靴は本番と直前のリハーサルでしか履かないことになっているんですよ。傷んじゃうと困るので。でも、今思うと放課後にちゃんと靴があるか確認しておけばよかったですね。衣装の管理は幸恵先輩にお任せしっぱなしになっちゃってました」

部長の先ほどの発言と食い違っている点はない。答える文の態度も、嘘を吐いているようには見えなかった。

「ちなみに、市野さんは怪しいと思う人はいますか？」

「そんな、私は全然、見当もつかないです」

文は自分の顔の前で手を左右に動かした。彼女の動きはどれもがこぢんまりしていて可愛らしい。

「とか言って、本当はー？」という愛美の軽薄な野次に、文は狼狽(うろた)えた。輩(やから)に絡まれているみたいで可哀想だ。

「あ、え、本当は、ですか？」

「そうそう。市野ちゃん的には幸恵ちゃんのこととかどう思ってんの？」

「素敵な先輩だって勿論思ってます。ちょっとあの、不器用な人ですけど」

「どういうところが？」

「幸恵先輩は思ってることと口に出す言葉がちょっとズレちゃうんです。だから勘違いされがちで、嫌われてしまうのかなって」

「幸恵ちゃん、誰かに嫌われてるの？」

「えっと、あ、特定の誰かってわけじゃないですけどね。ただ、そう思われがちというか」

「それってつまり、市野ちゃんが幸恵ちゃんを嫌いだと思ってるってこと？」

「あ、うーん。そういうつもりじゃなかったんですけど」

眉端を下げ、文は引き攣った笑みを張り付けたまま頬を掻いている。かなり追い詰められているようだ。可哀想になり、僕は助け舟を出してやることにした。

「愛美先輩、あんまり後輩をいじめないでください」

「いじめてないって、話を聞いてただけ。市野ちゃんって色々と回りくどい喋り方するからさ、ストレートに聞いた方がいいのかなって」

「ストレートすぎますよ」

「でも、市野ちゃんもこっちの方が喋りやすくない？　ぶっちゃけさ、市野ちゃん的には幸恵ちゃんって怪しいと思う？」

愛美の問いかけに、文は唇を真一文字に引き結んだ。頬に刺さる黒髪を指で払い、彼女は軽く目を伏せる。

「幸恵先輩かもしれないと考えたことがないとは言えないです。私に嫉妬(しっと)しているのは間違いないですから。一年生なのに主役になった私の足を、あの人は引っ張ろうとしているのかも」

「靴だけに?」

「え?」

文はきょとんと目を丸くした。靴と足を掛けているのだろうが、あまり上手いとは言えない。得意げに鼻腔を膨らませている愛美に、僕は大きく溜息を吐いた。

「愛美先輩、ジョークが下手ですね」

「良いこと思い付いたと思ったのに」

「冗談言う暇があるなら次の人を呼んでもらいましょう。幸恵さんでいいですね?」

「ん、そうだね。じゃ、次は幸恵ちゃんで」

追い払うような仕草で手を動かす愛美に、文は律義に頭を下げて部室を出ていった。なんと礼儀正しい子だろう。人望があるのも頷ける。

「市野さんの言う通り、幸恵さんが犯人なんでしょうか」

「どうだろう。市野ちゃんって女優だから」

「どういう意味です?」

「芝居が上手いなって」

愛美の言葉に、僕は先ほどの文の様子を思い返す。明らかに緊張している様子だったが、それでも素直な受け答えをしてくれたと思う。あれが演技だったとしたら人間不信になりそうだ。

「あぁ、芝居って言っても別に、こっちを騙そうとしてるとかそういう意味じゃないよ」

黙り込んだ僕に、愛美がカラカラと明るく笑う。

「ただ、あの子はなりたい自分を演じてるんだなって」

「どういう意味ですか？」

僕の問いには答えず、愛美は脚を組み替える。

「どうぞ」

その言葉は、部屋の外に向かってのものだった。


【証言者　衣装係・持田幸恵】

扉が開き、不機嫌な顔をした幸恵が入室してくる。カールした茶髪が歩く度に揺れている。その手に収まった、小さな花柄のポーチ。

「私も座りたいんだけど。椅子出して」

「ア、ハイ」

まるで女王様みたいな振る舞いだ。僕はあたふたと収納されていた椅子を取り出し、幸恵の後ろへ置いた。エスコートされるのが当たり前という顔で、彼女はその椅子に浅く腰掛ける。

「持田幸恵さんですね。靴を最後に見た時のことを聞きたいのですが」

「最後に見たのはアレね、ポスター撮影の時。渡部が金庫にしまってた」

「幸恵さんは衣装係も担当されてるんですよね？」

「この部に私以上にセンスある奴がいないから、仕方なくね」

前髪を掻き上げ、幸恵は上目遣いに僕を見上げた。長い睫毛が天に向かって力強く伸びている。

「アンタのセンスは結構好き」

「ありがとうございます」

「逆に、文みたいなセンスは最悪ね。あの子は最悪」

唐突に出された名前に、僕は眉根を軽く寄せた。幸恵が文に嫉妬していたという話は本当らしい。

「僕は市野さんのこと可愛らしい人だなって思いましたけどね」

「それよ」

ビシッという形容が似合う勢いで、幸恵は人差し指の先端を僕に突き付けた。

「あの子はね、誰からも可愛いと思われたがっているの。相手が望む性格を演じて、肝心の中身は空っぽ。ちやほやされることだけが望みで、主張も意見もなんにもない」

「それが悪いことだとは思いませんけどね」

「演じること自体はいいわよ？ そんなのは誰でもやってることだし。アンタらだってそうでしょ？ 外側の枠を固めることで、中身の不安定さを誤魔化してる。文が問題なのはね、なりたい自分像が他人任せだってこと」

急に核心を突かれ、最後の言葉はほとんど耳に入って来なかった。スラックスの生地に、僕は手の平を擦りつける。

幸恵はポーチを開くと、口紅を唇に塗り直した。ポーチに入っているロゴはブランド名だろうか、有名なやつだった気もする。塗っている口紅はもしかしたらリップなのかもしれないが、僕には口紅とリップの違いがよく分からなかった。グロスなんてもっと分からない。

「ま、文よりムカつくのはそれを歓迎している男子の方だけどね。あの子の為だったら渡部だって何するかわかんないわよ。それこそ靴だって盗むかも」

「幸恵ちゃんは部長君が怪しいと思ってるわけだ」

立ち上がった愛美が、幸恵へと歩み寄る。幸恵の眉尻が跳ね上がった。

「なにその馴れ馴れしい呼び方。さん付けで呼んでくれる？」

「まぁまぁ、そんな堅苦しいこと言わないで。アタシのことも愛美でいいからさ」

「別にアンタと仲良くなりたいとは思ってないけど」

「それよりさ、なんで部長君が怪しいと思ってるの？」

「渡部って言うか、文と渡部ね。私はあの二人が手を組んで靴を盗んだんじゃないかって思ってる」

「根拠は？」

「は？　そんなのないけど」

ここまで言い切られると、逆に清々しい気持ちになってしまう。愛美が可笑しそうに喉奥を鳴らして笑った。

「市野ちゃんが靴を盗むのはおかしくない？　劇が中止になるじゃん」

「急にやりたくなくなったのかもしんないでしょ」

「だとしたら、市野ちゃん単独犯を疑うのが筋じゃない？　なのに幸恵ちゃんは真っ先に部長と文ちゃんが手を組んでるって疑った。それってなんで？」

「なんでって……そういやなんでだっけ。靴が無くなった時に、犯人は二人だ！　って思ったんだよね」

幸恵が言葉を詰まらせる。言い訳を探しているというよりは、自分の思考の流れを整理しているように見えた。

「もしかして幸恵ちゃん、本当は根拠あるんじゃないの？　何かを目撃したとか、或いは聞いちゃったとか」

「あ、それで思い出した。私、聞いたんだ。月曜日の放課後に」

「その内容、聞かせてもらえますか？」

僕はすかさずノートを開く。メモを取る準備はばっちりだ。

「あれは確か、スタジオの部室に向かって階段を下りてた時ね。話しながら歩く男女の声が聞こえて……。男の方は声が低すぎて聞き取れなかったんだけど、女の方は聞こえた。『あの靴を履いてみたいんです』って。結局二人はどっか行っちゃったから、そこだけしか聞いてないんだけどさ」

「それ、本当に市野さんだったんですか？」

声だけで誰であるかを正確に判断できるものだろうか。人違いという可能性もある。僕の懸念を、幸恵は鼻で笑った。

「さあ？」

「さあって」

「ただ、その後いきなり水曜日にポスター撮影が決まったからそうだと思ったの。文が靴を履きたがってるんだなって。今年の一年は野心家が多くて、三年に色目使ってる奴もまぁまぁいるし、ありえる話でしょ」

「渡部さんは三年男子は全くモテないって言ってましたけど」

「モテてないのは三年じゃなくて、渡部ね。恋人作らないぞ同盟を二人で作ってるみたいだけど、それのせいで彼女が出来ても渡部には報告しづらいって後輩男子にまで言われてるんだよね。男子ってホント馬鹿よねぇ」

馬鹿というより、エグイ。部長の心情をおもんぱかると、涙が出そうになる。

「あ、言っておくけどね、私は別に文のことを嫌ってるってわけじゃないのよ。どっちかっていうと、文をちやほやしてる男子連中にムカつくだけ」

「渡部さんとか？」

「アイツは一度、痛い目を見るべきなのよねぇ」

長い髪を指先に巻き付け、幸恵はフンと鼻を鳴らす。その頰の輪郭線は、丸みを帯びた文のそれとは違い、シャープに引き締まっている。

「なんだかその言い方だと、渡部さんに痛い目を見て欲しいから幸恵さんが靴を盗んだみたいに聞こえますけど」

「はぁ？」

「金庫に靴がないことに気が付いた最初の人は幸恵さんなんですよね。タイミングが良すぎませんか？」

「そんなの偶然よ、ちょっと心配になって中身を見ただけだし」

「偶然なんて誰でも言える気がしますけど」

「まぁまぁ、ちょっと待ちなって。確かに幸恵ちゃんは怪しい立場だけど、盗むってことはあり得ないと思う」

「なんでです？」

「だって、幸恵ちゃんが衣装リーダーなんでしょ？　部長さんも言ってたけど、紛失した責任を取らされるのは幸恵ちゃんじゃん。そんな状態で、隠すにしても十万の靴を選ぶ？　普通は絶対に避けるよ」

　確かに、よっぽどの大金持ちでなければ十万円の支出は痛手だろう。

「でも、幸恵さんはゴージャスな身なりをされてますけど」

「とはいえ、使ってるものは分相応って感じだけどね」

「で、でも、あのポーチって有名なブランドのものじゃないんですか？」

「薫ちゃん、本当にそういうの興味ないんだね」

そう言って、愛美は人差し指を軽く振った。

「さっき出した化粧ポーチは確かに有名ブランドのものだけど、雑誌の付録品。色付きリップグロスはドラッグストアで市販されてるコスメブランドのもの。とてもじゃないけど、『十万円の札束なんておもちゃよ』なんていうタイプには見えないかなー」

「安物使ってて悪かったわね。薬局の化粧品はデパコスよりも良かったりするんだから」と幸恵が唇を尖らせた。

「だから、幸恵ちゃんは除外。ってことで、次の人呼んでくれる?」

「幸恵さん、出て行ってもらっていいですか」

幸恵は舌打ちをしたものの、素直に僕の指示に従った。いよいよ最後の人間だ。扉から身を乗り出し、僕は廊下へと呼び掛けた。

「副部長の田久さん、よろしくお願いします」


【証言者　副部長・田久信哉】

パイプ椅子に座る田久は、ちょこんと背を丸めていた。気落ちしているのは明らかで、彼は先ほどから何度も溜息を繰り返している。怪しいを絵に描いたような態度に、僕の猜疑(さいぎ)心は膨らんでいく。貴方が犯人ですか? とは流石(さすが)に口には出さないが。

「それでは、事情聴取を始めますね。田久さんが最後です」

「……はい」

そう頷き、田久はまたしても大きく溜息を吐いた。人見知りだという説明は受けているが、それにしても感情が態度に出過ぎている気がする。

「田久さんが最後に赤い靴を見たのはいつですか？」

「……」

「田久さん？」

僕が田久の顔を覗き込むと、彼は唐突に自身の顔を両手で覆った。思わず後退る僕に構わず、田久は巨大な体軀から今にも消えそうなか細い声を絞り出した。

「靴が無くなったのは、僕のせいです」

「えええっ」

こんなにあっさり自白するだなんて、これまでの手間と時間は何だったのか。呆れる僕を尻目に、愛美が手を叩いて笑っている。

「それって自白？」

「あ、待ってください盗んだとかそういうんじゃないんです勘違いさせたのは悪いなと思っていたんですけど言い出すチャンスがなくて他人のせいにしたいとかそういうわけじゃないんですけど言い訳させて欲しくて悪気とかは本当になかったんですただ何かが起きたというかなんというかこんなにすぐ大事になるとは思ってなかったしましてや生徒会の人を巻き込むだなんて想像してなかったというか本当にお二人を巻き込んでしまって申し訳ないんですけど僕にできることはもはやないというかむしろ自分がどうしたらいいのか一番悩んでいるというか——」

「長い長い長い！　一息で話す内容じゃないですよ」

捲し立てられた台詞に、僕は思わず制止の声を上げた。最初は黙りこくっていたというのに、喋り出すと止まらないタイプの人なのか。

田久はシャツの袖口で自身の顔を拭うと、「すみません」と再び蚊の鳴くような声で呟いた。台詞量の落差が激しすぎる。

「結局のところ、何があったんですか？」

「恋人に良い恰好をしようとしたら痛い目見たってところじゃない？」

僕の問いに、答えたのは愛美だった。

「恋人？　どういうことです」

首を捻る僕の視界の端で、田久の背中がますます丸まった。愛美は脚を組み替えると、田久に向かって顎をしゃくる。

「そもそも今回の靴の盗難事件に関して、他の三人にはデメリットがありすぎる。部長君は靴を無くしたら面目丸つぶれ。市野ちゃんは自分が主役の劇が開催されない。幸恵ちゃんは金銭的負担の可能性がある。だけど田久君には特に大きな被害はない」

「それで犯人って言い切るのは逆に怖くないですか？　確かに田久さんは最初から怪しいですけど、犯人と呼ぶには何か違和感があるというか……。本人も盗んでないって言ってますし、悪意を持って盗みを働くような人間には見えないんですが——」

僕の言葉を遮り、愛美はパチンと指を鳴らした。

「それよそれ！　そもそも、今回の事件は盗難事件じゃなくて単なる事故だったの」

「事故って？」

「その説明をする前に、まずは田久君の恋人について話す必要がある。ズバリ、田久君の彼女は一年生の佐々木美香さんね？　二人は他の生徒には秘密で部内恋愛をしていた」

「……はい」

がっくりと田久は項垂（うなだ）れているが、僕は展開についていけない。田久の彼女が美香？　だとしたらどういう結論になるんだろうか。

「いつからかは知んないけど、二人は付き合い始めた。美香ちゃんは作業中に靴下が汚れてた云々って言ってたけど、それに気付けるのは同じ作業をしていた演劇部の子でしょ。それも同じ大道具係の可能性が高い。それにあの子、彼氏の靴下を借りたことを自慢してるわりに、彼氏の名前も情報も喋らなかった。つまり、付き合ってることを秘密にしなければならない事情があったってことになる。さらに、幸恵ちゃんが聞いた『あの靴を履いてみたいんです』って言葉。敬語ってことは後輩から先輩への発言だよね。これらのピースを繋いでいくと、演劇部男子で大道具を担当していて、さらに周囲に――特に部長君に交際を隠さなきゃいけない先輩男子、田久さんの可能性が高い」

「お二人は美香とも既に話してたんですね。本当に全てお見通しというわけですか」

厳密に言うと、美香と愛美が話したのは偶然だ。だが、訂正しない方が話はスムーズに進むだろう。僕は相槌を打つことに徹することにした。

「アタシの推理では、水曜日の放課後に赤い靴は無くなった。田久君は誰もいない放課後、恋人である美香ちゃんに内緒であの赤い靴を履かせてあげた。ようやく出来た彼女のおねだりだもん、叶えてあげたいって思うよねー？　だけど、そこで事件が起きた。美香ちゃんがうっかり赤い靴のヒールを折っちゃったの」

「あぁ、あの話ってそういうことだったんですか」

そういえば、美香は今回の演劇部の件についてやたらと気に掛けていた。後ろめたさの表れだろう。その割に事件の詳細について把握していなかったのは、彼女自身も赤い靴が紛失していることを知らなかったせいだ。

田久は渡部の「秘密にしろ」という指示を守り、靴が無くなったことを恋人に教えなかった。

「美香ちゃんは『修理を人任せにしちゃってて』って言っていた。任せた人は当然、その場に一緒にいた田久君でしょう。そして田久君は修理屋さんに出せばヒールが直せることを知っていた。だから街の修理屋に持って行って、何食わぬ顔で金庫に戻そうと思った。だけど田久君には靴を家には持ち帰れない事情があった」

「事情って何です？」

「母親だよ。田久君に恋人を作って欲しくない母親。もしも女性ものの赤い靴なんて持って帰ったら、それこそ面倒なことになるかもしれない。だから田久君は家じゃない場所に靴を隠しておくことにした」

「勿体ぶらないで早く場所を教えてくださいよ。田久さんはどこに靴を隠したんです?」

「教室。そうでしょ?」

愛美の問いに、田久は観念したように大きく首を縦に振った。腕を組み、僕は頭を傾ける。

「隠すって、どうやって? 赤い靴なんて教室にあったら目立ちますけど」

「剝き出しだったらね。でも、田久君は靴を入れるピッタリの箱を持っていたから」

「箱?」

「売店でスニーカーを買った時に、箱に入った状態で受け取るでしょ? アレよ。緩衝材が入ってて、高価な靴が傷む危険性も低い。さらに教室に置いてても目立たない」

視線の先にある、田久のピカピカのスニーカー。そういえば、三年生である彼の靴は新品同様に美しかった。

「最近新しい上履きに買い替えたんですけど、その時の箱を捨てずに取って置いたんです。これは劇で使えそうって思ったら、捨てるのはもったいないなって。で、僕はその中に赤い靴を隠して、教室の棚にしまいました。木曜日の放課後、部活動時間中に買い出しだって噓を吐いて街の修理屋に預けに行こうと思ったんです」

「じゃあ事件は解決じゃないですか! 田久さんの教室の棚、今から見てきましょうか」

部室を出ようとした僕の腕を愛美が引っ張る。「待った」と彼女が告げたのと、「申し訳ありません!」と田久が叫んだのは同時だった。

「木曜日の放課後に棚を見たら箱ごと靴が無くなっていたんです絶対にバレないように棚の中

にきちんとしまっていたのに見た瞬間に一気に血の気が引いてどうしたらいいか分からなくなって黙っていました全ては僕の軽率な行いが悪いんですきっとあの箱の中身に気付いたクラスメイトの誰かが持って行ってしまったんだと思いますクラスメイトが泥棒だって僕も思いたくなかったんですがそうとしか考えられませんきっとフリマアプリか何かで売られたと思って昨日徹夜でネットを巡回してたんですけど見つからなくて部長にも持田にも市野にも迷惑をかけて挙句(あげく)の果てに生徒会の人まで巻き込んで僕はもうどうしたらいいか分からなくてそれで――」

「だから一息で喋るのやめてくださいって！」

思わず制止した僕に、田久はまたしても「すみません」と呻(うめ)くように呟いた。田久の顔色が悪い理由もこれで判明したが、謎もますます深まった。

「じゃあ結局靴の在りかは分からないんですね」

「それよりもまず、田久君は残りの三人に謝るべきじゃないの？　皆を振り回したんだからさ」

「本当にその通りです、すみません」

「ってことで薫ちゃん、ＧＯ！」

「ＧＯって何がです？」

「廊下にいる三人を呼んで来てって意味よ。ほら、早く！」

「愛美先輩は僕を飼い犬か何かだと思ってます？」

文句を言ったものの、愛美の意見は尤(もっと)もだったので僕は素直に指示に従った。

廊下では一触即発の雰囲気を醸し出している幸恵と文、その間に挟まる渡部が等間隔で並んで立っていた。「事件の真相が分かりそうです」と告げる僕に、真っ先に食いついて来たのは渡部だった。「靴が見つかったんですか?」と嬉々として投げかけられた言葉への返事は曖昧に濁し、僕は三人を室内へと誘導した。

渡部、幸恵、文、田久。四人は再び、部室へと集結した。そして行われる、愛美による推理の再放送。かくかくしかじかで、と彼女は事の流れを説明した。

「――というわけで、今回の件は田久君のせいでした!」

張本人である田久はというと、三人が入室するなりそれは見事な土下座を見せた。その背中を踏みつけようとした幸恵を、渡部が後ろから羽交い締めすることで何とか阻止した。

「ってか、なんで最初に俺に報告しないんだよ」

「恋人が出来たって言い出せなくて……」

「理由がくだらなさすぎるでしょ、これだから部内恋愛は最悪なんだってば! アンタら二人、馬鹿と馬鹿!」

どたばたと騒がしい幼馴染三人組を横目に、文が上品に小首を傾げる。

「あの、事の経緯は分かったんですけど、結局赤い靴はどうなってしまったんでしょうか」

「確かに、それが一番重要ですよ」

幸恵を摑んだまま、渡部が息も絶え絶えに言う。暴れている幸恵を押さえるのは骨が折れるのだろう。

愛美はパイプ椅子から立ち上がると、得意げに自身のこめかみを人差し指で叩いた。

「ま、本当は全部分かってるけどね。アタシ、賢いから」

「勿体ぶらずにさっさと教えてくださいよ」

「薫ちゃんはせっかちだなぁ。じゃ、最初に靴を持って行った犯人を言うね。じゃじゃーん、この人です」

誰が出てくるかと思いきや、愛美は僕の両肩を飛びつくように叩いた。「はぁ?」と思わず不満の声を上げてしまったのは、心当たりが皆無だったからだ。

「僕、そんなの知らないですよ」

「そりゃそうよ。厳密に言うと薫ちゃんじゃないもん」

「どういう意味ですか?」

「生徒会よ、生徒会。田久君の靴は生徒会の清掃活動時に回収されちゃったの。なんせほら、棚から少しでもはみ出した荷物は没収、だっけ?」

その言葉にすぐさま田久が反論する。

「で、でも、僕はきちんと箱を棚にしまいました! はみ出していた可能性はないです」

「田久君以外が棚をいじっていなければね。木曜日の昼休み、親切な幼馴染二人が部室から田久君の私物を教室へ運び込んだって。当然、その私物が加わったら棚から荷物は溢れるでしょう。もしかしたら面倒に思った誰かがいるものといらないものにノリで分けて棚の中に荷物を押し込んだのかもね。で、靴の箱はいらないと思われて棚の外へ置かれた」

「そこに生徒会の清掃委員が来て……ってことですか」

「そういうこと。だから田久君が今からやることは保管所になってる第三科学室へ靴がないか確認しに行くことじゃない？」

「い、行ってきます！」

　駆け出した田久の背中を、僕は慌てて追いかける。生徒会の人間がいないと受け取り手続きが煩雑なのだ。

　そして結論から言おう。

　赤い靴は、確かに第三科学室に保管されていた。


「──というか、保管所にあったものの三分の一が田久さんの私物でしたよ！　演劇部の部室をゴミ屋敷にしようと企んでたのかと思ったくらいでした」

「あははは。でも予想はできてたよね。普通、自分の私物が部室から消えてたら大騒ぎするでしょ？　それをしないってことは、田久君の私物は清掃活動の度に勝手に処分されてるんだろうね。幼馴染二人も自分たちで直接捨てるのは忍びないから、わざと清掃活動を利用してるんでしょ」

「副会長が棚からはみ出したら処分だって口うるさく言ってる理由が分かりましたよ。そうでもしないと田久さんみたいな人の荷物は処分できないですからね」

　二人分の足音が、人けのない階段に響いている。下校時刻間際になると、屋上付近から人の気配は消えてしまう。赤い靴を取り戻した演劇部は今頃、劇の上演に向けて準備を進めているのだろう。「ありがとうございました」と深々と頭を下げて礼を述べた渡部の表情は、憑き物が落ちたように清々しいものだった。

演劇部の問題は解決し、愛美の好奇心もある程度は解消された。僕に課せられた仕事はこれでおしまいだ。

重い扉を押し開け、二人で屋上へと出る。太陽が山間に半分ほど沈み、見上げる空は藍色と赤色がグラデーションになっている。ピカリと点滅した光は星ではなく、遠くの世界へ去りゆく飛行機のものだろう。

子供の頃、僕は星と飛行機の光の区別がつかなかった。だが、毎日空を観察しているうちに違いに気付くようになってしまった。自分の目に映るそれが、自然に発生したものか、人為的に発生させたものか。もしも区別が付かないままだったら、僕の目に映る夜空にはもっとたくさんの星が存在したのだろうか。

「薫ちゃん、戻らないの？」

「もう少し愛美先輩とお話ししたくて」

「マジィ？　可愛いこと言ってくれるじゃん」

屋上に設置されているベンチに、愛美がドカリと座り込む。両腕を背もたれの裏に掛けた、ふんぞり返るような姿勢だ。天を仰いだ彼女の口から、「あー」と太息が漏れる。

「ひさしぶりに頭使ったー。楽しかったけど」

それに応えず、僕は愛美の前に跪いた。だらしなく伸びる脚の一番細い部分、ソックスに包まれた足首を捕まえる。「ぎゃふっ」と悲鳴を上げる愛美を無視し、僕は無理やりに彼女のローファーを脱がしにかかった。

「いやいやいや、待て待て待て。ちょっと、本当にお待ちなさい！」

慌てふためく愛美を見て、僕は彼女の足から手を離した。混乱しているせいで、喋り方が入り乱れている。僕は靴を脱がすことを断念し、仕方なく彼女の隣へ腰掛けた。ビクッと愛美の肩が揺れる。

「愛美先輩は多重人格者だって最初に言いましたよね。テレビのチャンネルみたいに、靴を履き替えることで人格を切り替えてるって」

「言ったけど、それと靴を脱がすことと何の関係が？　あ、もしかして別のアタシと喋りたかったとか」

「そうではなく、もしその言葉が本当だとしたらおかしいなって思ってたんです。ほら、僕が『脱げだなんて破廉恥』って言った時、先輩、『仕返しするなんて』みたいなこと言ってたじゃないですか。でも、それぞれの人格で記憶を共有してなければ、その台詞って絶対にありえないと思うんです」

「……」

「今日一日先輩と一緒にいて、先輩の喋り方や振る舞いは確かに靴が替わると違っていました。でも、根っこの部分というか、思考回路は二つの人格で同じだと感じました。だから僕、思ったんです」

「思ったって、何が？」

「僕の制服と、先輩の靴は同じ役割を果たしてるんじゃないかって。僕が制服を着ることで『僕』になれるように、先輩も靴を履き替えることで『久津跡愛美』という人間でいられるんじゃないですか？　つまり、靴を替えたら人格が替わるっていう設定を、先輩は演じてる」

愛美は何も言わず、じっと僕の顔を見つめている。僕はスニーカーの紐を解くと、右足だけ靴を脱いだ。そのまま靴下を脱ぎ、丸めてスニーカーの中に突っ込む。五本の指の隙間から、生暖い夜風がすり抜けていった。

「僕たちは似た者同士だって、感じたんです。これから先、素足を見せられる関係になれるって思いません？」

愛美の瞼が微かに震えた。ふ、と綻んだ唇が、徐々に笑みへと変化していく。

「凄い口説き文句じゃない？　それ」

「口説いてるつもりはないですけど」

「冗談じゃん。薫ちゃんってば頭固いなー」

「脱いでくれないんですか？」

「……」

「僕、待ってるんですけど」

口を噤み、愛美は自分の足を見下ろした。左脚を曲げ、彼女はそろそろとローファーに手を掛けた。左足用のローファーが床へと転がる。そのまま靴下の縁に指を差し込み、ずるりと勢いに任せて愛美は足から布を剝ぎ取った。日に焼けた形跡が一切ない、真っ白な足だった。その爪先を彩る、鮮やかな赤。エナメルのような光沢を放つペディキュアが彼女の素足を飾り付けている。

「ネイルしてるんですね。やっぱり赤が好きなんですか?」

「……」

「あれ、先輩?」

反応がないことを訝しく思い、僕は咄嗟に顔を上げる。すると、すぐ目の前で顔を真っ赤にした愛美が俯いたまま震えていた。今まで見たことのない顔だった。

「もしかして先輩、照れてます?」

「……しぃ」

「え?」

声量があまりに小さかったから、僕は反射的に愛美へ顔を寄せていた。その瞬間、伸びて来た手が僕のネクタイを引っ張った。

「恥ずかしいって言ったんだ! 私にとって素足を見せるってのは、裸を見せるくらい勇気がいるんだ! とてつもない勇気なんだぞ。それを君はなんだ! ヘラヘラと受け流しやがって。恥ずかしさの等価交換が成立してない。君は今こそここで制服を脱ぐべきだ!」

羞恥心のせいで混乱しているのか、言っていることがめちゃくちゃだ。だが、感情を剝き出しにしている今の彼女も嫌いじゃない。どんな先輩も可愛いと思うのは、僕が彼女に好意を抱き始めているからだ。

僕たちは、良い友達になれると思う。

「先輩、」

「ああん？」

涙目でこちらを睨みつける愛美に、僕は可笑しくなって笑った。

「脱げだなんて破廉恥ですね」

返ってきたのは言葉ではなく、勢いよく投げつけられた右足用のローファーだった。

東雲高校文芸部の崩壊と殺人
斜線堂有紀

斜線堂有紀（しゃせんどう・ゆうき）

1993年生まれ。上智大学卒。在学中の2016年『キネマ探偵カレイドミステリー』で第23回電撃小説大賞〈メディアワークス文庫賞〉を受賞してデビュー。ミステリの意匠を凝らした構成のなかに、一見相反するような感情の歪みを鮮烈に描き出し、話題を攫う。他の著書に『私が大好きな小説家を殺すまで』『夏の終わりに君が死ねば完璧だったから』『コールミー・バイ・ノーネーム』『詐欺師は天使の顔をして』『恋に至る病』『楽園とは探偵の不在なり』などがある。

扉イラスト＝植田たてり

その痛みは鮮烈で、思わず涙が滲んだ。尻餅をついている私の膝を、穂鷹先輩の足が踏みつける。

先輩の冷たい眼差しに、ただただ息が浅くなった。穂鷹先輩の手がゆっくりと私の足首を掴む。その手は場違いに温かい。このままいけばどうなるかは想像に難くなかった。

「こうするしかないんだ」

その声があまりにも優しいので、彼の言葉が冗談や単なる脅しではないことが伝わってくる。

どうしてこんなことになったのだろう。

何の躊躇いもなく、先輩が私の足首を持ち上げた。私が悲鳴を上げるより先に、ぼきんと鈍い音がした。

その音を聞いて私が最初に思ったことは、これで文芸部もおしまいだな、ということだった。

きっともう誰も残らない。

私はこの文芸部が大好きだった。卒業したって、この文芸部の六人はずっと仲がいいんだろうと思っていたのに。

事の発端は文化祭だ。私達、東雲高校文芸部がみんなで部誌を制作した、晴れやかなる文化祭。たった六人だけど、部員全員が揃って作品を提出したのはこれが初めてだった。あの達成感は凄まじくて、来年も頑張ろうと誓ったはずなのに。

私は叫び声を上げながら、ゆっくりと始まりを回想する。

＊

東雲高校文芸部の部誌が刷り上がったのは、何と文化祭当日の朝だった。

東高文芸部は一年生が四人、二年生が二人の六人しかいない、言ってしまえば弱小クラブの一つだ。それでも、一丸となって一つのものを作り出すのは骨が折れた。何しろ、所属している私が言うのも何だけれど、東高文芸部は個性豊かな部員揃いなのだ。

たとえば、部誌の入った大きな段ボール箱を持ってきた、遙香さんなんかが筆頭だろうか。

「いやー、間に合って良かった！　今回ばかりは無理かと思ったわ！」

抱えていた箱を机に載せて万歳をする彼女は、快活そうな見た目に似合うよく通る声で笑った。長めのポニーテールに健康そうに日焼けした肌は、文芸部よりはテニス部のヒロインの方が似合うだろう。彼女が、東高文芸部副部長、二年生の小泉遙香さんだ。

「ほらほら、みんな見るがいいよ。凄いでしょ」

遙香さんの手に握られているのは、昨晩遙香さんの家に届いたばかりの東雲高校文芸部誌だ。

Ｂ５サイズ、百六十ページのオンデマンド印刷の冊子はいざ目にすると結構な存在感がある。

「もう本当にヤバかったわー。予算の都合上、早割じゃないと出せないって言ってるのに、千崎も野上もギリギリまで上げないんだもんなー」

遙香さんは背後に控える二人の男子高校生をじろりと睨んだ。

「んなこと言われたって。〆切ギリまで着想が湧かなかったんだから仕方ないじゃないっすか」

野上が不服そうに唇を尖らせた。

遙香さんから向かって右の、背が高くて髪を金髪に染めた方が野上肇。そして向かって左の、長い髪を一つに括ったいかにも文学青年っぽい方が千崎風太郎。一見して仲良くならなそうなこの二人も、私や遙香さんと同じ文芸部員だ。

「なーにが着想だよ。書くべき時にしっかり書かないでどうする」

「無理矢理ひねり出したものに魂は宿らないでしょう」

「何言ってんの。プロになったら嫌でもひねり出さないといけないんだぞ？　そんなことでどうする。小説家という夢への渇望が足りないぞ、渇望が」

遙香さんの言葉に、野上が顔を曇らせた。野上はあれで、かなり真剣に小説家を目指している。〆切間際まで提出が出来なかったのも、その切実さの裏返しだ。遙香さんの言葉は耳に痛いだろう。いつものやりとりながら、ひりついた空気が流れた。

「あ、もうみんな集まってますね。雛妃ちゃんも」

空気を和ますような声がした。

ミルクティーのようなふんわりとした色に染め上げられたくせっ毛に、厚みのある唇。彼女を見ると、花の喩えが浮かぶ。それも、薔薇みたいな強そうな花じゃなくて、桜のような優しげな花だ。

「買ってきましたよ。ブース飾り付け用の風船と、敷布と、あとマジックとか。今日は頑張りましょうね！」

古美門ゆかりはそう言ってにっこりと笑った。

私と千崎と野上とゆかり。これで文芸部の一年生は揃ったことになる。二年の部長が揃えば東高文芸部員が勢揃いだ。

「あ、古美門。メッセージ見た？」

「え、野上くんから？　何？」

買い物袋を持ったままのゆかりが、スマートフォンのホームボタンに親指を押しつけて、小さく頰を膨らませた。

「『モモ缶食べたい』……もー、行く前にちゃんとアンケート取ったじゃん。買ってきてないよ」

「行く前に言えば買ってきてくれたんだ。さっすが」

「野上、この暑い中買い出しに行ってくれたゆかりに絡まないの。お疲れ。大変だったでしょ」

「そんなことないですよ、遙香さん。ほら、校門裏に大きなスーパー出来たじゃないですか。行って戻ってくるだけなら三分も掛かりません」

「あー、そうだ。野上が昼によくカツ丼買ってくるとこね」

カツ丼以外も買ってますよ、と野上がまた唇を尖らせた。

「でも、大変でしたよ。心霊文化研究会とスーパーが揉めてて」

「何かあったの？」

「お化け屋敷でドライアイスを使いたいとかで、アイス一個で大量に持ってこうとしたんですよ。すっごい迷惑ですよね。確かにスーパー側も、どのくらい持って行っていいか明記してなかったけど……」

「あー、文化祭にありがちな揉め事だ」

「だから、スーパー側も意固地になって、今日の分は配布終了って言い出して。あれ、冷凍食品を買うお母さんとかどうするのかな……」

「生鮮食品用の氷で代用するとか？」

「野上は物知らずだなー。相当近場じゃないと通用しないって」

「遙香さん、知ってます？　世界最初の冷凍食品ってジャム用のイチゴらしいですよ」

「雑学で挽回しようとするんじゃないよ」

遙香さんが呆れたように言った。

「それにしてもお疲れ、ゆかり。言ってくれたら私も手伝ったのに」

私が言うと、ゆかりは「大した量じゃないから。それに雛妃はブース用の長机取りに行ったりしてくれたでしょ。分担だよ」と笑って返してくれた。ゆかりのこういう細かな気遣いが出来るところが、私は大好きだった。

「にしても、やっぱり人手があるのはいいね」

遙香さんの言葉は感無量といった風だった。

「他の部活に比べたら全然少ないですけど」

「何言ってんの、千崎。去年までは私と穂鷹の二人だけだったんだから。六人も部員がいるってのは奇跡に近いわけよ」

「遙香さん、それよく言いますよね」と、私も笑った。

「幽霊部員にでも縋りたいくらいの状況だったからね。肉のある部員を集められたってのは嬉しいわけよ。だからこそ、こうやって部誌も完成したんだから。ほら、雛妃にも」

そう言って、遙香さんは笑顔で部誌を押しつけてきた。受け取ると、実物は物凄く重かった。

「あ。あとでちゃんと八百円払ってよね」

「え、部員なのに払わなくちゃいけないんですか⁉」

「当たり前でしょー。だって、在庫八割売り切らなきゃ赤字なんだから」

「……それ、どうせ赤字になるじゃないですか。だったらくださいよ」

「赤字になることが分かってても、限界まで抗おうってこと」

何だか釈然としなかった。気を取り直して、目次に目を通した。当然のように『夏のたそがれ　文原雛妃』という一行があって、なんだか感動してしまう。自分の作品がこうして紙に印刷されているのは不思議な気分だった。

「なかなかバラエティ豊かなラインナップだな」

同じく部誌を受け取った千崎が呟いた。

私達は同じ文芸部だけれど、書くものはそれぞれ趣が違っていた。

例えば、遙香さんはガチガチのハードSFを書く。今回は別次元の人間とのファーストコンタクトを描いた小説を載せていた。

対する野上の小説は純文学を志向していて、いかにもどこかにいそうな人間のことを面白おかしく書いている。千崎はミステリーが主だ。人間の心に隠された複雑な機微と、あっと驚くような大仕掛けがあって、高校生とは思えないくらい読ませる。

ゆかりは、それらに当てはまらない幅広いエンターテインメント——いわゆる大衆小説を志していた。ゆかりの作品は他の部員からも、読者をよく見ていると評されていた。とにかく読んでいて楽しい。

今回の私の小説も、どれかといえばゆかりに近いかもしれない。

というのも私は、これというジャンルを決めずに、その時書けそうなものを書くからだ。今回はふわっとした雰囲気の幽霊もの……だった。一夏の出会いと幽霊とタイムスリップを掛け合わせて、何だか良い感じに纏め上げてみた。我ながら出来は悪くないと思う。ただ、この小説に伝えたい思いが詰まっているか、読んだ人の心を動かせる熱があるかは怪しい。

この小説は誰かを楽しませられるだろうか。

そもそも、これはちゃんと小説として成立しているんだろうか。

部誌に載せるだけの価値がある、私にしか書けない特別なものだろうか？

答えの出ない問いが頭の中をぐるぐると巡った。部誌という形になって、そういうことを強く意識したのかもしれない。折角の晴れの日にこんな暗いことを考えても仕方ないのに。そう思って、無心でページを捲った。

残る一つ——この部誌の掉尾を飾る作品は、今まで挙げたどの作品のジャンルにも当てはまらない。ただ、これがれっきとした『文学』であることは、この部のみんなが認めていた。とはいえ、こうして部誌の中に収まると、その作品はかなり異様だった。

パラパラと部誌を捲っていた野上も同じことを考えていたのか、巻末に差し掛かったところで顔を顰めた。

「……穂鷹先輩のとこだけ滅茶苦茶怖いよな。これ何——」

「あ行とな行だ」

ぶっきらぼうな声がした。視線を向けると、販売ブース用のパイプ椅子を持った痩せぎすの男が立っていた。

ただでさえ眼鏡の奥の目が冷たいのに、前髪が不自然に長い所為で更に印象が悪い。着崩した学ランのポケットは、はみ出した手帳と数本のペンで常々膨らんでいる。気難しい看守のような彼の顔に、野上が顔を引き攣らせた。

「収録箇所を聞いてるわけじゃないんですけど」

「そうなのか」

野上の言葉に対する穂鷹先輩の応答は、いつものように少しピントがずれていた。

この部の部長である菱崖穂鷹先輩だけは、今回の部誌に小説ではなくＳＪＤの一部を掲載した。

ＳＪＤはShinonome Japanese Dictionaryの略語で、穂鷹先輩の興味を惹いた事柄が収録された、彼オリジナルの辞書である。普段の彼の活動は、気になる事柄を手帳に書き込み、ＳＪＤの新たな項目を探すことだ。

文芸部に所属しながら小説も詩も書かず、ただひたすら自分の為だけの辞書を粛々と編んでいる変人。それが部長の穂鷹先輩なのだ。

「穂鷹先輩って一貫してて凄いですよね。ＳＪＤ、入学してからずっと続けてるんでしょう？」

ゆかりが微笑むと、穂鷹先輩は微妙な顔をして静かに頷いた。褒められてもいまいち喜んでいるのか分からない。

私はというと、穂鷹先輩の辞書のことがあまり好きじゃなかった。

前に見せて貰った時、「文原雛妃」の項目には単に「文芸部の後輩」と素っ気ない一行しかなかったからだ。

「私の項目つまんないですよ。モブじゃないですか」

「お前に見せる為のものじゃないからな」

私の文句に対する穂鷹先輩の返答もこれまた素っ気なかった。

先輩の創作姿勢が、私にはよく理解出来ない。

何かを書くのは、誰かに見てもらう為じゃないのか。自分の為だけに、誰にも理解されないようなものを延々と手帳に書き続ける行為は、果たして創作活動なんだろうか。見せる為じゃないそれは、どうしたって日記以上のものにはならないのに。

私の心の内を知らずに、先輩はまた何か手帳に書き込んでいた。どうやら、パイプ椅子を運んできたきり、何をしていいのか分からないらしい。不器用な人だな、と私は自分のことを棚に上げてそんなことを思った。

穂鷹先輩が所在なげにしていたのも束の間で、遙香さんの指示のもとブースは綺麗に飾り付けられていった。長机に紺色の敷布を敷いて、紅白をメインに色とりどりの風船を取り付けただけでも見栄えが良かった。でかでかと看板に書かれた『東雲高校文芸部』は穂鷹先輩の字だ。なかなか達筆だった。

「結構それっぽくなってきたな。あとはお釣りを用意すればいいかな。崩しちゃうぞー、棒金」

筒状になった百円玉を持ち、にやりとする野上を見て、ゆかりも思い出したように鞄を漁り始めた。

「そうだ、私これ持ってきたよ。バイト先の人に模擬店やるって言ったら一つ貸してくれたんだ」

取り出したのは、チャック付きの巾着袋だった。緑色の厚手の生地で、いくらでも硬貨が入りそうに見えた。

「これでお金を管理したらいいんじゃないかなーって」

私も持ってきたけど、と遙香さんが青くて細長い缶を取り出した。細長いラングドシャが有名なクッキー屋さんのものだ。そっちの方はお札が綺麗に入りそうだった。

「クッキー缶だと持ち運ぶ時にえぐいくらい小銭鳴るじゃないですか。会計の時はそれを使った方が便利だと思いますけど、ブース片付ける時は巾着に移し替えた方がうるさくなくていいですよ」

野上の言葉はもっともで、遙香さんも「なるほどなー」と頷いた。対する私は何も持ってきておらず、気まずかった。当日の販売に何が必要だとか、そういうことをあんまり考えていなかったのだ。

準備不足を今悔やんでも仕方がない。せめて売ることで貢献しよう。私は眼前の部誌の山を見据えて気合いを入れた。ここで華々しく活躍して、東高文芸部の名を世に知らしめるのだ！なんて、らしくもなくはりきっていたのである。

私の気合いが続いたのも最初の一時間だけだった。

私だけではない。開場から二時間が経った午前十一時には、ブースに座った私とゆかりも、看板を持ってブース周辺を放浪する野上も、一様にやる気が無くなっていた。

何せ、人が全然来なかったのだ。

校門の近くでは千崎と穂鷹先輩がビラを配ってくれていたのだが、それが宣伝になっているかは怪しかった。文化祭では沢山のビラが配られる。ちらっと見て、すぐにゴミ箱……というパターンだって大いにありえただろう。

風船やカラーテープでごてごてと飾られたテーブルは、見た目の派手さで言えば他のブースに負けていなかった。そもそも文芸同人誌というもの自体の受けがよくないのかもしれない、と私達は思った。勿論、本格的な勝負は昼から夕方にかけて、校外の一般客が多くやってくる時間だ。けれど、スタートダッシュが上手くいかないと、どうしてもやる気は削がれてしまう。ゆかりも一人ブースから離れて近くの出店を覗き始めている。

「お疲れー、ご飯買ってきたよ……って暗いなー、そんなんじゃ人も寄りつかないぞ」

校内のビラ配りついでに焼きそばを買ってきてくれた遙香さんは、しょぼくれた私達を見て呆れていた。

「いやー、あまりにも売れなくて」

野上がうんざりした顔で呟いた。

「売れたの何冊?」

「まだ八冊ですね」

「末広がりだ、いいじゃない」

遙香さんは笑顔だが、何もよろしくない。

「つーか、素人の小説なんて誰も興味無いってことですね」

「そんなことない！ 見つける人は見つけるし、こうして部誌にしたことは無駄じゃない」

ふてくされたような野上の言葉に、遙香さんがぴしっと言い放った。しかし、野上はなおも憮然とした面持ちだった。

「海の底に眠る沈没船が宝の山だって、ガード下の老人が神様だって誰が気づいてくれる？　無駄なんですよ。素人が文芸誌とか。だったら部誌の原稿書く労力を新人賞に投稿する長編の執筆にあてた方がいい。ほら、文原だって一個書くのに死ぬほど時間かかるタイプだろ」

「まあ確かに……」

そもそも私は作品を仕上げること自体に苦労しているような有様だから、その段階にも至っていない。それでも、私はそう同意した。

「だったら文原も入魂の一作をここで書かないで、公募に回すべきなんじゃないか？　古美門みたいに賞を獲んないと、何の意味も無いんだから」

野上が悔しそうに声を潜めて言うと、ブースにいた全員が視線をゆかりに向けた。

先日発表されたとあるミステリーの新人賞で、ゆかりは見事に受賞を果たした。

文芸部の中でゆかりだけは、夢を叶えてみせたのだ。

現役高校生の受賞ということで、ネットでは結構な話題になっていた。一昨日ウェブ公開されたばかりの全文試し読みも好評らしいので、本が出たらもっと話題になるだろう。

正直なところ、悔しかった。ゆかりから知らされた時に自分の顔が引き攣ってなかったかは自信がない。

それでも、ゆかりの小説は面白い。初挑戦のミステリーで評価されたということは、元々適性があったのだろう。そこにゆかりの地力が上手く組み合わさったのだ、と思った。

私達はみんな何度か投稿経験があり、あわよくば夢への階段を上ろうとしている文芸部員だ。それに、自意識の不安定な高校生でもあった。ゆかりの受賞は、私達の間に静かに波紋を広げていた。野上が賞を引き合いに出したのも、それが原因だったのだろう。

「何言ってるんだ。穂鷹のSJDを見ろ。究極の内向き。あれこそ誰にも見つけられない可能性が高いのに、奴は飽くなき創作意欲であれを続けてるんだよ。あれを見習えとは言わないけどさ、ただ書き、ただ発表するのを尊んでもいいんじゃないかな」

「穂鷹先輩出すのはずるいでしょ。それに売れない部誌を発行しても、身内で回してるだけにも見えますけど」

「いいじゃないか。別に身内で回っても。悩める文士諸君。身内でぐるぐる回って、いつかバターになろうじゃないか」

「俺はヤですよ。そんなの」

「野上の話を聞いてるとビラ配りの意欲がゴリゴリ削れるな」

いつの間にか背後で千崎が苦笑していた。穂鷹先輩と次のビラを補充しに来たらしかった。

ちょうどゆかりもブースに戻ってきて、文芸部員が勢揃いだ。

「いや、その……お疲れ……」

「八冊はへこむけど、まだまだこれからだろ。俺もビラ配り頑張るから、野上もその看板でどうにか戦ってよ」

穂鷹先輩は売上に興味が無いのか、ボーッと行き交う人を観察しては、手帳に何かを書き付けていた。

まだ暑さの残る九月の屋外でビラ配りをする千崎達の方が、教室でくだを巻いている私達よりもハードだろう。そのことを自覚しているのか、野上はしどろもどろしていた。

「いや、意欲はめちゃくちゃあるんだけどさ……」

「さっきと言ってることが逆だぞー。調子の良い奴め。ふんだ、もういい。雛妃とゆかりはしっかり励みたまえよ」

「はい！　私も出来る限りのことをしますから」

ゆかりはそう言って胸を張った。遙香さんは満足げに頷いて、意を決したかのように声を張り上げ始めた。

「さあさあ、よってらっしゃい見てらっしゃい！　現役女子高生小説家の新作が読めるのは東高文芸部部誌だけ！」

「ちょっ！　遙香さん、そんなこと言ったらクレーム入りますよ！　まだ本が出てもないのに……！」

「使えるものは全部使うんだよ！　こうなったら現役小説家寄稿で文学フリマにもくりだそう！　そして、私達の存在を世に知らしめてやるぞお！」

遙香さんの磊落とした笑みに釣られて、私たちの士気も上がった。まるで戦場に向かう戦士になったような錯覚さえあった。そうだ。私達はここにいる。ここに私達がいることを知らしめる為に、私も声を張り上げた。

「東高文芸部です！　よろしくお願いしまーす！」

「そうだ、ここには雛妃もいるじゃないか。可愛い私の後輩よ。そのティントは新色かな？　ピンクが唇によーく似合ってるぞー」

遙香さんがあやすように私を抱きしめ、頭を撫でてくれた。

「あ、ありがとうございます。これ、買ったばっかりで……」

「よし。雛妃の笑顔でも売ってくぞー！　ここから先が本番だ！」

現役女子高生小説家の売り文句が効いたのか、それとも単純に来場者が増えたからか、部誌はその後ぐんぐん売上を伸ばしていった。

最終的に、東雲高校文芸部の部誌は八十二冊も売り上げた。一文芸部の売上にしては結構健闘した方だろう。

貯まった小銭が缶の中でじゃらじゃらと音を立てていた。野上の言うとおり耳障りな音だったが、それすらも心地よく感じた。この音は、私たちが評価された証なのだ。

あれだけうだうだ言っていた野上ですら、缶の鳴る音には感動しているように見えた。手に取れる成果というものは想像以上に大きかった。

「みんな、お疲れ様！　こんなに華々しい戦果を挙げられたのも、一人一人が頑張ったからだよ！　これを励みにこれからも頑張ろうじゃないか！」

遙香さんが最後まで元気に言い放った。ゆかりも野上も千崎も、あの穂鷹先輩までもが疲労困憊だというのに、朝からはりきり通しの遙香さんが一番元気なのが不思議だ。やはりハードSFは体力勝負なジャンルなのかもしれない、と思った。

みんなで飾りつけたブースを解体するのが寂しいとゆかりが言うと、遙香さんはあれよあれよという間に私達を並ばせ、記念写真を撮ってくれた。至れり尽くせり、と合っているのか分からない言葉が浮かんだ。

「っなわけで、最後に穂鷹部長から一言!」

「……手がかさかさになった」

「はい、じゃあ打ち上げは来週末! みんな空けといてよ! じゃあ、ぼちぼちブース片付けようか」

遙香さんの号令に合わせて、みんながテキパキとブースを片付け始めた。部誌の在庫が部室に運ばれて行き、机に飾られた風船やカラーテープが取り払われていくと、終わりの空気をひしひしと感じてしまう。使わなかった風船の残りや、余ったビラなどを箱に仕舞っていくと、余計に寂しくなった。名残惜しい、というのが一番近いかもしれない。

この後に打ち上げがあれば良かったのだが、穂鷹先輩はバイトがあると言うし、ゆかりも千崎も、遙香さんまで用事があると言っていた。予定はないらしい野上を誘って何処(どこ)かに行ってもいいけれど、二人だけだと、却って寂しさが増してしまいそうだった。

祭には終わりがくる。私達は日常に帰っていく。

「あ、そうだ。図書館に部誌持ってかないと」

遙香さんが舌打ち混じりに言った。

「図書館に？　何でですか？」

「千崎には言ってなかったかもしれないけど、実は、東高の部誌を図書館に置いてもらえることになったんだよね。そういうところから何かに繋がってくかなと。読者層の開拓よ。……あー、なのに忘れてた。委員会が売上チェックに来るから、先に集計だけしちゃわないと」

「あ、じゃあ私が部室まで取りに行きますよ。どうせ風船とかも置いてきますし」

箱を掲げる私に、遙香さんは「じゃあお願い」と言ってひらひらと手を振ってみせた。


『4869』といういかにもなパスコードを入力して、部室を開けた。

六畳程度の文芸部室には四つも本棚があって、部員たちが自分の趣味で持ってきた本が溢れている。真ん中に置かれた二つの長机に着いて、部員が小説について話し合う。奥のパイプ椅子は少しガタついていて座りにくいので、評判が悪い。壁には昔ながらの黒板があって、連絡事項やおすすめの本のタイトルが書かれていた。みんな掃除が嫌いなので、黒板消しクリーナーの周りも、チョーク置きも粉塗れだ。

窓の下には小さな金庫があって、売上や印刷費、部の申請書類や名簿などが入っている。あとは、プレミアが付くかもしれないからと言って、遙香さんがサンリオSF文庫の『どこからなりとも月にひとつの卵』を副部長権限のもと仕舞っていた。

窓からは赤々と夕日が差し込んでいた。部室棟一階の端に位置するので、一番夕日が綺麗に見えるのである。

この場所が好きだった。みんなで小説について話す時は、自分も特別になれた気がするから。隅に置かれた段ボールから部誌を一冊取って、そそくさと部屋を退出した。何だか感傷的な気分になってしまった。

みんなのところに戻ろうと早足で向かったところ、部室の前の廊下で穂鷹先輩と出会した。

「あ、……穂鷹先輩」

穂鷹先輩は大きなゴミ袋を抱えていた。ブースのゴミ出しをするついでに、部室のゴミも回収しに来たらしかった。部室に入る先輩に釣られて、私も戻ってしまう。赤く染まる陽光の中で黙々と作業をする先輩に向かって、私は言った。

「部誌、八十二冊も売れたんですよ。凄いですよね」

「ああ、嬉しいな」

「嬉しい？　なんか意外です。穂鷹先輩ってそういうの気にしなさそうだから」

「……みんな頑張っていたから。報われたことは嬉しい」

穂鷹先輩がぽつぽつと言った。あまり感情が見えない人だけれど、いつもより少しだけ声が優しい。

「穂鷹先輩って、小説書かないんですか」

「俺にはＳＪＤがあるからな」

「遥香さんが言ってました。穂鷹先輩の創作は内向きだって。先輩ってストイックにＳＪＤを作ってますけど、辛くないんですか？」

「辛い？　何でだ」

穂鷹先輩が不思議そうに言った。

その言葉を聞いて、彼は本当に自分とは違う人間なのだな、と思った。

誰からも認められず、読まれもしないものを作る。私達が見て、少しだけ面白がるけれど、それ以上に広がることは多分無い。そんなものに穂鷹先輩が青春を懸けられるのが不思議だ。

彼は変人で、特別で、自分をしっかり持っている。「菱崖穂鷹」の項には、書くべきことが沢山あるだろう。

「ゆかりがデビューするって聞いて、正直嫉妬しました。……私はただの高校生のままで、何の取り柄もなくて。みんなも多分、ゆかりの受賞で焦ったと思うんですよ。でも、穂鷹先輩は全然そういう焦りが無さそうで、悠然としてるのが羨ましい……」

図らずも、胸の裡に抱えていたものが口を衝いて出た。

「書くのが好きなら別に焦らなくてもいいだろ」

「その書くのが好きかっていうのが一番の問題なんですよ」

穂鷹先輩の返答を待たずに、私は何にもならない独白を続けてしまった。

「私は小説じゃなくてもいいから、他の人に誇れるものが欲しいんです」

ＳＪＤの「文原雛妃」の項を見てから、私はずっと囚われていた。だって、あれは本当のことだ。個性豊かなみんなに比べて、私には何もない。誇れることも、特筆するところも何も。

穂鷹先輩だって、高校を卒業すれば私のことなんて忘れてしまうだろう。

「小説でも詩でも何でもいい。自分にはこれがあるって言いたい。これって不純ですか？　駄目でしょうか」

「何がどうだから駄目なんて無いだろう。お前がどういう動機で創作をしようが、そこに不純も何もあるか」

穂鷹先輩はいつものように淡々と言った。

先輩にはきっと、私の気持ちなんか分からないだろう。

ただ、その時は先輩の揺るぎなさが心地よかった。

私達の間に沈黙が落ちた。あれこれ勝手にまくしたててしまったことが恥ずかしくて、何も言えなくなってしまったのだ。ややあって、穂鷹先輩がいつもの手帳を取り出した。

「今日は唇がやけに赤いな。それは何だ」

「え？　いや、オイルティントですけど……」

「焼きそばを食べている時から気になっていたんだ。箸が赤くなってたからな」

「発色がいいから付いちゃうんですよ。しかもしっかり落とさないと取れにくいのが特徴で」

穂鷹先輩は頷きながら、手帳に何やら書き込んでいた。まさか「文原雛妃」よりも「オイルティント」の方が長い項になるんじゃないだろうか。流石（さすが）にそれはちょっと嫌だ。そうこうしている内に、穂鷹先輩はよく見ようと不用意に距離を詰めてきた。

戸惑う私が動けないまま先輩を見つめるのと、部室の扉が開くのはほぼ同時だった。

「うわっ……」

千崎がぎこちなく笑った。音も立てず後ずさり、そのまま駆け出そうとするのを、慌てて取り押さえた。音を極小に抑えて走ったからといって、それでさっきのエンカウントを無かったことに出来ると思っているからだろうか。残念ながら、そんなわけがない。

「誤解だから！　穂鷹先輩相手に何かあるわけないでしょ！　ていうか逃げるな！　話がややこしくなるだろうが！」

ゴミ袋を片手に悠々と後を追ってきた穂鷹先輩は、何を誤解されたのかも分かっていないようで、首を傾げている。

「千崎は部室に何か用事があったのか」

「あ、そう、そうなんですよ穂鷹部長。俺は遙香さんに言われて、売上を仕舞いにきたんだけど……その、そうしたら穂鷹部長と文原が妙な雰囲気になってるから……」

「妙な雰囲気とは何だ」

「先輩、それはSJDには載らないだろう項目なので突っ込まなくていいです」

私は早口に言うと、千崎を部室方面に、穂鷹先輩をゴミ捨て場方面に押し出した。

「はい、それじゃあそれぞれの仕事に戻りましょう！　持ち場を守って楽しく部活動、おうちに帰るまでが文化祭ですよ！」

自分の顔が赤くなってそうで怖い。どうにか夕焼けの所為に出来ないだろうか。穂鷹先輩をそういう目で見たことはないけれど、あんな風に見つめられたら調子が狂う。たとえ穂鷹先輩の興味が私の付けているオイルティントにしかなくても、だ。

調子を狂わされた私は、間抜けなことに図書館に部誌を寄贈しに行くのを忘れてしまったのだった。


自分のミスに気がついたのは、遙香さんたちと別れ、駅に向かっている時だった。

授業がなかったというのにやけに鞄が重いと思って中を覗き込むと、分厚い冊子が二冊あった。

葛藤しなかったといえば嘘になる。疲れていたし、後日改めて持参するのは面倒だ。でも、この重い本を二冊持って帰るのも億劫だった。

仕方なく、学校に引き返して図書館に向かった。時刻はもう六時を過ぎていて、辺りは暗くなってきていた。秋の日が落ちるのは早い。なるべく早く帰らなければ。

そう思っていたのに、私は二つ目のミスを犯した。司書さんに部誌を渡し、少し世間話をしてしまった。疲れたなあなんてソファーに座り込み——これが、本当によくなかった。

東雲高校図書館のソファーは読書家に優しいふわふわの作りをしている。あろうことか私は、その優しさに呑み込まれ眠り込んでしまったのだ。

目を醒ましたのは午後八時四十五分。東高の図書館は教員の利用も多く、平日午後九時まで開館している。文化祭の日も例外じゃない。「蛍の光」が流れ始めたことで、ようやく覚醒したわけだ。

慌てて起きて、諸々を済ませて再び校門を出た時には午後十時を過ぎていた。早く帰ろうと思っていたのにとんだ計算違いである。おまけにお腹も空いていた。

そうこうしている内に、私の心にはむくむくと妙な意欲が湧いてきていた。

一眠りしたお陰かもしれないし、穂鷹先輩と話したからかもしれない。このまま自分一人で腐っていても仕方がない、という気分になった。何か行動を起こさないと。

そう思った私は、スマフォを取り出して、麗し(うるわ)の部員の名前をタップした。

私には——違う、私達には、まだまだ特別になれる可能性がある。それを話したかった。何もないままでは終われない。一行では語らせない。


事件が発覚したのは、その翌日のことだった。

*

『誰か、ゆかりのこと知らない?』

翌朝の登校中、遙香さんから文芸部のグループラインにメッセージが送られてきた。

『どういうことですか?』と送ると、すぐに新しいメッセージが返ってきた。

『ゆかりの家から連絡があって』

『連絡?』

『「ゆかり、そちらに泊まってるみたいですけど、ご迷惑おかけしてませんか」って

『古美門、遙香さんのところに泊まったんですか？』

これは野上のメッセージだ。

『泊まってないよ。泊まってないの。だから、どうなってるのか不思議なの』

『親に嘘吐いてどっか行ったたってことですか？』

千崎が冷静に返してきた。

『そうなのかも。ゆかりと雛妃はよく私のとこ泊まってるから、バレないと思ったのかも』

『とりあえずみんな校門に集まりませんか。私もう学校着くので』

そう送ると、間髪を容れずに穂鷹先輩のメッセージも届いた。

『俺ももう着く』

五分後には東高文芸部の面々が揃った。朝の挨拶を交わしながらも、その間には隠しきれない緊張が走っていた。

「ゆかりの心当たり、本当にみんな無いの？」

遙香さんが訝るように尋ねた。けれど、誰一人首を縦に振らなかった。当然、私も何も言えなかった。

「古美門を探さないと」

穂鷹先輩の重々しい言葉に対し、野上が反論した。

「でも探すっつったって、探す当てが無くないですか？」

「部室とかは？　案外、部室に残って寝ちゃってるのかも」

素人探偵よろしく言うと、野上からは「学校で居眠りしたまま一晩過ごす奴なんかいるか？」と何とも微妙な反応が返ってきた。図書館で居眠りをしたばかりの自分としては肩身が狭い。

「ただ、始業前に校内で寄りそうなところって言ったらそこしかないか」

遙香さんがそう言ったことで、私達は全員で部室に向かうことになった。

穂鷹先輩が『4869』を入力した時から胸騒ぎがしていた。

ここから取り返しのつかないことが起こるんじゃないか、という不安と恐れで胸が満たされた。

けれど、私の心の準備が済むより先に扉が開いた。一斉に室内を覗いたところで、穂鷹先輩が驚きに目を見開いた。中を見た遙香さんも引き攣った顔で後ずさった。私は野上と一緒に小さく悲鳴を上げただろうか。千崎は叫び出すまいとして、口元を必死に押さえていた。

部室の床は白い粉で雪原のように染まっていた。

長机の周りは特に酷く、踏めば足跡がついてしまいそうなほどだ。普段使っているパイプ椅子にも粉が付着し、所々が白く染まっている。

そんな光景の中で、机に突っ伏してゆかりが座っていた。

ゆかりの前には彼女が使っていたコーラルピンクのノートパソコンがあった。

彼女の身体からはおよそ生気が感じられず、後頭部には赤黒い染みが出来ていた。おかげで綺麗なミルクティー色の髪が台無しになってしまっている。制服の上から羽織っている白いカーディガンにも、所々血飛沫（ちしぶき）が飛んでいた。ここまでくると、もう疑いようが無い。私の背後で、遙香さんが悲鳴を上げた。

ゆかりが死んでいた。

そのことを全員が認識した瞬間、私は勢いよく部室に飛び込んでいった。

「待て！　入るな！」

「何言ってるんですか！　まだ息があるかも！」

穂鷹先輩に荒々しく返し、足を踏み入れた。現場保存がどうこうを気にしているんだろうけれど、そんなことは言っていられなかった。何しろ死んでいたのは私の友達で、現場は私達の部室なのだ。

思いっきり椅子を引いて、ゆかりの身体を起こした。その重さと冷たさにぞっとして、そのままバランスを崩した。私の身体はゆかりと一緒に粉塗れの床に転げてしまう。制服が台無しだが、そんなことを気にしていられない。

冷たくなってしまったゆかりの身体と一緒に、壁際にもたれ掛かった。肌の冷たさに、ゆかりが死んだという事実を改めて実感した。自分のやったことが間違いだったとは思わない。けれど、そこからどうすればいいか分からなかった。こんな経験をしたことがないので、私は馬鹿みたいに呆けていた。

「ちょっ、大丈夫かよ文原。その粉、ヤバいもんじゃねーの？」

粉塗れの私を見て、野上が恐る恐る言った。

「え、いや、これ、チョークの粉だ……」

私は白い粉を指先で擦り合わせながら呟いた。

黒板消しクリーナーの中身を開けると、この白い粉はたくさん入っている。当然部室にも備え付けてあるので、きっと部室のクリーナーから零れたのだろう。みんながみんな面倒くさがりだから、粉が大量に溜まっていたのだ。「ちゃんと捨てとけばよかった」と遥香さんが小さく言った。

「何の為にこんなこと……」

「知るか」

穂鷹先輩はぶっきらぼうに言うと、開き直ったように部室の中に入ってきた。恐る恐る後を付いてきた千崎が私を助け起こしてくれた。

一方、穂鷹先輩は脇目も振らずに部室の隅の金庫に近づくと、鍵を回してクッキー缶を取り出した。文化祭でお釣り入れに使っていた缶だ。ちょっと動かすだけで中の硬貨がガジャガジャとうるさい音を立てた。先輩はそのまま蓋を開けると、じっと中身を確認し始めた。

「最初に確認するのがそれですか」

私が批難するように言ったものの、穂鷹先輩は悪びれることもなく「この部室で一番重要なのはこれだろ」と言った。そして、二つ折りで缶に詰め込まれていた紙幣を取り出して、中の硬貨を数えていく。

「まあ、穂鷹先輩の行動は正しいよな。無くなってたら事だし……」

野上までそう言ったので、何だか私がおかしい人ということになってしまった。

「千崎、一つ確認したいんだが……昨日、現金は缶ごとここに入れたんだよな？　その前に分けたり、改めて数えたりはしてないか？」

「……いや、缶のまますぐに入れましたけど……。ブース撤収する前に全部数えたので、それでいいかと思って……。六万五千六百円。もしかして減ってますか？」

「いや、そんなことは無いと思うが……。まあ、もし金を盗むつもりなら、これごと持って行けば済むだろうからな」

穂鷹先輩はそう言って、また缶を金庫に戻す。そして、辺りを検分し始めた。それを見た私も、ゆかりの座っていた周りを検めた。一番に目をつけるべきは――と考えたところで、ノートパソコンが目についた。

タッチパッドに指を滑らせると、パッと画面が明るくなった。真っ白な画面の半分ほどを文字列が埋めていた。

「小説だ。……ゆかり、小説書いてたんだ」

「小説？」

遙香さんが訝しげに尋ねる。

「はい、殺される直前まで……ゆかり、書いてる」

気になったのかぬっと後ろから穂鷹先輩が覗きこんできた。全部を手書きで済ませる先輩からすると、こうしたパソコン用のワードソフトは珍しかったのかもしれない。

そのまま、ファイル情報を開いた。

作成されたのは先週の火曜日。総文字数は四〇一三。最終更新の自動保存時刻は午後十時二分。

「〝最終更新の自動保存〟って何だ」

「ゆかりの使ってるこれ、スリープモードに入る時に自動保存する設定になってるみたいなんですね」

「スリープモード？」

穂鷹先輩の問い掛けに遙香さんが力なく笑った。

「そこからか……。一定時間触らないと、さっきみたいに画面が暗くなるんだよ。雛妃、これのスリープまでの設定時間どのくらいになってる？」

「十分です」

「じゃあ、これは十分間触らなかったら画面が暗くなってスリープモードに入るってこと」

私も状況を整理することにした。最後に自動保存が行われたのが――つまり、スリープモードに入ったのが十時二分だったということは、九時五十二分まではゆかりは生きて小説を書いていた、ということになるだろう。

「画面が暗くなったらどうすればいいんだ？」

「普通にタッチパッドに触ったら明るくなりますよ。ほら」

一度パソコンをスリープモードにしてから、目の前で実際に指を滑らせてみせた。すると、画面がパッと明るくなって、穂鷹先輩は「はあ」と感嘆とも何ともつかない声を上げた。そもそもノートパソコンの扱いがよく分からなかったようだ。

「ということは、犯行時刻が分かるってことか。午後九時五十二分から十時二分までに……古美門が、殺されたんだとしたら」

ミステリーを専門に書いている千崎が、躊躇いながらも口にした。アリバイも犯行時刻も、小説の中にしか存在しないものだと思っていたのに。今、それが私達の部室を浸食していた。

「じゃあ、その時間に何をしてたかで、私達のアリバイが成立するってことか。……私は家でお風呂に入ってたよ。家も遠いし、さすがに家族の目を盗んで、学校までこれない。野上は？」

「え、なんで俺に振るんですか、遙香さん⁉　俺も家族とテレビ観てましたけど……ほら、十時からのミステリードラマ」

「俺はバイトをしていた。勤めてる書店に聞けば分かる」

穂鷹先輩のシフトについては昨日も聞いた。そのお陰で、私達は打ち上げが出来なくなったのだ。

「雛妃は？」

「私と千崎はその時間、一緒にファミレスにいました」

そう。私と千崎は、二人で一緒にファミレスにいた。校門の前で千崎に連絡すると、彼はすぐにファミレスまで来てくれた。その後野上も呼び出したのだけれど、こちらは出るのが面倒だからと断られてしまったのだ。文化祭の余韻が捨て切れず、しばらく二人で話をしていた。

これからの話をしようと思っていたのに、結局取り留めのない話ばかりしていた覚えがある。二人で店を出たのが、確か午後十一時過ぎだっただろうか。あまりに遅くなりすぎて、お母さんに怒られたところまでがセットだ。そこまで話すと、千崎と野上も黙って頷いた。

「それじゃあ、全員にアリバイがあるってことか……」

遙香さんが、どこか安心したように呟いた。

勿論、遙香さんは私たちの中に犯人がいると本気で思っていたわけじゃないだろう。ただ、安心したかっただけなのだ。

「ということは、誰かがわざわざここに来て、ゆかりを殺したってこと？」

「何言ってんだよ、文原。そうに決まってるだろ！　だって、それ以外に古美門が殺される理由なんて……」

野上が私を見て、苦しそうに言った。

しかし、それに対して反論したのも遙香さんだった。

「でも、ゆかりは親に嘘吐いて部室に来たわけだよね。打ち上げがあって、私の家に泊まるって。てことは、ゆかりは親に内緒で誰かと会おうとしてたってことじゃないの？　だとしたら、犯人とゆかりは待ち合わせしてたってことだったり……」

そうだ。ゆかりが帰ってこなくても騒ぎにならなかったのは、彼女自身が親にメッセージを送っていたからだ。

「あるいは、その人と何処かに泊まりに行く予定になっていたのかも」

「それが古美門の送ったメッセージかは分からない」

思い付きの私の推理を、穂鷹先輩の言葉が鋭く撃ち抜いた。

「どういうことですか？」と千崎が尋ねる。

「古美門のスマフォは指紋認証でロックされていただろ。あれなら、殺された後からでも解除出来るんじゃないか」

みんな合点がいったように頷いた。確かに文化祭の最中、私達は指紋認証でロックを解除しているゆかりを見ていたはずだ。同時に、死んだゆかりの指でロックを解除するという発想のおぞましさに引いた。躊躇無くそれを指摘出来る先輩にも。

「犯人が死体の発見をなるべく遅らせる為に嘘のメッセージを入れたのかもしれない……ってことですか？」

恐る恐る私がそう言うと、穂鷹先輩の顔は微かに強張っていた。ややあって、穂鷹先輩が残酷な推理を続けた。

「だとすると、犯人は『小泉の家に泊まる』という嘘が不自然じゃないと、あらかじめ知っていた人物になるな」

「私達の中に犯人がいるってこと？　待ってよ、みんなアリバイがあるってことになったじゃない」

遙香さんが嚙みつくが、穂鷹先輩は冷静なままだった。

「自動保存の時間は細工することが出来るかもしれない。要するに、古美門の指をパネルの上で滑らせればそれでいいんだろ。古美門を殺した後、タッチパネルの脇に手を配置して、姿勢が崩れた瞬間に指なり何なりがパネルの上を滑るようにしておけばいい」

穂鷹先輩が近くにあったパイプ椅子を袖越しに持ち上げた。

「たとえば、古典的だが氷か何かを椅子の脚に嚙ませて、時限装置で動かせばいいんじゃないかと考えた。そうすれば、古美門の指を滑らせることくらいは出来る」

「穂鷹、あんたそこまでして部員の中で犯人捜ししたいわけ？」

「そうじゃない。こうも考えられると思っただけだ」

気づけば、穂鷹先輩と遙香さんは一触即発の空気になっていた。特に遙香さんの方は、穂鷹先輩に摑みかからんばかりだった。

「じゃあ、名探偵様はその氷のトリックを警察にでも話すのかな？」

「いや。……そもそも、これは成立しない」

穂鷹先輩の口調は淡々としていた。

「成立しないというのはどうしてですか？」

千崎の質問に対し、穂鷹先輩は「これの所為だ」と爪先で床を叩いた。

「チョークの粉は水を吸収する。水に触れれば粘土状になる。しかし、床に撒(ま)かれた粉は少しも粘土化していない。ということは、時限式装置としての氷は使われていないことになる」

「なるほど……」

「黒板消しクリーナーはロックが掛かっている。ただ落としただけじゃ粉は出てこない。誰かが意図的に撒いたんだ。しかし、何の為に?」

穂鷹先輩が苦々しい顔で自問した。白い粉はまるで穂鷹先輩の推理を打ち砕く為だけに撒かれたみたいだ。

「推理が成立してないなら、こんな悪趣味なこと言わないでよ。……もういいよね? 私、先生を呼んでくるから」

「俺も行きます」

遙香さんは「余計なことしないようにね」と釘を差して、千崎と一緒に部室を出て行ってしまった。けれど、残された穂鷹先輩は遙香さんがいなくなるなり、粉塗れの部室を再び検分し始めた。パソコン周りを見たり棚を探ったりやりたい放題だ。

「ちょっと、野上。止めた方がいいんじゃないの……?」

「何で俺に振るんだよ」

「野上くらいしか止められないからだよ」

「これは何だ?」

私たちの会話を遮って、穂鷹先輩が不思議そうな声を上げた。

ハンカチ越しの手には、中身が三分の一ほど残ったままの烏龍茶(ウーロン)のペットボトルが握られていた。それを見た瞬間、昨日部室に入った記憶が一気に蘇った。

「ちょっと！　何してるんですか！」

「何って……ゴミ箱にあったのを拾っただけだ」

ハンカチ越しに器用に蓋を開け、中身を検めようとする。飲み口を嗅がれそうになったので、私は勢いよく飛びかかった。

「私が昨日飲んだやつですよ！　返してください！」

「中身が残ってる状態でゴミ箱に捨てるなっつってるだろ」

「すいませんってば！　返してください！」

別にやましいことはないけれど、一度口をつけたものをそんな風にじろじろ見られたり嗅がれたくはない。私はずかずかと窓に近寄り、怒りと羞恥に震える手で鍵を開けた。

部室の窓を開ければ、すぐそこは排水溝だ。普段はここからカップ焼きそばの湯切りをする野上をたしなめる立場だけれど気にしていられない。真下の排水溝に向けて、残った烏龍茶を捨てた。

一点の汚れも無い真っ白な飲み口から赤茶色の烏龍茶が出て行く様を見て、私はぞっとした。白い飲み口に白いカーディガンを、赤茶色の液体にゆかりの後頭部から流れた血を重ね合わせるなんて悪趣味だ。けれど、先行した感情は止められず、思わず涙が滲んだ。

ゆかりが死んだ。

こんなことで再びそれを実感させられると思わなかった。息が詰まったし、呼吸のしかたすら分からなくなった。

「大丈夫か?」

「……う」

まともに返事も出来ない私の手から、穂鷹先輩がペットボトルを抜き去る。ペットボトルは耳障りな音を立てて再びゴミ箱に入った。

間もなく先生が真っ青な顔をしてやってきて、パトカーと救急車まで来て、私達の部室は殺人現場として封鎖されてしまった。

*

『部室を取り返しに行かないか』

穂鷹先輩から部員達にメッセージが届いたのは三日後のことだった。

警察がやってきて、私達はあっという間に部室から追い出されて、ゆかりが病院に運ばれていって、警察から事情聴取を受けて。どこか現実感の無い日々が過ぎていった。

文芸部の部室は未だにドアに黄色いテープが貼られ、表向きには立入禁止になっていた。いつになったら入っていいのかも学校側からは知らされず、文芸部の部室はこのままずっとあの黄色いテープで封印されたままなのかもしれない。そう思った矢先の号令だった。

こういう時にみんなを集めるのはいつも遙香さんの役割だったから、穂鷹先輩が声を上げたのは意外だった。部長らしいといえば部長らしいけれど、いつもの振る舞いとは違っていた。

号令を掛けられた私達は、放課後、五人で校門に集まった。この時点で、私はその後に待つ崩壊を感じ取っていた。

穂鷹先輩が部長の務めを果たす時なんか、いつだってろくなことが起きないのだ。

「どうして今日なの？」

場を和ませる為なのか、純粋に疑問なのか、遙香さんがそう尋ねた。

「明日は文化祭の振替休日だから、少しハードなことをしてもいいだろう」

穂鷹先輩は少しも表情を変えずに答えた。冗談だったのかは定かじゃない。

「それで穂鷹部長、どうやって部室に入るんですか」

次いで千崎が心配そうに尋ねた。

「窓から入る。一階なんだ、部室棟の中庭から入ればいい」

穂鷹先輩は言葉少なに私達を先導した。

取り調べの印象だと、警察は『中庭から窓を通じて不審者が部室に侵入した』という可能性も考えていたようだった。確かに中庭には飛び石状に石畳があって、足跡を残さず侵入することが出来る。

だから、ゆかりが誰か、私達の全然知らない部外者と待ち合わせをしていた可能性はまだ消えていなかった。警察が話していたところによると、ゆかりは午後八時から十一時の間に殺された、ということになっていた。自動保存の時間とは矛盾しない。私達のアリバイもまだ崩れていない。

「あの日、窓の鍵は締まっていた」

穂鷹先輩が窓のサッシに手を掛ける。

「文原が烏龍茶を捨てる時に窓の鍵を開けていたからな」

あの時は慌てていたから、何も考えていなかったけれど、そういえばそうだった。窓から犯人が入ってきたという線は無いと言いたいのだろうか。心の内を見透かしたように、先輩の言葉が続いた。

「ただ、外部から侵入してきた犯人が古美門を殺してから窓の鍵を締め、扉から出て行った可能性は否定出来ない。部室の鍵はパスコード式で、扉が閉まればオートロックだ」

「この窓、今は開いてますよね？」

「警察が厳格に現場保持しているなら、開いていてもおかしくない。鍵が掛かっていたら……その時はその時だ」

その言葉通り、窓をスライドさせるといとも簡単に開いた。穂鷹先輩は躊躇いなく窓枠を乗り越える。私達も何も言わずに後を追った。

部室の床は相変わらずチョークの粉で汚れていた。警察の手が入ったからといって床まで掃除してもらえるわけじゃないようだった。死体とノートパソコン、それにゆかりが座っていたパイプ椅子が無くなっていた。それ以外は、いつもの部室と変わりなかった。それもそうだ。まだ捜査中なのだから。

私達は示し合わせたように、それぞれのパイプ椅子に着いた。

「このパイプ椅子さ、実は二脚は部費で買ったんだよね」

　誰に言うでもなく、遙香さんが呟いた。

「今年は四人も部員が入ってきてくれたから、全員の席があるようにしっかり用意しなくちゃなって思って。リサイクルショップで安いの探したんだけど、パイプ椅子って新品も中古もあんまり値段変わらないんだよね。謎だわ」

　遙香さんが懐かしむように目を細める。それを見た穂鷹先輩は、何だかとても疲れ果てた顔をしていた。

　奇妙な表情を晒したまま、穂鷹先輩は静かに口を開いた。

「今日を逃したらこんな機会は無いだろう。だから、今やらなくちゃ意味が無いんだ。警察の捜査がどこまで進んでいるか分からないからな。後手に回って捕まるんじゃ遅い。俺の言っている意味は分かるな？　千崎」

　心臓が跳ねた。

　穂鷹先輩の思わぬ投げ掛けに、全員が千崎の方を見た。……勿論、私も例外じゃない。信じられないものを見るような目で、大好きな部員のことを見てしまった。

　名指しされた千崎は、微かに身を震わせたものの、毅然とした面持ちで尋ね返した。

「……何で俺なんです？」

「俺にとっては突然でも何でもない。俺はお前が犯人なんだろうと、三日前の時点で思っていた」

「ちょっと待って。文化祭の日の夜、千崎は雛妃と一緒にいたんでしょ？　だったら犯人なはずがない」

三日前と同じように、遙香さんが反論した。私と千崎はお互いにアリバイを保証しあっているから、あの自動保存時刻が犯行時刻であるという推論が崩れない限り、千崎が犯人だということはあり得ないはずだ。

しかし、穂鷹先輩は至極真面目な顔をして首を振った。

「俺がこれから話す方法が用いられたんだとしたら、犯行時刻の誘導は可能だ。床に撒かれていたチョークの粉にも説明がつく」

チョークの粉。それは、穂鷹先輩が唱えていた氷での時限トリックの最大の障壁だったはずだ。その疑問に答えるかのように、先輩が部室の隅にある段ボールから何かを取り出した。

真っ白い風船だった。

「これはブースの飾り付けに使われていた風船だ。古美門がやけにはしゃいで買ってきたから、まだまだ沢山残っている。俺が仮説として披露した氷の時限トリックを、犯人はこれを使って、より巧妙に成立させたんだ。まず白い風船を膨らませて、中に氷を入れる。そして空気を抜いて口を縛って、椅子の脚にセットする。加えた工程はたったそれだけだが、氷が溶ければそれに合わせて風船は縮み、古美門の死体を動かす。しかも、これなら床が水浸しになることもない」

穂鷹先輩が手に持った風船を粉塗れの床に落とす。風船の白は粉のなかで保護色になって、まるで消えてしまったように見えた。

「更に周到なことに、犯人は黒板消しクリーナーの粉を撒いた。これの所為で白い風船は更に見えづらくなり、細工はバレにくくなった。犯人は遺体発見のどさくさに紛れて風船を回収したんだろう。あの時は俺も動揺してたからな」

「そんなの……」

遙香さんが声を上げかけて、はっと口を噤んだ。あの時はあそこにいる全員が動揺していた。私も冷静じゃなかった自覚がある。ゆかりの死体だけに注目して、みんな床にはそこまで注意を払っていなかったはずだ。

「だから千崎、お前が文原とファミレスにいたっていうのはアリバイにはならない。古美門は九時五十二分より前に殺されたかもしれないんだからな」

「でも、それで俺が犯人ってことにはならないじゃないですか。そういうアリバイトリックが出来るってだけで……」

あからさまに動揺した様子で千崎が反論した。その姿を見ているだけで、私の胸も締め付けられた。それじゃあまるで、本当に犯人みたいじゃないか。けれど、穂鷹先輩は追及の手を緩めなかった。

「そうだな。このアリバイトリック自体は、直接お前の犯行を裏付けるものじゃない」

「なら——」

「言っただろ。俺は三日前からお前が犯人だと確信していたんだ。あのチョークの粉の意味が分からなかったから時間を置いただけで……文化祭当日のお前の行動を思い返せば明らかだった。本当はもっと早く、お前に自首を促したかった」

穂鷹先輩は苦しげで、まるで先輩の方が追い詰められているみたいだった。

「俺、穂鷹部長に会ったの、部室の前でのあれっきりなんですけど……」

「そう、あの時だよ。お前が小泉に言われて売上を部室に仕舞いに来た時だ。あの時、音がしなかったんだ」

「音？」

「缶に入った小銭がジャラジャラ鳴る音だよ。文原、お前もあの場に居ただろう。覚えてるか？」

穂鷹先輩が、私のことをじっと見た。聞いているんじゃなく、念を押しているようだった。

私と先輩が妙な雰囲気になっていると勘違いして、千崎は咄嗟に逃げ出した。

穂鷹先輩の言う通りだ。

なのに、千崎の荷物からは耳障りな音がしなかった。ややあって私が頷くのを見てから、先輩は再び話し始めた。

「恐らく千崎は売上を数えた後、そのまま持ち運べばうるさいことに気が付いて、小銭だけ布袋に移したんじゃないか？　そうしたら音は鳴らない。だからあの時も音がしなかった。だが、古美門が変わり果てた姿で見付かったあの朝、金庫に入っていた缶には小銭も紙幣も一緒くたに入っていた。これはどういうことだ？」

千崎は答えなかった。真っ青な顔で唇を噛み締めている。穂鷹先輩は容赦なく続けた。

「簡単な話だ。袋が使えなくなったんだろう。お前は大量の小銭が詰めこまれた袋で古美門を殴り殺したんじゃないか？　その所為で血が袋に付着してしまい、お前は小銭を缶に移し替える羽目になった。警察は頭蓋骨を一撃で陥没させるような取り回しのいい凶器を捜しているそうだ。……きっと、あれなら丁度いい……」

売上は六万五千六百円だった。紙幣がいくらか交じっていたにしろ、相当な枚数の硬貨が入っていただろう。……それを袋に詰めて硬く絞れば、人をも殴り殺せるくらい。

ブースの準備の時に、ゆかりがバイト先から借りてきたあの緑色の袋は、部室の何処にも見当たらない。あれの行き先を、私達はもう知っていた。

「お前があそこで嘘を吐いた時点で、お前が犯人なんだろうとは思った。あの硬貨を詳しく調べてもらうよう警察に進言すれば、恐らく血液反応が出るだろう。お前が自分で言わないなら、俺が警察に話すことになる」

どうする、とその目が訴えていた。少しだけ間を空けて、千崎が吐き出すように言った。

「……そうです。俺が古美門を殺しました」

「そうか。自首しろ」

穂鷹先輩はきっぱりと言って、話を打ち切ろうとした。

「ちょっと待てよ、何でお前が古美門を殺さなきゃなんないんだよ！」

「そうだよ！　何で……何でゆかりを殺したの？　本当に千崎なの？　事故とかじゃないの？

だったら少しは――」

　野上と遙香さんが口々に言った。けれど、千崎は首を横に振った。

「いや、俺には殺意がありました」

「……嘘だ。千崎はそんな奴じゃないよ。そんなはずない！」

「遙香さん。古美門が受賞した作品、全文公開されてるの知ってますか？　文化祭の数日前に公開されたんですけど」

　遙香さんの返事を待たずに、千崎は続けた。

「あのトリック、俺が考えたんですよ」

　傍で聞いていた私の方も、息を吞んだ。

「……盗作ってこと？」

　遙香さんは信じられない、とでも言いたげな口調だった。

「この中でデビューに一番近いのは古美門だと思ってました。……古美門の文章には華があるし、文章力も確かだった。だから意見を聞きたくて、考えてる最中のミステリーのトリックを話したんです。そうしたら……使われた。俺は作品の形にもしてないから、何も言えなかった」

「それを恨みに思って殺したのか？」

「大枠ではそうなんだと思う。……いや、どうだろうな。文化祭の後『お前がトリックを盗んだ証拠を持ってる』って嘘吐いて古美門を部室に呼び出した時は、そこまでしようとは思ってなかったかもしれない。ただ、謝って欲しかっただけで」

でも、と千崎が続けた。

「俺を待ってる間も古美門は小説を書いててさ。……それが、序盤も序盤なのに面白かったんだよ。こいつには才能があるんだなって思った。俺が考えたトリックも、俺が書いてたらきっと受賞するような作品には仕上げられなかった。俺のトリックは、古美門が使うことで面白い作品になる、ただのパーツでしかない。そう思ったら、……俺は、」

千崎は長机に拳を打ちつけた。それきり、何も言わなかった。

「千崎。私と一緒に行こう。付き添うから」

沈黙を破ったのは、遙香さんだった。

「ねえ、千崎。ゆかりは大切な後輩だったけど、あんただって私の大切な後輩なんだよ……」

遙香さんの言葉に、千崎が静かに頷く。ずっと黙っていた野上も口を開いた。

「俺も行きます。……いいよな？　千崎」

「……………ああ」

二人に支えられて千崎が立ち上がった。上履きをチョークの粉で汚しながら、部室の扉に向かっていく。

扉の前にきた時、千崎が私の方を振り向いた。

彼の目は暗く淀んでいて、かつての千崎とは似ても似つかなかった。

私はその目から何かを読み取ろうとするけれど、上手くいかなかった。千崎はどんな気持ちで私を見ていたのだろう。

遙香さんが忌々しそうに黄色いテープを千切って、文芸部室の封印を解いた。

私が何か言うより先に、部室の扉が閉まった。そして、私と穂鷹先輩が部室に残された。正真正銘の二人きりだ。

ややあって、穂鷹先輩が溜息を吐き、テーブルに顔を伏せた。死んだゆかりと同じような格好だ。

両手で顔を覆っている所為で、先輩の表情は見えなかった。遙香さんはああ言ったけれど、本当は穂鷹先輩が一番ショックを受けているのだろう。先輩が文芸部を大切にしていたことを私は知っている。

だからこそ、穂鷹先輩は警察が真相に気がつく前に千崎を自首させようとしたのだ。

穂鷹先輩はおよそ名探偵向きの人間じゃなかったわけだ。

先輩はSJDの千崎の欄に犯した罪を書き加えることを悲しく思うような人間だろうから。

名探偵はそんなことでは駄目なのだ。

この期に及んでもまだ、穂鷹先輩は躊躇っていた。そんなことでは本当に駄目なのに。

「……文原」

しばらくの沈黙の後に、穂鷹先輩は静かに言った。

「話がある。付き合え」

「いいですよ。ただ、この部屋からは出ましょう。ここにいちゃいけない身ですし」

「この辺りでいいんじゃないですか」

私はガードレールに寄り掛かり、穂鷹先輩の方を見た。

裏門からまっすぐ進み、田んぼ沿いの道まで出た。ここは人通りが少ない上に外灯も少ない。その外灯だって、夜道で東高生が襲われる事件があって、ようやく設置されたものだ。

ここなら誰もいない。前のように千崎に邪魔されたりしない。先輩は、大きく頷いてから再び話し始めた。

「細工をしたのはお前だな、文原」

「はい」

「千崎じゃない。お前がアリバイ工作をした」

嚙んで含めるような口調で、穂鷹先輩が言った。

念を押さなくても、私は言い逃れをするつもりはない。

「でも、どうして気づいたんですか？　実際に殺したのは千崎で、それで全部納得がいくはずなのに」

「写真だ。部員全員で写真を撮ったよな。文化祭の終わりに、小泉が文芸部の最後の記念だって」

先輩がスマートフォンの画面を見せてきた。遙香さんがみんなで撮ろうと言ったあの写真が映し出されていた。遙香さんがラインに貼ったこの写真を、ダウンロードするような人だったのか、と、そこに驚いてしまった。

写真の中の私達は本当に幸せそうだ。自分が殺されることを知らないゆかりが、自分が殺してしまうことを知らない千崎が、後輩に付き添って警察に行くことを想像もしていない遙香さんが、友人を失うことを覚悟していない野上が、一緒に映っている。中心にいる私も馬鹿っぽい笑みを浮かべていて、隅っこには普段と変わらない穂鷹先輩が居た。自分が探偵になるなんて思ってもいない先輩が。

「この写真のお前はオイルティントを付けている」

先輩が写真の中の私の唇を指す。ＳＪＤに追記したのか、先輩は名称をちゃんと覚えていた。

「派手な発色をしているから、お前が口を付けたものには同じように派手なピンク色が付着する。焼きそばを食べた時は箸にも付いたんだ。そうだろう」

「そうですね」

ここまできて悪あがきをする気にもなれないので、素直に肯定した。否定したら否定したで、穂鷹先輩はきっと検証しようとするだろう。この人はそういう人だ。先輩は私を決して逃さない。ややあって、先輩は続けた。

「でも、お前が事件当日の夜に捨てたペットボトルにはこのピンク色が付いてなかった。どのタイミングかで唇の色を落としたんだ。何か食べたり飲んだりしたから落ちたのか？　違うな。お前は自分の意志でオイルティントを一度拭っている」

ひくりと喉が鳴る。先輩は一拍置いて続けた。

「どうして口を拭わなくちゃいけなかったのか？　答えは簡単だ。風船を膨らませなくちゃいけないからだよ。真っ白なチョークの粉に紛れさせるには、流石に吸い口にあのピンクが付いていたら目立つ。だから、お前は風船を膨らませる時に、唇を拭ったんだ。そして、何も付いていない唇のまま烏龍茶を飲んだ」

「……まるで見てたみたいに言うんですね」

冗談めかす私の合の手に、先輩は笑ってくれない。

正直な話、ペットボトルなんて殆ど意識してなかった。

色々な細工をしたお陰で、酷く喉が渇いたのだけは覚えていた。だから、氷を調達するついでに、自動販売機で烏龍茶を買ったのだ。まともに意識していなかったから、その辺の記憶すら定かじゃない。

飲み口のことなんか全然気にしていなかった。だって、それは単なるゴミなんだから。文芸部員のゴミが文芸部室のゴミ箱に捨てられていることは不自然でも何でもない筈だった。穂鷹先輩は、その辺りの観察力も凄かったんだな、と思う。素晴らしい。性格は欠片も向いていないくせに、やっぱりこの人には名探偵の才能がある。

「お前はアリバイ工作を行ってから……千崎をファミレスに呼んだんだろう」

＊

スーパーに行って氷を貰い（ここでドライアイスを貰えていたらもう少し楽だったかもしれ

ないが、床に粉を撒くトリックの方が見た目のインパクトがあるからお得かもしれない）、即席で考えたアリバイトリックを仕掛け終えた後、いよいよ千崎に電話を掛けた。駅の近くのファミレスに呼び出して、愛しの殺人犯を待つ。殺人犯になってしまった私の友達は、数時間前と殆ど変わらない風体でやって来た。角も牙も生えていない。

生気の無い千崎を奥のボックス席に引き込んで、私はにっこりと笑ってみせた。

「さ、とりあえずドリンクバーは頼むとして……何なら食べれそう？　軟骨揚げとアワビ茸のグリル頼んで、あとはグラタンとかシェアしようか」

「何でそんな酒のつまみみたいな……」

弱々しい笑顔を浮かべてお冷（ひや）に手を伸ばした千崎の手をそっと取った。あっさりと捕まった手に力を込めて、私は言った。

「今、作ってるから」

「何を」

「アリバイを」

そして私はただ微笑んだ。ポテトも頼んじゃおうか、と言いながらその手を放した。注文を済ませてから、私は自分のやったことと、これからの予定を語る。

「第一、硬貨を詰めた袋で殴るなんて平凡すぎるよ。ドラマでも漫画でも使い古されてるし、チャンドラーですら使ってる」

「……何言ってるんだよ。俺は、そんなこと全然考えてなくて、ただ、気づいたら金庫の中の袋を……」

「わかってる。現実なんてそんなものだよね」

特筆することもない、穂鷹先輩の辞書に載ることさえない単純な事柄だ。

少しだけ失望感を抱えながら、私がしたことを最後まで話した。聞き終えた後、千崎は静かに口を開いた。

「……本気？」

「本気だよ。ずっと本気だった」

自分の声が随分熱っぽく響いた。こんな気持ちになるのは初めてだった。

「筋書きはこうだよ。ゆかりが殺された時、千崎と私は一緒にファミレスで二人だけの打ち上げをしてた。これでいいよね？」

「……いいよね、って言われても……」

「きっと大丈夫だよ。勿論、こんなの全部無視して自首したっていい。私が勝手にやったんだって言ってもいい。どちらにしろ、あんなことをしでかした時点で、私と千崎は共犯だ」

「どうしてこんな」

「私は千崎に捕まって欲しくないんだよ。ゆかりのことも大切だったけど、文芸部だって無くなって欲しくない」

この言葉は自然に出てきた。私はあの部室も、そこで過ごす時間も大好きだった。千崎がゆかりを殺した罪で捕まれば、どうしたって変わってしまう。大好きなものを守りたい。私にとっては大切な動機だった。

「ドリンクバー取って来るよ。何がいい？」

「……何でもいい」

私はダイエットコーラを二杯取ってきた。本当にありがとう、と千崎が小さく言った。

「そんなにコーラ好きだったっけ？」

私はわざとズレた返答をした。千崎から言葉を引き出す為に、私は酷いことをしていた。千崎は少しだけ躊躇ってから、口を開いた。

「……違くて、アリバイの方」

「ううん。これは私が私の為にやったことだから。千崎が気にすることじゃないよ」

微かに溶けた氷が、からんと音を立てた。

「私はこの文芸部が好きだった。多分、一生好きだと思う。千崎のことも、ゆかりのことも、遙香さんのことも野上のことも、それに穂鷹先輩のことも本当に特別だと思ってる。そんな場所でこんな特別なことが起こるんだよ。こんな、非日常が」

「文原、お前おかしいよ」

「おかしいのかもね。でも、千崎の不利にはならない。私もこの物語に入れて」

私は特別じゃない。才能も無い。書きたい物語だって一つもない。

なら、こういう形で自分の作品を作るしかない。

「……俺は文原の言っていることがよく分からない。ただ、こうして……アリバイを作ってくれたのは感謝してる。本当は自首した方がいいはずなのに、俺、怖くて」

「千崎……」

「怖いんだ。自分が人を殺すなんて思わなかった」

千崎は子供のように震えて、今にも泣きだしそうだった。

「人を殺したことより、それがバレてみんなに軽蔑されるのが怖いなんて、俺もう頭変になってんのかな。……どうしよう。古美門に謝らないと」

支離滅裂なことを言う千崎の手を、グラスごと包んだ。そして私は言った。

「大丈夫。共犯になろうよ」

帰るのは随分遅くなってしまった。終電近くになって帰った所為で、お母さんには随分叱られたけれど、そんなのは気にならなかった。

ゆかりの死体を見つけた瞬間、私は確かに悲しかった。それは嘘じゃない。嘘じゃないのに、同時に興奮でおかしくなりそうだった。

私の目の前に現れた非日常。本物の殺人事件。けれど、そこには物語が無かった。殴られただけの死体。おまけに千崎は自分のハンカチまで現場に残していた。相当慌てていたのだろう。あまりに単純で、一本道のミステリーだ。これではあまりにもつまらない。

そこで考えた。

例えば、私が手を貸して、この事件を未解決に出来たらどうだろう？　文原雛妃が警察の目ゆかりが殺されてしまったことに対する悲しみを、いつしか私のなかで別の感情が塗り替えていった。部内に殺人犯と被害者がいるなんて酷い醜聞に晒されるだろう。そんなのは駄目だ。文芸部を守りたい。私なら守れる。たとえゆかりを殺した犯人であろうと、千崎に捕まって欲しくない。私なら庇える。

そう思ってしまった。

「その為に、古美門を置き去りにしたのか。あの部屋の中で、一人きりにさせたのか」

暫し私の話に耳を傾けていた穂鷹先輩は、今まで聞いたことのない暗い声で呟いた。死体の発見が遅れたことを責めているのだろうか。

「……そうですよ」

「その為に、千崎の殺人を見逃そうとしたのか。全部隠し通せばいいだなんて思ったのか」

「……そうですよ」

「……お前がわざわざ古美門のスマートフォンで親御さんにメッセージを送ったのは……俺達が……いや、自分が、第一発見者になる為だな？」

その通りだった。ゆかりが無断で外泊したとあれば、もっと早い段階で騒ぎになっていただろう。そうしたら、第一発見者の椅子を、みすみす他の人に譲り渡すことになる。ここまでしたのにそんなのは惜しい。私は第一発見者となり、トリックに使った風船を回収することで、ようやく役割を全うできる。

穂鷹先輩が片手で顔を覆い、深い溜息を吐いた。途方に暮れているのが傍目からでも分かった。

先輩はこれからどうするんだろう、と他人事のように私は思った。全てが明かされて、名探偵に舞台袖から引き摺り出されてもなお私の心は凪いでいた。

「警察に言ってもいいですよ。その時は、千崎みたいに私にも付き添ってくれますか？　穂鷹先輩のことは尊敬してるんですよ」

「何言ってるんだ、お前」

千崎と一緒に私も捕まって、何だかんだ同級生を庇ったってことになるんだろう。進学に影響は出るのかな。それともそうでもないのかな。そんなことばかり考えてしまって、どうにも現実味が無い。

「そうだ。その時はこのことをテーマに小説を書いてみようかな。だって、これは私の物語でもありますから。そうしたら、今度こそ私にしか書けないものが書けるかもしれない」

「罪に問われるってことがどういうことなのか分かってないのか？　お前の人生にも大きな影響が出る」

「そうかもしれませんね」

殺人事件を軸に何もかも狂ってしまった。これから先輩は警察に行くか、あるいは千崎の時と同じように私に自首を勧めるだろう。あれほど苦しげに犯人を指摘していた先輩にとって、より耐えがたいことかもしれない。私は赦されないことをした。けれども、引導を渡せるのは今のところ先輩だけだ。

先と同じ台詞を苦しげに言う先輩が想像出来て思わず笑ってしまった。穂鷹先輩は、つくづく探偵に向いていない。

「文原」

けれど、私の予想していた展開にはならなかった。

先輩はもう顔を覆っていなかった。まっすぐに私を見ている。

「俺はお前を赦せない」

「……そうですよね」

穂鷹先輩はそういう人だ。私はもう文芸部にいられないだろう。それを思うと、少しだけ惜しい気持ちになった。どうしてこうなってしまったんだろう？　変わらず、先輩の声は落ち着いていた。

「だから、こうするしかないんだ」

間髪を容れずに、穂鷹先輩が思い切り私を突き飛ばした。

先輩の予期せぬ挙動に備えていなかった私はあっさりと道路に転がった。無様に転ばされたことへの驚きに身を震わせたのも束の間、もっと鮮烈な恐怖に直面した。

尻餅をついた私の膝を、穂鷹先輩の足が踏みつけていた。

私を見下ろす先輩の目の冷たさに、息が浅くなった。穂鷹先輩の手がゆっくりと私の足首を摑んだ。

このままいけばどうなるかは想像に難くない。

「……え？」

「これからやることを、お前は警察に訴えてもいい。だが、そうしたら俺もお前のやったことを警察に話す。これは楔だ。俺とお前は、これから互いに負い目を持つ。……こうでもしないと、俺はこのことを、隠しておけない。千崎が殺人を犯したように、お前が事実を歪めたように、俺も赦されないことをしてやるよ」

「こっ、こんなのおかしいですよ！」

「そうだな。きっとおかしい。……人が人を殺すのも、それを物語にしようとするお前も、探偵気取りの俺も……きっと、全てがおかしいんだ……」

先輩は何だかひどく傷ついているように見えた。苦しげに細められた目尻に涙の滴が溜まっている。泣きたいのは私の方なのに。

「こうするしかないんだ」

その声があまりにも優しいので、彼の言葉が冗談や単なる脅しではないことが伝わってきた。どうしてこんなことになったのだろう。

「俺はお前のことを警察に言わない。酷い話だ。このことは全部ここで終わらせる。その為だ」

「その為って……」

「共犯になってやる」

それは奇しくも、私が千崎に言った言葉と同じだった。

＊

更に三日が経った。

私は病室のベッドで、ノートパソコンに向き合っている。

文芸部の殺人は千崎の自首によって幕を下ろした、ようだ。千崎がどんな物語を組み立てたのかは知らない。何しろ、私のところに警察は来なかったからだ。

文芸部の殺人において、私は蚊帳の外に置かれた脇役だ。『夜道で転んで足を折った女子高生』が、この殺人事件における私の配役だ。

今や私はそれに甘んじている。私は千崎の共犯なのだと言ってしまいたい気持ちはあった。でも、出来なかった。穂鷹先輩が打った楔は大きかった。

あの穂鷹先輩が罪を背負って『共犯』になってまで、私の罪を葬ろうとしたのだから、それに報いたいと思ったのだ。この足の真実も言うつもりはない。私は先輩を傷害罪で訴えたくはなかった。

病室でぼんやりとしていると、野上と遙香さんがお見舞いに来てくれる。二人とも私に降りかかった椿事をそれなりに心配してくれていて、私はそんな二人に「仕方ないよ」なんて言葉を返す。何しろこれは紛うこと無き自業自得なのだから。

「私、文芸部辞めるね」

他愛の無い話をしている最中に、そっと告げる。

「……俺も辞めようと思ってたんだ」

野上が言った。驚くべきことに、遙香さんまでもが「私も身の振り方を考えなきゃな」と言った。

「でも、文芸部じゃなくなっても、雛妃は私の可愛い後輩だから」

「文芸部とか抜きでさ、落ち着いたらまた会おうな」

二人がそう言うのを聞いて、何となく私は文芸部の終わりを悟る。

明言はしていないけれど、遙香さんもきっと卒業を待たずして文芸部を辞めるだろう。

そうして一人残された穂鷹先輩はどうなるんだろうか。いいや、決まっている。あの人は他に誰もいなくなっても、ただ一人ＳＪＤを作り続けるだろう。

先輩は文芸部の殺人も、あの美しい手帳の中に記録しただろうか。先輩は脚色することはない。ただあるがままを記録するだけだ。そこに躊躇いも衒(てら)いも無いだろう。

でも、私にはもうそれを確かめる術(すべ)すら無いのだ。

先輩はもう、ＳＪＤを私に見せてくれることはないだろう。

「文原雛妃」の欄に何か特別な注釈が増えたのかどうかも、私には分からない。

さて、明後日には退院出来るらしいが、それまでやることがない。私は改めてノートパソコンに向き合う。画面にはゆかりが使っていたものと同じテキストエディターが表示されていた。

そこにはまだ一文字も打たれていない。

穂鷹先輩は私の腕を折らなかった。

私を傷つけて罪を負うのなら、指の一つでも折る方が楽だっただろう。傷の大小に拘わらず、先輩はそのことを十字架として背負っていけるだろうから。

それなのに、穂鷹先輩は文字を綴る為の、あるいはキーボードを打つ為の腕を傷つけようとはしなかった。

それがどういうことかは言われなくても分かる。

でも、書けない。私の物語は始まらない。

エディターの中ではカーソルが点滅し続けている。その点滅を止めるだけの言葉が、私の中には無い。

黒塗り楽譜と転校生
辻堂ゆめ
Tsujido Yume

辻堂ゆめ（つじどう・ゆめ）

1992年神奈川県生まれ。東京大学卒。2014年『夢のトビラは泉の中に』が第13回『このミステリーがすごい！』大賞優秀賞に選ばれ、翌年同作を『いなくなった私へ』と改題しデビュー。他の著書に『コーイチは、高く飛んだ』『あなたのいない記憶』『悪女の品格』『片想い探偵　追掛日菜子』『あの日の交換日記』の他、児童書〈図書館B2捜査団〉シリーズにも挑戦するなど、活発な執筆活動を続けている。

扉イラスト＝はしゃ

魂も気迫もこもっていない歌声が、音楽室に響いている。

バラバラの子音。開いているのか閉じているのか分からない唇。基礎練習の意味をまるで無視した、喉にかかる発声と、胸式呼吸。

まったく、三十人集まってこの程度か。

盛り上がりの〝も〟の字もないままサビの歌唱が始まった瞬間、金町明日香(かなまちあすか)は丸めた右手を鍵盤に向かって振り下ろした。覇気のない合唱と対照的な、鋭い和音が空気を切り裂く。

「ストップ、ストップ」

すでに右手を上げて停止の合図を出していた指揮者の小笠原航(おがさわらわたる)が、驚いたようにこちらを見た。さすがに勢い余って強く弾きすぎただろうか。ただ、明日香の鬱屈した気持ちを察したのか、彼が直接声をかけてくることはなかった。

「ええっと、みんな、ここはもっとクレッシェンドを意識できるかな？　Cメロからサビの繰り返しに入っていく大事な部分だから、一番思いを込めて歌ってほしいんだ」

小笠原が譜面台に置いた楽譜をめくり、一生懸命力説した。しかし、楽譜に指示を書き込んでいるのは、合唱部や吹奏楽部に所属する数名程度だ。大半のクラスメートは、黒板の上の時計に目をやったり、腰に手を当てて脚のストレッチを始めたりと、練習終了時刻を心待ちにする様子を隠そうともしていない。

「ほら、男声だけだったところに女声が加わった瞬間、視界がぱっと開けるような感じでさ！　聴いている審査員の先生たちを、ここで絶対に、めちゃくちゃ感動させたいんだ。そのためには、俺たち自身が曲に感情移入しないと！」

集中力を切らしたクラスメートの面前で、小笠原航はかわいそうなほど空回りしていた。普段は吹奏楽部でパーカッション担当として活躍している彼は、ここ波浜中学校の校内合唱コンクールで、三年連続指揮者を務めている。意識の低い同級生の指導にはさぞ慣れているのだろうと思ったが、今年は文化部より運動部が圧倒的に多いクラスになってしまったから、例年以上に苦労しているようだ。

四月の終わり、という開催時期もよくなかった。新しいクラスのまとまりをよくするため、という大義名分があるようだが、それなら何も合唱コンクールでなくてもいいのではないか。まだ素性の知れないクラスメートたちと心を一つに合わせて歌の練習をするというのは、なかなかハードルが高い。

「じゃ、もう一回いくよ。さっきと同じ、Cメロに入るところから。金町さん、一小節前からお願いしていいかな」

「はーい」

小笠原がこちらを向き、右手を振った。分かりやすい指揮に合わせて、明日香は鍵盤に十本の指を走らせ始める。やがて、ピアノの音色に歌声がかぶさった。

やっぱり、バラバラだった。

歌詞やリズムもそうだが、歌っている三十人の気持ちが。

真面目に取り組んでいる数人の声だけが、グランドピアノを飛び越えて明日香の耳に届く。彼女たちの歌は、確かに上手い。だが、個々人の声が容易に聴き分けられる時点で、こんなものは合唱と呼べないのではないか。

「ストップ、ストップ」

顔を曇らせた小笠原が、また同じところで指揮をやめた。

「うーん、まだクレッシェンドが全然足りないな。そうだな、次は無理やりでもいいから笑顔で歌ってみようか。そうしたら表情に引っ張られて、気分も高まるかもしれないし。みんな、楽譜にそう書いといてもらえる？」

突然、ビリッ、と紙が裂ける音がした。

みんなの視線が集まった先には、合唱コンクール運営委員の吉井瞳(よしいひとみ)が立っていた。小柄で可愛らしい顔をした彼女は、慌てた様子で楽譜とボールペンを胸に抱え込み、頬を赤らめてうつむいた。

「ごめん……私、筆圧が強くって」

どうやら、小笠原の指示をメモしている最中に、ペン先で楽譜を破いてしまったらしい。

たぶん、筆圧が強いというのは言い訳だろう。士気の欠片もない歌声に怒りを抑えきれなくなり、ボールペンを握る手に思わず力をこめてしまったのに違いない。先ほど、苛立ちのあまり鍵盤に指を叩きつけた明日香と似たようなものだ。

とはいえ、吉井瞳と明日香では、事情がまるっきり異なる。

瞳は熱心な合唱部員で、指揮者の小笠原航と同じくらい、校内合唱コンクールへの思い入れも強い。一方の明日香は、クラスで一番上手にピアノを弾けるという理由だけで毎年伴奏を押しつけられている被害者にすぎなかった。

迷惑な話だ。週に二回通っているピアノレッスンの課題をこなすだけでも大変なのに、貴重な放課後の時間を削って、こんな効率の悪い練習に付き合わなきゃならないなんて。

「それと、さっきも言ったけど、単語の最後の音はしっかり揃えてね。『ビリーブ』の『ブ』とか、『リアライズ』の『ズ』とか。じゃないと、全体の印象がバラけて聞こえるから」

「英語とか、フツーに無理ゲーなんだよなあ。ったく、誰だよ、こんなムズい曲選んだの」

列の中ほどに立っているテニス部の矢上和磨が、茶色い髪を掻き上げながら文句を言った。

三年一組の自由曲に、かの有名な『We are the World』を選んだ張本人である指揮者の小笠原が、途端に表情を凍らせる。

「おっ、俺は、定番の合唱曲より、みんなが気持ちよく歌える楽しい曲のほうがいいと思って――」

「ねえ、今のところ、さっさともう一回やらない？　みんなが指示を忘れる前にさ」

明日香は見かねて口を挟んだ。矢上の心ない言葉に追い詰められて悲痛な顔をしていた小笠原が、自分の役目を思い出したかのようにはっと背筋を伸ばす。

「俺さ、最終学年の今年こそ、どうしても優勝したいんだ。だからみんな、よろしく頼むよ。じゃ、さっきのところからもう一度」

いやいや。そんな個人的な思いを、この人たちに語っても意味がないのに。

明日香は半ば呆れながら、小笠原の指揮に合わせて、Cメロの一小節前から伴奏を始めた。普段からプロのピアニストになるための鍛錬を積んでいる明日香にとって、合唱編曲版『We are the World』の伴奏は、目をつむっても弾けるほど簡単だ。

さて。

いったい、聴いているだけで力が抜けていくような、この質の低い歌声の元凶は誰なのだろう。

鍵盤に指を滑らせながら、視線を上げて犯人捜しを始める。やる気のない姿勢で歌っている矢上和磨か。音痴を隠そうとして明らかに口パクをしている畠山宗四郎(はたけやまそうしろう)か。

いや、もっとひどいのがいる——。

明日香の目に、後列の端に立っている背の高い女子の姿が映った。

今月頭に転校してきたばかりの田部(たべ)まりえだ。ソプラノに所属する彼女は、背筋を丸め、ショートカットヘアの頭を半ば楽譜に埋めるようにして歌詞を追っている。

どうやら、英語を読むのに手間取っているようだ。発音がびっくりするほど下手くそだし、口を動かすのに必死になるあまり、音程も微妙にずれている。明日香に一番近いところに立っているとはいえ、集団の中でこれだけ浮いて聞こえるというのは相当なものだ。

英語が読めないなら、事前にフリガナくらい振っておけばいいのに。

歌い終わった直後、おどおどした様子で辺りを見回している田部まりえに向かって、明日香は心の中で悪態をついた。

それにしても、挙動不審な転校生だ。まだこの学校に来て二週間しか経っていないというのに、すでに変な噂がいっぱい流れている。本人が頑なに口をつぐんでいるため、どういう事情でどこから引っ越してきたかも不明。顔立ちがそこそこ整っていて、スタイルもいいだけに、雰囲気が浮いているのがなんだかもったいない。

田部まりえのことを考えているうちに、練習時間は過ぎていった。

結局、今日の練習は前半の復習とCメロだけで終わってしまった。本番まであと一週間しかないというのに、最後に立ちはだかる転調後の大サビにはまだ一ミリも取り掛かれていない。

この調子で、きちんと曲が仕上がるのだろうか。

ため息をつきながら音楽室を出て、三年一組の教室に戻った。えんじ色の画用紙で綴じた自分の楽譜をロッカーの上にある所定の箱に返し、部活に向かうクラスメートたちを横目に帰宅する。

黒板の上の時計は午後四時を指していた。誰とも会話をすることなく、明日香はひとり、ピアノレッスンへと向かった。

＊

翌日の放課後も、三年一組は合唱練習のために集まることになった。

今日の練習場所は教室だった。明日香は、運営委員の瞳が借りてきたキーボードを机の上に設置し、その前に座った。プラスチック製の軽すぎる鍵盤は、長年グランドピアノで鍛えてきた感覚が狂ってしまいそうでまったく好きになれないが、背に腹は替えられない。

これでも、ピアノ音源を流しながら歌うよりははるかにましだった。優れた音楽に必要なのは、その場の呼吸や空気感なのだと、明日香は常々思っている。

発声練習を終えると、指揮者の小笠原がロッカーへと近づき、その上に置いてある楽譜入れを覗き込んだ。箱が空っぽになっていることを確認し、満足げな表情を浮かべる。

「よかった、今日は全員出席か」

「合唱練のために部活の開始時間を後ろ倒しにされちゃ、仕方ねえよ。この学校、合唱コンに力入れすぎなんだよな」

矢上が聞こえよがしに言う。すると、運動部の男子たちが「本当だよ」「部活の時間を短縮してまでやることじゃないだろ」と次々同意し始めた。

その声に負けじと、譜面台の前に立った小笠原が声を張り上げる。

「もう本番まで一週間を切ってるから、今日は最後まで音取りを進めるよ。サビの繰り返しとはいっても、転調後はハモリ方が変わるから要注意。しっかり頭に叩き込んでね」

「まじかぁ。覚えられる気がしねえ」

「じゃあ、昨日の続きを開いて。いったん全員で範囲を確認しよう」

小笠原の指示で、三列に並んだクラスメートたちが楽譜を開き始める。明日香も、キーボードの上に置いていた自分の楽譜を手に取った。

教室全体が騒然としたのは、その直後のことだった。

「あれ?」

「何これ!」

「え、お前のも?」

「うわ、やられてる」

「同じとこじゃん」

「誰だよ、こんなことしたの!」

男子も女子も、一様に顔をしかめて楽譜を見せ合い始める。

何事か、と急いでページを開いた瞬間、明日香は愕然として全身の動きを止めた。

真っ黒に塗りつぶされている。

楽譜の、最後から二番目のページの下半分が。

閉じたときに写ったのか、左側のページにも少量のインクが付着していた。線状の色ムラがあるところを見るに、極太の油性ペンで塗ったようだ。それも、隙間なく、異様なほど丁寧に。

四小節が、二行。合わせて八小節分の五線譜が、その間や周りの余白も含め、黒いインクの下に丸ごと沈んでしまっている。

明日香は慌てて立ち上がり、楽譜を開いたまま固まっている小笠原のもとへ駆け寄った。彼の楽譜を覗くと、やはり同じ箇所が黒塗りにされていた。興奮した様子で言葉を交わしているクラスメートたちを見る限り、どうやら全員分の楽譜が被害に遭ったようだ。

「ねえ、どうする？　今日練習する予定だったところだよ。これじゃ音取りができない」

小笠原の指示を仰いだが、返ってきたのは「ど、どうしようか」という頼りない震え声だった。指揮者がこの体たらくでは、いつまでも統率が取れない。明日香は仕方なく、自分の楽譜を頭上に掲げ、クラスメートに呼びかけた。

「ねえ、誰？　こんなことしたのは」

教室がしんと静まり返る。返事はない。

それはそうだろう。みんなに隠れてこれだけひどい悪戯をした犯人が、わざわざ自分から名乗り出るわけがない。

「全員、この部分をやられてるの？　最後の見開きページの右下。転調した後のところ」

うん、そこだね、という声がほうぼうから上がる。

「自分の楽譜が無事、って人は？」

もしいるなら、すぐに印刷室に走って全員分コピーし直せばいい。そう思ったのだが、手を挙げる者はいなかった。

「一人もいないの？　困ったね。これって、楽譜の原本はあるんだっけ」

「あ、私、持ってるよ」

そう答えたのは、運営委員の吉井瞳だった。

「合唱部で歌ったことがあって、今回は私の楽譜をクラス全員分コピーしたの。でも、原本は家にあるから、持ってこられるのは明日になっちゃう」

「どうすんだよ。これじゃ、練習はできねえぞ。俺ら、部活行ってもいい？」

矢上がひらひらと楽譜を振った。この軽薄そうな男は、早くテニス部の練習に行きたくて仕方がないらしい。

その声で我に返ったのか、黙って楽譜に目を落としていた小笠原が、ようやく顔を上げた。

「この状況じゃ、仕方ないね。残念だけど、今日の練習は中止で。また明日、吉井さんに新しい楽譜を準備してもらってから、最後の部分の音取りをしよう」

「お、よっしゃ。じゃ、解散な」

矢上がさっそく楽譜を閉じ、ロッカーの上にある箱に投げ込んだ。運動部の面々が、矢上の後に続こうとする。

「ちょっと待ってください」

男子にしては甲高い声が、教室に響き渡った。

その声の主を見て、明日香は顔をしかめた。最前列に立っている畠山宗四郎が、銀縁眼鏡に手をやりながら、クラス全員を見回している。

「まだ問題は解決していないでしょう。黒塗りにされた楽譜はすべて、ロッカーの上にある箱に保管されていたわけですよね？　つまり、この中に犯人がいるかもしれない。教室を出ていくのは、昨日の合唱練習が終わった後、先ほど事件が発覚するまでのアリバイを証明できた人からにしませんか？」

「……宗四郎、それ、本気で言ってる？」

明日香は一歩前に進み出て、自分より背の低い細身の男子と、真正面から向き合った。

「悪戯の犯人は、このクラスの生徒とは限らないんだよ。外から入ってきて、楽譜をめちゃくちゃにした人がいるのかもしれないし。ほら、合唱コンクールで三年一組を蹴落とすためにさ」

「もちろん、その可能性も大いにありますよ」

畠山はぱちくりと目を瞬き、当然じゃないですか、とばかりに言い切った。

「でも、そう結論づけるためには、段階を踏まなければなりません。まずは、身内を徹底的に叩いてみて埃が出るかどうか――それを検証しないことには始まらないでしょう？」

明日香は、よく知っている。

物心ついたときから隣同士の家に住んでいる、腐れ縁の幼馴染だからこそ。

この畠山宗四郎、かなりの変人で、おまけにマニア体質。その幅広く奥深い趣味の範疇には、こてこての刑事ドラマや本格推理小説も含まれているのだ――。

「――って、当のあんたがアリバイ証明できないんかい！」

不満げな様子で腕を組んでいる畠山宗四郎の頭を、明日香は思わずひっぱたいてしまった。

「痛っ」と首をすくめた畠山が、恨めしそうにこちらを見上げる。

「いや、できますよ。ただ、『昨日の放課後に部活に参加していた人』という単純な除外条件には当てはまらなかっただけです」

「宗四郎、帰宅部だもんね」

「それは明日香さんも」

畠山の好戦的な発言から十分後、三年一組の教室に残っているのはたったの六人になっていた。

アリバイ証明などという七面倒臭いことを言い出した張本人である、畠山宗四郎。

ピアノを本格的に外部の教室で習っているため、部活には所属していない明日香。

校内合唱コンクール直前の期間は部活への参加が任意となっている、指揮者の小笠原航と運営委員の吉井瞳。

四月に転校してきたばかりの田部まりえ。

そして、先ほどから文句ばかり垂れていた、テニス部の矢上和磨。

「矢上もだよ。早く部活に行きたそうにしてたくせに、サボる気満々だったんじゃない」

「いやいや」矢上が白々しく肩をすくめる。「別に、俺、今日こそは行くつもりだったし」

「昨日もおとといも部活を無断欠席してた人の言葉に説得力は皆無だからね」

まったく、呆れた奴だ。運動部の男子を代表するかのようにさんざん大きな口を叩いていたくせして、部活に行く気はさらさらなかったらしい。「え、矢上は残らなきゃダメじゃない？昨日来てなかったでしょ」というテニス部女子の告発がなかったら、危うく取り逃がしていたところだった。

一方、小笠原や瞳は複雑そうな顔をしていた。普段なら真面目に合唱部や吹奏楽部の活動に参加していたはずなのに、いい加減な括りで容疑者として糾弾されてしまったことに納得がいっていないようだ。

教室に保管されていた全員分の楽譜の半ページを黒塗りにするという犯行は、いったいいつ行われたのか。

先ほどクラス全員で話し合ったところ、その答えはすぐに出た。昨日の放課後、合唱練習が終わった午後四時過ぎから、最終下校時刻である午後六時半までの間だ。

畠山は犯行が今日行われた可能性も検討しようとしていたが、クラスメートたちの証言によって即座に否定された。昇降口が開錠される午前七時半から始業時刻までの間は、新入部員集めに苦戦しているボランティア部が三年一組の教室に集まって緊急会議をしていたのだという。また、今日の時間割に教室の移動を伴う授業はなく、給食や昼休みの時間も含めて、人がいなくなるタイミングは一切なかった。

犯行が教室で行われたとは限らないものの、ロッカーの上という目立つ場所に置いてある楽譜入れの箱やその中身が持ち出されているところを見た者が一人もいないとなると、やはり昨日の放課後という線が濃厚になる。そこで、「とりあえず、昨日部活に出てた人は犯人じゃないよね？」「帰宅部は全員居残りな。あと、合唱コン関連の役職持ちも」という流れになり、あれよあれよという間にクラスのほとんどが帰ってしまったのだった。

「それにしても、水曜日が定休日の部活って全然ねえんだな」

矢上が両手を後頭部に当て、不本意そうに呟いた。「いや、ありますよ」と畠山が視線を上げる。

「運動部だと男女バスケ部、文化部だと家庭部が水曜休みですね。ただ、このクラスに部員が一人もいなかったというだけの話で」

「くそっ、偏りすぎかよ」

「矢上の場合は自業自得でしょ。せっかくテニス部の活動日だったのに」

明日香が指摘すると、矢上はちっと舌打ちをした。その態度は何だ、と腸が煮えくり返りそうになる。クラスが一緒になったのは今年が初めてで、一目見たときから嫌な予感はしていたのだが、印象どおりの男だったようだ。

「もしかして」と、明日香は目の前の失礼な男子を睨んだ。「犯人、矢上なんじゃないの？」

「はあ？　なんでだよ」

「一番練習を嫌がってたでしょ。楽譜が悪戯されたって分かった瞬間、誰よりも早く帰りたがってたし。今日音取りする予定だったページを塗りつぶして、練習を中止にしようとしたんじゃない？」

「決めつけんじゃねえよ。確かに合唱練はかったるいけど、全員分の楽譜に細工をするほうがよっぽど面倒だわ。それに俺、瞳の彼氏だぜ？」

口を尖らせて反論した矢上が、隣に立っていた吉井瞳の肩を急に引き寄せた。小柄な彼女はその拍子に転びそうになり、そばの机に手をつく。

ああ、そうだった、と思い出す。去年から同じクラスだという矢上と瞳は、かれこれ一年近く交際しているのだ。初めて聞いたときは、どうして真面目な瞳がこんな男子と、と驚いたものだった。噂によると、瞳の可憐な外見に惚れた矢上のほうから熱烈にアプローチし、交際に至ったらしい。

「瞳が、他のどの行事よりも合唱コンを楽しみにしてるってことはよく知ってる。それに、俺が楽譜を台無しにしたとして、仕事が増えて困るのは運営委員の瞳だろ？　彼女を悲しませるようなこと、俺は絶対にしねえよ」

「うーん、どうでしょうか。最近、矢上くんと吉井さんの仲がギクシャクしているという話を耳にしますよ」

情報通の畠山が、唐突に爆弾を投げ入れた。

「ですから、仮に喧嘩中だったのだとしたら、矢上くんが吉井さんへの嫌がらせのために楽譜を黒塗りにした、という犯行動機も十分に成り立ちます」

「ば、バカなこと言うなよ。ギクシャクしてるだなんて、そんなことないよな、瞳？」

「あっ……うん」

目を丸くして畠山を見つめていた瞳が、慌てた様子でうつむいた。

明日香は瞳に同情の目を向けた。校内合唱コンクールを誰よりも楽しみにしていて、運営委員として楽譜印刷などの雑務を一手に引き受けて頑張っているというのに、矢上のような欠点だらけの彼氏に振り回され、挙句の果てに昨日部活に出ていなかったというだけの理由で黒塗り犯の容疑をかけられているなんて。

さすがに彼女は解放してあげてもいいのではないか――とぼんやり考えていると、畠山のトンデモ発言が耳に飛び込んできた。

「その逆で、吉井さんが犯人という可能性も十分にありえます。楽譜をめちゃくちゃにすれば、練習に反抗的な態度を取っていた矢上くんに疑いがかかるわけですからね。喧嘩中の恋人に対する復讐、というわけです」

「そ、そんなことしてないよ！　私、別にかずくんと喧嘩なんてしてないし」

瞳が懸命に首を左右に振った。おいおい宗四郎さすがにそれはないよ、と明日香も内心呆れ果てる。

愛する彼女にかばわれて勢いづいたのか、「ふざけんじゃねえぞ、畠山！」と矢上が吠えた。

「ってか、そういう畠山こそ、犯人なんじゃねえの？」

「僕が？　どうしてです」

「お前、合唱の練習中、いつも口パクしてんだろ。音痴を隠そうとしてるの、バレバレなんだよ」

「うっ……それは」

「図星だろ。歌が苦手だから、難易度が高い転調パートなんかなくなればいいとでも思ったんじゃねえか？　それで楽譜を塗りつぶしたんだろ」

さっきまでの屁理屈めいた自信はどこへやら、矢上に責め立てられた畠山は、池の表面に浮いた鯉のように口を開閉した。

「ぼっ……僕は違いますよ。それは犯行動機にはなりえません。もともと歌っていないということは、最後にいくら転調したところで関係ないわけですからね」

「あ、口パクを認めたな」

矢上がニヤリと笑う。指揮者の小笠原が困ったように眉尻を下げ、瞳が非難するような目で畠山を見た。嵌められたと気づいた畠山が、目を白黒させる。

あーあ、かわいそうに。幼馴染の明日香しか知らなかったはずの秘密を、指揮者や合唱部員の前で暴かれるなんて。

他人事だと思って油断していると、「お前もだぞ、金町」と矢上に人差し指を突きつけられた。

「俺、見ちゃったんだよな。『We are the World』の伴奏について、金町が小笠原と言い争ってるところ」

はあ？　と言い返したくなるのを懸命にこらえ、明日香は気持ちを落ち着けた。手あたり次第の挑発に乗ってはいけない。

確かに、曲の音楽的解釈をめぐって、指揮者の小笠原と対立したことはあった。二番に入る直前の短い間奏を、明日香はある程度抑揚をつけて弾きたかったのだが、伴奏は感情を抑えて淡々とピアノを鳴らすべきという考えを小笠原が曲げなかったのだ。

「まあ、そんなこともあった気がするけど……それがどうしたの？」

「自分のほうがピアノには詳しいはずなのに、こうしろああしろって指揮者に上から目線で指示されて、鬱憤が溜まってたんじゃねえの？　だから、楽譜の気に入らない箇所を塗りつぶして、自分の好きなように弾こうとしたんだ」

「まったく、何を言い出すかと思えば」

明日香は肩をすくめた。もうこの中学で過ごすのも三年目だというのに、矢上は合唱コンクールのことを何も分かっていないらしい。

「そんな意味のないこと、するわけないでしょ。楽譜を審査員に提出している以上、自由に編曲できるわけでもあるまいし。それに、小笠原と私の意見がぶつかったのは、転調パートじゃなくて、二番前の間奏についてだよ」

「あとは、小笠原！　お前もだ！」

事細かに反論しようとする明日香を無視して、矢上が小笠原に向かって叫んだ。

「お前さ、今年こそは優勝したいとか言って、空回りしてたろ。俺だけじゃなく、運動部の連中からうざがられてたって、自分でも気づいてたよな？　それで、全員分の楽譜をチェックしたんじゃないか」

「……俺が、みんなの楽譜をチェック？」小笠原が怪訝（けげん）そうに顔をしかめた。「何のために？」

「誰かが指揮者の悪口を書き込んでいないか、検閲したんだよ。で、まさに自分にとって都合の悪い落書きのあるページを見つけてしまった。それを油性ペンで消した後、自分が犯人だとバレないよう、他の楽譜の同じページをすべて黒く塗りつぶした」

「そんなバカな。言いがかりもいいところだ」

「でも、筋は通ってるだろ？」

　矢上が得意げに胸を反らした。

　こじつけに次ぐこじつけ。その最後のターゲットとなったのは、転校生の田部まりえだった。

「田部もさ、どことなく怪しいよなぁ」

「わ、私？　な、なんで？」

　疑惑の押しつけあいを黙って見守っていた田部まりえが、肩をびくりと震わせた。目を大きく見開き、矢上から距離を取るように後ずさる。

「いや、なんとなくだけど。今だって、俺が声かけただけでめちゃくちゃ怯えてるし」

「そ……そんなことはっ」

　矢上の言うことも、分からないではなかった。田部まりえは、転校してきた当初から、不審な行動が多すぎる。話しかけてもすぐに逃げてしまう。目は常に泳いでいるし、クラスメートに心を開こうともしない。

　そういえば昨日も――と、明日香はふと思い出した。

「まりえちゃんさ、『We are the World』の歌詞を読むのに、すっごく苦労してたよね？」

「あっ、それは、えっと……」

「もしかして、英語が大の苦手で、曲そのものを替えさせたかったとか？」

「そんなことはないよ！　絶対、違う！」

田部まりえがぶんぶんと首を左右に振った。いつの間にか目が潤んでいる。こちらはあくまで可能性の話をしているのだから、これくらいで泣くのはやめてほしいのだが。

そうやって全力で否定するところも怪しいんだよな、と明日香はひそかにまりえへの疑いを強めた。矢上も同様の印象を受けたのか、目を糸のように細くして謎の転校生を見つめている。

そこへ、畠山が一歩前へ進み出た。先ほどの口パク追及事件から、ようやく精神的に立ち直ったようだ。

「こうしてみると――程度の差こそあれ、我々六人は全員、何らかの犯行動機を有していると言えそうですね」

「まあ、一応ね。承服はしがたいけど」

「そこで提案です。お互いを責め続けていても埒が明きませんから、ここは一つ、視点を変えてみませんか？」

畠山がもったいぶったように明日香ら五人を見回し、右手の人差し指を立てた。

「今から、話し合いをしましょう。それぞれ、昨日の午後四時過ぎから六時半まで何をしていたか、具体的な行動を報告するんです。その過程でアリバイが成立した人は、犯人でないことが証明されます」

「ああ、またアリバイか。面倒臭えな」

矢上がぶつくさと呟いた。その消極的な反応をものともせず、「まず、言い出しっぺの僕からご説明しましょう」と畠山が胸を張った。

「僕は、四時過ぎから六時まで、鉄道研究部の活動に参加していました」

「え、鉄道研究部？」小笠原が首を傾げる。「畠山って、帰宅部じゃなかったっけ」

「そうですよ。だからこうやって居残りさせられることになってしまったわけです。ただ、僕が帰宅部という立場を貫いているのは、様々な部活からの協力依頼を柔軟に受けられるようにするためですからね。昨日はちょうど、鉄道研究部の部長に頼まれて、一九六〇年代の九州地方における特急列車の種類についての特別講演を行っていたんです」

畠山は早口で喋った。彼が言っていることは、決して大げさではない。鉄道や歴史、プラモデル、写真、刑事ドラマ、本格推理小説、さらには映画や音楽に至るまで、畠山の趣味は多岐にわたっている。それでいて、どのジャンルにおいてもそのマニア体質を如何（いかん）なく発揮しているため、本職の部員たちをも凌駕する圧倒的な知識量を誇っているのだ。そんな畠山は各文化部に重宝がられていて、しょっちゅう助っ人として活動に呼ばれている。

そのことを幼馴染の明日香が説明すると、小笠原は驚いたように目を瞬き、「帰宅部って、そういうパターンもあるんだな」と頷いた。褒められたとでも勘違いしたのか、「ま、そんなことができるのは僕くらいですけどね」と畠山が鼻高々に言う。

「とにかく、僕にれっきとしたアリバイがあることは、鉄道研究部の皆様に確認してもらえれば分かります」

「でもさ、鉄道研究部での講演が終わったのは六時なんでしょ？　最終下校時刻の六時半まではどこで何をしてたわけ？」

「何を言ってるんですか、明日香さん。昨日の六時半頃、あなたと家の前で遭遇したじゃないですか」

「……あ」

そうだった、と思い出す。畠山とは家が隣同士で、ばったり顔を合わせることは普段からよくあるから、昨日も会っていたことをすっかり忘れていた。

「波浜中から我々の自宅までは、徒歩二十分以上かかります。僕が六時まで鉄道研究部の活動に参加していて、六時半の時点で自宅前にいたということは、すべての時間帯におけるアリバイが成立しますよね。全員分の楽譜のページを黒塗りする暇など、あるはずがないですから」

これにて証明終了です、と畠山は高らかに宣言した。

確かに、不自然な点はない。鉄道研究部という具体的な名称を出したからか、異議を唱える者もいなかった。トップバッターの畠山は、見事に自分の容疑を晴らすことに成功したようだ。

「じゃあ、次、いいかな。ちょうど、宗四郎の話に私のことが出てきたし」

明日香は片手を上げ、手短に説明した。

「私は四時に学校を出て、家の近所にあるピアノ教室に向かったよ。レッスンは四時半から一時間半だけど、昨日は先生に質問をしてて少し時間が延びちゃったから、教室を出たのが六時二十分くらい。その帰りに宗四郎と家の前ですれ違ったんだ」

「なるほど。ピアノ教室に行っていたというのが嘘でなければ、全時間帯のアリバイがあるということになりますね。ピアノ教室には、あとで僕が電話を入れておきましょう」

「あ、その必要はないかも。私がピアノ教室にいたってことは、小笠原が証明してくれるだろうから」

もう一つの〝遭遇〟について急に思い出し、明日香は小笠原に視線を送った。バトンを受け取った小笠原が、ゆっくりと口を開く。

「実は俺も、金町さんと同じピアノ教室に通ってるんだ。で、昨日は六時から一時間半、レッスンを受けることになってた。まあ、先生が金町さんと話し込んでたから、開始時刻は二十分遅れになったけどね」

「ごめんごめん。小笠原が来てたのはドア越しに見えてたんだけどさ。先生ものんびりしてたし、まさか私と入れ違いで開始の予定だったとは思わなくって」

「仕方ないよ。振替で無理やり遅い時間に入れてもらったからね。普段は吹奏楽部の練習がない月曜日に行ってるんだけど、今週は合唱練とかぶっちゃってさ」

「つまり」と畠山が顎に手を当てた。「六時前にはピアノ教室に着いていたとすると、小笠原くんには少なくとも五時半以降のアリバイがあるということになりますね。ちなみに、その前の時間についてはどうです?」

「四時過ぎから五時半までは、運営委員の吉井さんと、教室で会議をしてたよ。ね、吉井さ

「ん？」

「あ、うん！」

小笠原に話を振られ、瞳が勢いよく頷いた。「一時間半もですか。ずいぶんと熱心ですね」と畠山がコメントすると、「自由曲の練習が思うように進まなくて、困ってたからさ。音楽室の利用可否やコンクール当日のスケジュールを確認するついでに、合唱部の吉井さんに指導のノウハウも教えてもらってたんだ」と小笠原がさらりと答えた。

「ホント、長かったよなあ」

そう愚痴をこぼしたのは、矢上だった。

「俺、瞳と一緒に帰ろうと思って、校内をふらふらしながら待ってたんだよ。合唱についての会議なんて、すぐに終わるだろうと思ってさ。それなのに、いつまで経っても出てくる気配がなくて。いい加減痺れを切らして五時過ぎくらいに教室のドアをノックしたら、顔を出した瞳に『まだ会議中だから』ってぴしゃりと閉められてさ」

「ごめんね。かずくんが私のこと待ってたって、知らなかったから」

「ま、そのあとすぐ一緒に帰れたし、結果オーライだけどな。ちなみに俺ら、瞳の家の近くにある自販機で飲み物買って立ち話してたから、家に帰りついたのは六時半を過ぎてたよ。な、瞳？」

「うん、そうだったね。お喋りしてたら、すっかり遅くなっちゃったよね」

瞳が首を縦に振り、矢上の話を裏付ける。しかし、畠山は難しい顔をして二人に問いかけた。

「残念ながら、アリバイ確認をするにあたって、恋人同士の証言を鵜呑みにするわけにはいかないんですよ。お互いをかばいあっている可能性がありますからね」

「ええっ、何だよそれ」

「お二人が五時半から六時半の間に学校の外にいたという、客観的な証拠を提示していただければ、容疑は晴れるんですが……」

「あ、それなら、写真があるぞ！　帰りに、スマホで自撮りしたんだ」

矢上が意気揚々と言い、学ランのズボンのポケットからスマートフォンを取り出した。校内での使用は禁じられていて、先生に見つかったら没収されてしまうのに、ずいぶんと慣れた手つきだ。

矢上はスマートフォンを手早く操作し、画面をこちらに向けた。ジュースの缶を手にした瞳とのツーショットが映っている。画面上部には、写真を撮った日時のほか、ご丁寧に撮影場所の町名までもが表示されていた。どうやら、撮影時の位置情報を取得する設定になっていたようだ。

写真は一枚だけではなかった。畠山が矢上のスマートフォンを受け取り、幾枚かのツーショット写真の撮影情報を念入りに確認していく。

「なるほど、一連の写真を見る限り、少なくとも五時五十四分から六時十五分の間、お二人はずっと自販機のそばにいたようですね。となると、お二人の話は本当なのでしょう。この町名は、学校から徒歩二十分以上かかる場所ですから」

「よっしゃ、これで俺と瞳のアリバイも完璧だな！」

矢上が喜びの声を上げ、瞳も顔をほころばせた。

その数秒後、全員の視線が、自然と一点を向いた。

「ええっと……あとは、まりえちゃんだけだけど」

明日香が遠慮がちに切り出すと、黙りこくっていた田部まりえが唇をわななかせた。

「四時から五時半の間は、合唱コンクールに向けての会議のため、小笠原くんと吉井さんが教室を占拠していました。ということは、田部さんは五時半以降のアリバイさえ証明できれば大丈夫ですよ。さあ、いかがでしょう？」

畠山が急かすように畳みかける。まりえはうつむき、蚊の鳴くような声で言った。

「私は……合唱練習が終わった後、家に帰って……しばらくしてから、宿題になってた数学の問題集を学校に忘れたことに気がついて……それで、教室に取りにいって」

「ええと、それは何時頃？」

「六時より前だったか、後だったか……」

「教室に来てから帰るまでの間、誰かと会ったりしませんでしたか？」

「ううん、誰とも……たぶん」

自信なさげに喋る田部まりえを前に、教室の空気が停滞した。

「ってことはさ」

矢上が、再び目を細めて言う。

「犯人、田部じゃん」

「ち、違うよ！」

「だって、俺ら五人には完璧なアリバイがあるんだぜ？　田部だけズタボロじゃねえか。しかも、誰もいない時間に、一人で学校に来てたみたいだし」

「で、でも……」

「五時半から六時半まで、使える時間はたっぷりあったよな？　その間に、全員の楽譜を黒塗りにしたんだろ？」

「私じゃないよ！　本当に！」

　田部まりえが必死の形相で否定した。「いいから吐けよ！」「やってないよ！」「英語の曲が嫌だったんだろ！」「そんなことない！」という不毛な押し問答が目の前で繰り広げられる。

「まあまあ」と仲裁に入ったのは畠山だった。「田部さんの疑いは濃厚であるものの、これはあくまで三年一組内に犯人がいた場合の話です。五時半から六時半の間に、外部から侵入者がなかったとも限りません。本人が否認している以上、現時点で彼女を犯人と断定することはできませんよ」

「じゃあ、何だよ。今までのアリバイ確認の意味はゼロかよ？」

「ご自身の疑いが晴れただけでもよかったじゃないですか」

　畠山はひらひらと片手を振った。泣きそうな顔をしているまりえのフォローに回ろうとする気配はない。明日香は仕方なく、おどおどしている転校生のそばへと歩み寄った。

「ねえ、まりえちゃん。みんなの前で無理に言わなくてもいいけど……もし隠していることがあるんだったら、こっそり教えてくれない？　私じゃなくて、指揮者の小笠原や、運営委員の瞳にでもいいし。もし合唱練に不満があるなら、吐き出してもらったほうが私たちもありがたいから」

「でも、私じゃないよ……」

　気が強い明日香なりに、精一杯の優しさをこめて話しかけたつもりだったが、まりえは首を横に振るばかりで、頑なな態度を崩そうとはしなかった。

　得体の知れない転校生への疑惑を残したまま、六人の容疑者による話し合いはお開きになった。

　真っ先に矢上と瞳、次に小笠原、そして畠山と明日香の順で、廊下に向かう。

「くそ、不完全燃焼だな。でもまあ、練習がなくなってせいせいしたぜ。田部だか他のクラスの奴だか知らないけど、犯人ありがとよ！」

　矢上が大声で言っている。運営委員であり合唱部員でもある瞳がそばにいるというのに、デリカシーの欠片もない奴だ。「彼女を悲しませるようなこと、俺は絶対にしねえよ」という先ほどの気障（きざ）な発言はいったい何だったのか。

　そのとき、後ろからか細い声が聞こえた。

「うん、やっぱり……壊したほうが……」

田部まりえの独り言だと気づき、急いで振り返った。

一瞬、目が合う。彼女ははっとしたように目を見開くと、そそくさと一同を追い越し、廊下を速足で去っていってしまった。

壊す？　何を？　私たちの合唱練習を？

思わず足を止める。何も聞こえていなかった様子の畠山が、「どうしました？」と能天気に呼びかけてきた。

不穏な予感が胸を覆う。

聞き間違いだといいのだが——と心配になりながら、明日香は畠山とともに教室を後にした。

徒歩二十分の道のりを、畠山と並んで帰る。中学三年生の男女が通学をともにしていたら、あらぬ噂が立ちそうなものだが、この場合は気にしなくてよさそうだった。背を丸めてしきりに首をひねっている畠山と、自分の意見を一方的にまくしたてている明日香の間に、いわゆる〝いい感じの雰囲気〟など漂うはずもない。

「だからね、まりえちゃんは変なんだってば。絶対、みんなに言えない秘密がいっぱいあるんだよ。楽譜を黒塗りにしたのも、そのことと関係があるのかも」

「さっきも言いましたけど、現段階で彼女を犯人と決めつけるのは早計ですよ」

「でもさ、あの子、見るからに怪しいじゃない」

「明日香さんがそこまで言う根拠が、僕にはよく分かりません。四月から同じクラスになったとはいえ、田部さんのことを深く観察していたわけじゃないので」

「じゃ、教えてあげる」

明日香は畠山の真似をして、右手の人差し指を曇り空に向かって立てた。

「まず、まりえちゃんには、おかしな噂がいくつかあるの」

「おかしな噂？」

「うん。そのうちの一つが、留年疑惑」

田部まりえは背が高く、顔立ちもどことなく大人っぽい。実は二つか三つほど年上なのではないか、という噂がまことしやかに囁かれているのだった。

「いやいや。そんなの、ただの印象論じゃないですか」

「違うの。ちゃんと証拠があるんだよ。まりえちゃんが転校してきた日に、隣の席の沙也加(さやか)がいろいろ話しかけてあげてたら、『前の高校では――』って言いかけて、はっとして口をつぐんじゃったんだって」

「前の、高校――ですか」

「変でしょ？　だったらどうして、中学に転校してきたんだろう。それで、留年してるんじゃないかって話になったわけ。三月までは高校に通ってたのに、何かの事情で中三をやり直さなきゃいけなくなったのかも、って」

「うーん、どうでしょうね。二年連続で同じ学年にとどまるならともかく、一度高校に行ってから中学に戻ってくるなんて話は聞いたことがありませんが」

「まあね。そのへんはよく分からないけど」

畠山の細かいこだわりを受け流し、明日香はさらに言葉を続けた。

「もう一つの噂は、不登校、ならびに引きこもり疑惑」

「はあ」

「まりえちゃんってね、出身地はこのへんなんだって。実際に土地勘もあるみたいなんだけど、そのわりには波浜中に知り合いがまったくいないの。みんなとの共通の友達さえゼロ。仮に前の学校が私立だったとしても、ここの近所で育ったのなら、一人くらい顔見知りがいてもよさそうなものなのにね。というか、どこから転校してきたのかを言わない時点で、そもそもおかしいんだけど」

「それで、不登校だったのではと推測したわけですか。小学生の頃から学校に通ったことがなく、家に引きこもっていたのなら、地域に知り合いがいなくて当然だろうと」

「そういうこと。ちなみに、もっと過激なのだと、少年院に入ってたんじゃないかって言う人もいるよ」

「は？　少年院？」

「まりえちゃんが普段からあんなにびくびくしてるのは、犯罪歴を隠してるからじゃないかって。空気を読もうと必死になってるわりに話が嚙み合わないのは、普通の中学に通うのが初めてで、まだ外の世界に慣れてないせいじゃないか、って」

「それはさすがに飛躍しすぎでは」と畠山が眉間にしわを寄せた。「次から次へと、まあよく思いつくものですね」

「別に、私が言い出したわけじゃないし」

ずり落ちてきた鞄を肩にかけ直し、明日香は思考を巡らせた。どんな平凡な人間でも、転校生というだけで悪目立ちするものだ。そんな中、留年疑惑や不登校疑惑、さらには少年院入所疑惑まで持ち上がったとなれば、彼女の一挙手一投足に好奇の目が注がれることになる。

「あとね、まりえちゃんって、しょっちゅう嘘をつくの」

「嘘？　虚言癖があるということですか」

「そうみたい。例えば、前の学校では何の部活に入ってたのか、って尋ねると、相手によって答えをコロコロ変えるらしいよ。瞳には『合唱』、小笠原には『吹奏楽』、矢上には『テニス』、沙也加には『バレーボール』とか。私が訊いたときは、なぜか『水泳』って言われたな。私が帰宅部だから、適当でいいと思ったのかも」

「なんというか……健気な転校生ですね。一生懸命、相手に合わせようとして」

「でも、嘘は嘘でしょ」

次々とあげつらっているうちに、だんだん怒りがわいてきた。

やっぱり、秘密だらけで虚言癖のある転校生の田部まりえが、楽譜黒塗り事件の犯人なのではないか。

そうに違いない。

明日香の心の中で、疑惑が確信へと変わっていく。

「そういえば宗四郎、さっきのまりえちゃんの発言、聞いた？　合唱練がなくなったことを喜んでた矢上を見て、『やっぱり……壊したほうが……』なんて意味深に呟いてたんだよ」

「ほほう。そんなことを言ってたんですか」

「あれって、『練習をぶち壊しにしたほうが、結局みんなも喜ぶ』って意味だったんじゃないかな。自分がやったことを正当化してたんだよ。つまり、まりえちゃんこそが、楽譜を黒塗りにして練習を妨害した犯人なんだよ！」

こんがらがっていた糸が、急に頭の中で繋がっていく。自分の頭脳明晰ぶりに、明日香はしばし酔いしれた。

「よく考えたら、最近のまりえちゃんの行動、ものすごく怪しかったし。授業の間の休み時間に、廊下に出てキョロキョロしてることが何回もあったもん。誰もいない時間を見計らって、楽譜に細工をしようとしてたのかも！」

「まあまあ明日香さん、落ち着いて」

畠山が呆れたように眉尻を下げる。「やっぱりあの転校生が犯人だって」と明日香は息巻いたが、彼は「さあ、どうでしょうねえ」とつれなかった。

オレンジに色づいてきた西日が、明日香と畠山の顔を照らす。

明日は、合唱コンクール五日前だ。楽譜黒塗り事件の真相が判明していない中、最後の転調パートを仕上げて、無事に本番を乗り切ることができるのだろうか。

じゃあね、と畠山に向かって軽く手を振り、自宅の前で別れた。彼はぶつぶつと何かを呟きながら、隣の家の敷地内へと消えていった。

サビの最後の音が、教室に鳴り響く。声量が小さく、うろ覚えながらも、大まかな音程はかろうじて合っている。

へえ。意外とやるじゃん。

＊

転調後のサビの繰り返しを終え、ほっとした表情を浮かべるクラスメートたちを横目に、明日香は淡々と後奏を弾いた。気持ちを込めようにも、プラスチックの鍵盤相手では限界がある。

指揮者の小笠原が高く上げた右手を閉じると同時に、女声パートのハミングが止んだ。

ふう、と小笠原が額の汗を拭い、目の前に整列したクラス一同を見回した。

「みんな、ここまでよく頑張ってくれたね。さっき音取りしたばかりとは思えないよ」

その点については、明日香も同意だった。昨日の練習が急遽中止になって焦っていたのは、小笠原や瞳といった責任者だけではなかったのかもしれない。どうやらこの新しいクラスには、土壇場になると力を発揮するタイプの人間が一定数いるようだ。

現時点でこのクオリティなら、合唱コンクールで恥をかかずに済みそうだ——と考えた矢先、

「でも」と小笠原が厳しい声を発した。

「今のままじゃ、まだ一年生や二年生のレベルを脱却できてない。最終学年として、俺らはもっと上を目指さないといけないよ。何せ、目標は優勝なんだからね」

「またそれかよ。青春ごっこを押しつけられてもなあ」

男声パートの二列目に立っている矢上が、小笠原の発言を笑い飛ばした。また二人の間でトラブル勃発か、と明日香は思わず身構える。しかし、小笠原は前回のようにうろたえず、「昨日の段階では、俺もさすがに諦めようと思ったよ」と素直に告白した。

「だけど、これなら挽回できるって、今のみんなの歌声を聴いて思ったんだ。三年一組は、まだ爆発力を残してる。その力を、最後のサビにぶつけてみてくれないか？　金町さんも、転調後は好きなように、思い切り盛り上げてくれて大丈夫だから」

「あ、そうなの？　了解」

珍しく、小笠原が伴奏に対する指示を出してきた。楽譜が悪戯されるという衝撃的な事件から二十四時間しか経っていないが、小笠原はすっかり立ち直っているようだ。それどころか、これまでより指導に熱が入っているようにも見える。もしかすると、スマートなように見えて、実は逆境に燃えるタイプなのかもしれない。

みんなの手には、運営委員の瞳が用意してくれた新しい楽譜があった。といっても、黒塗りにされた部分に印刷し直したページを貼りつけただけの代物だ。「全部印刷すると、紙の無駄遣いだし、せっかく書いたメモも写さなきゃいけなくなっちゃうから」と瞳は言っていたが、果たして写すのが大変なほど大量のメモを書き込んでいた生徒が何人もいたのかどうか。

「みんな、転調するところに、『どんどん大きく！』って書いておいてくれるかな。楽譜には書いてないけど、最終的にはフォルティッシモ、いや、フォルティッシッシモくらいの気持ちで歌ってくれて構わないから」

小笠原が呼びかけると、クラスメートたちが楽譜に書き込みを始めた。意外なことに、これまでメモなど一度も取ったことがなさそうな男子たちも、今日はペンを手にしている。どうやら、昨日の黒塗り事件を受け、指揮者の小笠原に同情が集まっているようだった。

災い転じて福となす、とはこのことか。

明日香はふと、ソプラノの後列端へと目をやった。

田部まりえも、相変わらず楽譜に顔をうずめるようにしながら、ボールペンを動かしていた。

そういえば、あの凄まじく発音の悪い英語は、さっきから聞こえてこない。畠山と同じ口パク戦法を採用することにしたのか、それとも家で必死に発音を練習したのかは分からないが、少なくとも、全体の和を乱すような歌い方はやめることにしたようだ。

六人の容疑者同士での話し合いの結果、まりえだけがアリバイを証明できなかったことは、すでにクラス全員が知っている。

それでも彼女は、口を割ろうとしなかった。小笠原や瞳にこっそり自白した様子もない。もちろん、明日香のところにも来ていない。

このまま、真実は闇に紛れてしまうのだろうか。

そんなことを考えながらピアノを弾いているうちに、練習時間は過ぎていった。

ロッカーの上の箱にわらわらと楽譜を戻し、運動部の男子たちが廊下へと駆け出していく。

明日香がキーボードの電源コードを片付けていると、「私やっとくから、大丈夫だよ」と瞳が声をかけてきた。

「いいよ、これくらい。瞳は他にも雑務がいっぱいあるでしょ。今日だって、全員分の楽譜を用意し直して、大変だったろうし」

「まあ、確かにね。一人でやったから、印刷するのに昼休みいっぱいかかっちゃったもん。放課後の練習に間に合って、本当によかったあ」

瞳が安堵の笑みを浮かべた。色白の頬にえくぼができ、唇の間から可愛らしい八重歯が覗く。

「ああ、そっか。この学校の印刷機、壊れかけだもんね。蓋も割れてるし、インクも頻繁にかすれるし、紙がいっぺんに飲み込まれて何枚も白紙が出てきたりするし」

「そうなの。先生たちが普通に使ってるのが不思議なくらい」

「何かコツがあるのかもね。電源を入れる前に、『今日は一発で頼む！』って手を合わせてみるとか」

「え、印刷機にお願いするの？」

キーボードを黒いソフトケースに入れながら、瞳がクスクスと笑った。その手元を見て、明日香は「あれ？」と声を上げた。

「ねえ瞳、手、汚れてるよ」

「えっ？」

瞳は手の甲を自分のほうへと向けた。右手の親指の側面に黒い汚れが付着しているのを確認し、「本当だ」と声を上げる。

「わあ、全然気がつかなかった。印刷したときにインクがついちゃったのかな」

「それ、取れにくいやつじゃん。トイレで洗ってきなよ。キーボードは音楽室に返しとくからさ」

「ありがとう、行ってくる！」

　黒くなった右手を恥ずかしそうに隠しながら、瞳はパタパタと教室を出ていった。

　そのとき、ふと視線を感じた。顔を上げると、ぶすっとした顔をした矢上と目が合った。

「どうしたの？　瞳ならトイレに行ったけど」

「……知ってるよ」

「一緒に帰ろうと思って待ってたんじゃないの？」

「いや、別に」

　どうも歯切れが悪い。昨日の今日だが、瞳と喧嘩でもしたのだろうか。

「そういえばさっき、瞳が楽譜の印刷を一人でやったって言ってたけど、今回は手伝ってあげなかったわけ？」

「はあ？　なんで俺が手伝わなきゃいけないいんだよ」

「だって、彼氏でしょ。最初に楽譜を印刷したときは、瞳に頼まれて、二人で一緒に製本作業をやってたみたいだし」

「面倒臭えよ。そもそも俺、合唱コンの運営委員じゃないし」

　そう言い捨てるや否や、矢上は逃げるように身を翻（ひるがえ）した。机に置いてあった鞄をつかみ、乱暴な足取りで廊下へと去っていく。

「やっぱり、矢上くんと吉井さんの仲は崩壊一歩手前のようですねえ」

突然真後ろで声がして、明日香は思わず跳び上がった。振り向くと、至近距離に畠山が立っていた。

「ちょっと、急にぬっと現れないでよ」

「それは誤解です。僕ははじめからここにいましたよ」

「そのほうが怖いんだけど。何か用？」

「いえ。特には」

だったらどうしてそんなところに立っているんだ、と文句を言いたくなる。

幼い頃から一緒に育ってきた仲だが、この男のことは未だによく分からない。小学生の頃だって、レゴブロックをひたすら天井付近まで積み上げて高さを計測したり、最も効率的なトランプタワーの作り方を日夜研究し続けたりと、明日香にはおよそ理解の及ばない遊び方をしていた。

「あ、ちょっと思ったんだけどさ」

畠山が目の前に現れたついでに、明日香はふと思いつきを口にした。

「今更だけど、矢上もなかなか怪しくない？　昨日の話し合いではアリバイがあるってことになったけど、それを証明したのは全部恋人の瞳だよ。もしかしたら、口裏を合わせるよう瞳を脅してたとか、そういう可能性もあるんじゃない？　もともと、合唱練に一番消極的だったしさ」

「まあ、そうですねえ」

「その場合、証拠となったスマホの自撮り画像をどうやって用意したのかは分からないけど……でも、いくらでもやりようはあるんじゃないかな。宗四郎、どう思う？」

　小説や漫画に出てくる名探偵になった気分で、自分の推理を話す。しかし、畠山は小首を傾げるばかりで、まともに取り合ってくれなかった。

　満たされない気分のまま、キーボードのケースを背負い、教室を出る。特に用がないというのは本当だったらしく、畠山がついてくる様子はなかった。

　まったく、新しいクラスは個性的な人ばかりだ。

　矢上和磨も、畠山宗四郎も。それから、転校生の田部まりえも。

*

「ちょっとぉ、まりえ、それダサいって。なんでハイソを上まで引っ張り上げちゃってんの？今の流行はくるぶし丈だよぉ」

　今野(こんの)沙也加の大声が、帰りのホームルーム後の教室に響いている。みんなの視線が、ロッカーの前に立っている背の高い女子二人に集中した。田部まりえは、顔を赤らめながら紺色のハイソックスを下げている。

「ごめん、私、制服って、この学校で初めて着たから……」

「それま?」

「え?」

「だから、ま?」

「……み?」

「バカなの? 『まじ?』って訊いてんだけど」

天然発言でいっそうクラスの注目を集めてしまい、まりえはますます真っ赤になった。顔を両手で覆い、沙也加の後ろに隠れてしまう。

楽譜黒塗り事件で容疑者の筆頭に挙げられて以来、田部まりえはなるべく目立たないように気をつけているようだった。三年一組の大半の生徒も、彼女と積極的に関わるのを避けている。ただ、ギャルの今野沙也加だけは、そんな転校生に逆に興味を惹かれるのか、一日に何度も彼女に話しかけていた。おかげで田部まりえはクラス内で孤立を免れているが、本人にとってはいい迷惑かもしれない。

「さて、合唱練を始めるよ。みんな、机と椅子を寄せてもらえるかな」

小笠原が全体に呼びかけた。一週間前のやる気のなさが嘘のように、クラスメートたちがきびきびと動き始める。合唱コンクールを明日に控え、さすがに気が引き締まっているようだ。

自分の机を動かし終えた者から、空いたスペースに集まっていく。落ち着かない雰囲気の中、小笠原がさらに声を発した。

「今日は、全体の立ち位置の確認から始めようか。本番を想定して、今から床に印をつけるので、それに沿って並んでみて。ええっと――」

「はい、テープ」

ぴったりと息の合ったタイミングで、瞳が小笠原に駆け寄り、黄緑色の養生テープを差し出した。

その瞬間、すぐそばを通りかかっていた田部まりえが、目を大きく見開いて飛びのいた。

「……まりえちゃん、どうしたの？」

養生テープを手にした瞳が怪訝そうに尋ねる。まりえは慌てた顔をして、「ううん、何でもない」とその場を立ち去ろうとした。その瞬間、ちょうど横から歩いてきた矢上とぶつかりそうになり、二人して「わっ」と大声を上げる。

「おい、田部、ぼけっとしてんなよ。今日の掃除のときも、全然使い物にならなかったしさ。もっとテキパキ動けよな」

矢上が大きく舌打ちをして、怯えている転校生を睨んだ。「ごめんなさい」とまりえは小さく身を縮め、逃げるようにソプラノの集団の中へと飛び込んでいった。

その様子を見て、さすがにかわいそうになる。

ここ数日、矢上はやけに機嫌が悪い。

理由は明白だった。どうやら、瞳に振られたらしいのだ。噂によると、楽譜黒塗り事件が発覚した翌日、つまり畠山が二人の仲を「崩壊一歩手前」と評したときには、すでに別れ話が済んでいたのだという。

今や、何者かによって楽譜の半ページが黒く塗りつぶされたことよりも、一年以上付き合っていた有名カップルが破綻を迎えたというゴシップのほうが、クラス内でよく話題に上るようになっていた。

これが、事件が風化する、ということなのだろう。幸いなことに、あの日以来、特に不穏な出来事は起きていない。合唱練習を妨害しようとする嫌がらせは、一回きりで終わったようだった。

いったい、あれは何だったのか。

薄気味悪さを感じつつも、いつまでも過去の出来事にこだわっている暇はなかった。

校内合唱コンクールの本番は、明日に迫っている。

バラバラだった三年一組は、文句を言われようが、練習が中止に追い込まれようが、最後まで諦めずに仲間を鼓舞してきた指揮者の小笠原を中心に、ようやくクラスらしいまとまりを見せ始めていた。

女声が歌うメロディを、力強い男声が支える。すぐにパートが入れ替わり、今度は男声が奏でる主旋律に、女声が美しくコーラスを添える。二つの声がいつの間にか混じり合い、勢いを増して、最後の大サビへと突入する。

しかし、まだクライマックスではない。はやる気持ちを抑え、小笠原のゆったりとした指揮に合わせて、何度も歌ってきたフレーズを堅実に繰り返す。

満を持して、明日香が半音上の和音を思い切り弾き鳴らす。それはラスト二周を示す合図であり、全力疾走を許可するピストルの音だ。

その瞬間、三十名の男女が一斉に心を解き放ち、身体を躍動させながら、まだ見ぬ客席へと声を響かせていく。

小笠原の指示どおり、プラスチックの鍵盤にありったけの感情をぶつけながら、明日香は後奏を弾き切った。いつもは一人で黙々と演奏しているが、こういう経験もたまには悪くない。

自分のピアノが、クラス全員で紡ぐ歌の旋律を引き立てていく。

美しいハミングが教室の天井へと吸い込まれていき、小笠原の手の動きに合わせて消えた。

「よし！」

音の余韻に浸るように目を閉じていた小笠原が、嬉しそうに叫んだ。

「みんな、ありがとう。大変なこともいろいろあったけど、全部いい思い出になりそうな予感がしてるよ。このままの調子で、明日は全力を尽くそう！」

おー、と可愛らしく拳を突き上げたのは、ソプラノの最前列に立っている瞳だった。指揮者と運営委員の二人が、一瞬視線を交え、互いに照れ笑いを浮かべる。

やがて、どこからともなく拍手が沸き起こった。本番前最後の合唱練習は、いつになく温かい雰囲気の中で終了となった。

最初は練習に非協力的だったクラスメートたちも、ここまでくると、それなりに手応えを感じているようだった。先ほどのホームルーム中にも、運動部の男子たちが「優勝したら全員にうまい棒おごってよ」などと担任に持ちかけ、見事に約束を取りつけていた。発音、抑揚、歌詞の伝え方から歌い手の表情まで、ありとあらゆる部分にこだわった小笠原の熱血指導により、自分たちの合唱が著しく成長を遂げたことを、誰もが実感しているのだろう。

解散後の教室でキーボードを片付けながら、明日香もまた、えもいわれぬ充実感に身を委ねていた。何も知らない担任は安請け合いしていたが、明後日のホームルームではきっと、全員の机にうまい棒が配られることになる。

「小笠原くん、お疲れ様」

「ああ、吉井さん。ありがとう」

「これ……よかったら、明日ポケットに入れておいてもらえないかな」

閑散とした教室の隅で、小笠原と瞳が囁き合っている。その内容が気になり、明日香は思わず聞き耳を立てた。

「もしかして、これ、お守り？」

「うん！　昨日作ったの。合唱コンクールで三年一組が優勝できますように、って。私、あまり器用じゃないから、不格好でごめんね」

「いやいや、すごく嬉しいよ。これで明日は緊張せずに済みそうだ」

うーん、やっぱりか、と明日香は心の中で首を傾げた。

ここ数日、妙だなとは思っていた。矢上と別れた瞳が、小笠原と急接近したような気配があったからだ。

　クラスの女子の中には、二人がすでに付き合っているのではないかと勘繰っている者もいた。瞳が矢上を振ったのは、両想いの関係になった小笠原に乗り換えるためだったというわけだ。

　今しがたこそこそと交わされた二人の会話を聞く限り、それは事実なのかもしれない。

　ただ、違和感は拭えなかった。恋愛に奥手そうな小笠原と、同じく受け身タイプの瞳が、いつものようにして互いの気持ちを確かめるに至ったのだろう。いくら合唱コンクールの責任者をともに務めていたとはいえ、真面目な二人に略奪愛や浮気という言葉は似合わない。

　仲睦まじい様子で話し込んでいる二人の邪魔をしないよう、明日香はキーボードのケースを背負い、抜き足差し足で教室を出た。廊下を歩き始めてまもなく、背後に人の視線を感じた。

　すうっと音もなく隣に現れたのは、例によってあの男だった。

「もう、靴音くらい立てたらどうなの」

「靴音って、意識して立てるものなんですか?」

　畠山がきょとんとした顔をする。「で、何か?」と明日香が呆れて尋ねると、彼は廊下の前方を指差した。

「今から、特別棟に行くんですよね」

「そうだよ」

「なら、ご一緒させてください。僕も、パソコン室に用があるんです」

「パソコン室? なんで?」

「よかったら明日香さんもどうぞ。もしかすると、面白い事実が判明するかもしれません」

思わせぶりな言葉が返ってくる。よく見ると、畠山はパソコン室の鍵を手に提げていた。職員室で借りてきたようだ。明日香は首を捻りつつ、「まあ、時間がかからないならいいけど」と同行を承諾した。

特別棟の一階にある音楽室にキーボードを戻してから、並んで二階へと向かう。あまり人が通らないからか、パソコン室前の廊下は埃っぽい臭いがした。

鍵を開け、中に入る。畠山は電気も点けずに、キャスター付きの椅子の合間を縫って、部屋の奥に踏み込んでいった。

パソコン室の片隅にあるプリンターの前で、畠山は歩みを止めた。そのそばに置かれているクリップボードを手に取り、「やっぱりね」と満足げに頷いている。

「どうしたの、そんなもの見て」

彼が手にしているのは、コピー用紙の管理表だった。パソコン室では、使った紙の枚数と自分の氏名、日付と使用目的さえ記録しておけば、いちいち教師に許可を取らずとも、自由にプリンターを使っていいことになっている。コピーだけであれば印刷室を使用すればいいのだが、パソコンから直接何かをプリントアウトする必要がある場合、生徒はここを利用するルールになっていた。

「ほら、ここを見てください」

畠山がにこやかにクリップボードを差し出してくる。受け取って目を落とすと、コピー用紙管理表の真ん中ほどに、よく知る名前が書かれていた。

日付は数日前で、使用枚数は一枚。使用目的は、『合唱練習のため』となっている。

明日香は戸惑い、畠山の得意げな横顔に目をやった。

「ええっと……これがどうしたの？」

「明日香さんには、この意味が分かりませんか？」

急にそんなことを訊かれても、さっぱりだ。この人物がどうしてパソコン室に来たのかも、ここで何をプリントし、その紙を何に使ったのかも。

「うん、全然」

素直に負けを認めれば教えてくれるだろう、という目算の下、明日香は早々にギブアップした。

しかし、その予想は大きく外れた。

「そうですか。今すぐご説明差し上げてもいいんですが……まあ、タイミングがタイミングですし、明日のコンクールが終わってからにしましょうか」

「え？　教えてくれないわけ？」

「三年一組の出番が終わったら、改めて訊いてください。そのときはきちんと答えますから」

わけも分からず立ち尽くす明日香を置いて、畠山はさっさとパソコン室を出ていってしまった。すぐに我に返り、急いで幼馴染の後を追いかける。

「ちょっと、鍵！　閉めないと！」

自分の声が、特別棟の階段に大きく響く。慌てて戻ってくる畠山を見下ろしながら、明日香はじっと考えた。

いったい彼は、何に気づいたのだろうか――。

＊

割れんばかりの拍手が鳴り響く。

ゆっくりと両手を下ろした小笠原は、晴れやかな顔をしていた。明日香はピアノチェアから立ち上がり、回れ右した小笠原と目を合わせ、体育館に集まった観衆に向かって深々とお辞儀をした。

前方に座る審査員の先生方の顔がほころんでいる。めったに笑わない音楽の先生までもが、口元からわずかに歯を覗かせていた。

すべて上手くいった、と明日香は確信する。小笠原の指揮も、自分の伴奏も、みんなが魂を吹き込んだ歌も。運営委員の瞳が提案した、あえて歌唱順はトリを希望し、他のクラスに練習の成果を見せつけてやろうという戦略も。

不思議な気分だった。一週間前までは、校内合唱コンクールなど七面倒臭いと、半ばふてくされながらピアノを弾いていた。それなのに、この達成感は何だろう。クラスメートたちの笑顔が、どうしてこれほど胸に迫るのだろう。

「皆さん、お疲れ様でした。これで全十五クラスの発表が終わりました。これより審査に入りますので、審査員の先生方は移動をお願いいたします。待ち時間中は、合唱部の模範歌唱をお楽しみください」

三年一組の三十人が舞台から降り、体育館後方へと戻って腰を下ろすと、司会を務める運営委員が全体にアナウンスをした。審査員の教師たちが退席し、十数名の合唱部員が舞台に並び始める。その中には、さっきまで一緒に『We are the World』を歌っていた瞳の姿もあった。

瞳ら合唱部員には申し訳ないが、すべての選考過程が終わった今、体育館内の空気は弛緩しきっていた。生徒たちは列を崩し、友人同士で集まってお喋りを始めている。そんな周りの様子を窺(うかが)いつつ、明日香も四つん這いになり、何やら熱心に爪をいじっている畠山のところへと移動した。

ぶかぶかの学ランにすっぽりと収まった肩を叩き、こちらを振り向かせる。

「ほら、教えてよ。昨日のこと」

畠山は一瞬きょとんとした顔をしたが、パソコン室で交わした約束を思い出したのか、「ああ」と手を打った。

「本当に、出番が終わった瞬間に訊きにくるんですね」

「だって、宗四郎が焦らすから」

「まあ、そこまで気になるなら教えてあげましょう。ただ、クラスの皆さんには言わないでくださいね。今さら犯人を言い当てても、この雰囲気に水を差すだけですから」

彼の言葉を聞き、「……犯人？」と明日香は目を瞬いた。

「え、何？　もしかして、楽譜黒塗り事件の真相が分かったの？」

「そうですよ。言いませんでしたっけ」

畠山は辺りを見回し、明日香以外の人間がこちらに注意を向けていないのを慎重に確認した。それから、そっと押し出すように言った。

「あの事件の犯人は――吉井瞳です」

思わず舞台を見やる。合唱部による模範歌唱はすでに始まっていたが、真面目に耳を傾けているのは入学したての一年生だけだ。明日香たちのいる体育館後方においては、その歌はすっかり雑談のBGMと化していた。

「瞳が……犯人」

畠山の口から飛び出すのがその名前だろうということは、半分予想していた。だがそれは、パソコン室のコピー用紙管理表に書かれていた名前が彼女のものだったからにすぎない。

「いや、ちょっと待って。どうしてそう断言できるの？　合唱コンに向けてあんなに頑張ってた瞳が、みんなの楽譜を台無しにして、練習を妨害する意味なんてあるわけ？」

「それがねえ、あるんですよねえ」

「というか、そもそも瞳には全時間帯のアリバイがあったんじゃなかった？」

「お、そこからいきますか」

畠山はニマニマと笑い、「では、その点からご説明しましょう」と両手の指を組み合わせた。

「教室で話し合いをした際の六人の発言を、よく思い返してみてください。あの話し合いには、大きな穴がありました。というのも、ある人物が共犯者として吉井瞳をかばっていたと考えると、彼女のアリバイは簡単に崩れるんです」

「共犯者——って」

あのとき集まったメンバーの顔を、一人一人思い浮かべる。

「瞳をかばってたってことは……彼氏の矢上？　二人で一緒に帰ったっていうのが嘘だったとか？」

「いいえ」

「え、じゃあ……小笠原？」

混乱しそうになりながら名前を挙げる。瞳のアリバイは、小笠原と教室で合唱コンクールに向けての会議を行い、その後恋人の矢上と帰宅したというものだった。まりえ、畠山、明日香の三人は、もとより関わっていない。

明日香の半信半疑の発言を、畠山は満足げに肯定した。

「ええ、そうです。小笠原くんが吉井さんをかばう発言をしたせいで、一見アリバイが成立したように見えてしまったんですよ」

「いやいや、でも、二人はちゃんと会議をしてたんでしょ？　ほら、そのあいだ矢上がずっと待たされててさ、途中で教室に様子を見にいったら『まだ会議中だから』ってドアを閉められたって言ってたじゃない」

「確かに、四時過ぎに会議を始めたのは事実でしょうね。しかし、五時過ぎに教室を訪ねた矢上くんが見たのは、ドアをぴしゃりと閉めた吉井さんの姿だけです。実際にはその時点で会議はとっくに終わっていて、教室には吉井さん一人が残っていた――と考えることは十分可能ですよね」

そう言われてみれば、違和感はあった。いくら二人が合唱コンクールに向けて熱意を燃やしていたのだとしても、一時間半という会議時間はさすがに長すぎる。「たぶん、三十分くらいだったんだと思いますよ」と体育館の天井を見上げた畠山に、明日香はさらに問いかけた。

「つまり、小笠原は四時半くらいには帰宅してたってこと？　その後、五時半に矢上と合流するまでの間、瞳は一人で教室に残って、楽譜を片っ端から塗りつぶしてたと？」

「はい。そういうことになります」

「でも……だからって、単独犯とは限らないよね」

「というと？」

「瞳と小笠原がグルなんだとしたら、二人で黒塗り作業をしてた可能性もあるでしょ？　あの二人、きっかけはよく分からないけど、最近急に両想いになったみたいだし」

「さすが明日香さん、目のつけどころが素晴らしい」

畠山は小さく拍手をする仕草をした。その直後、「しかし、その可能性は低いでしょう」と明日香の仮説を一刀両断する。

「現在はどうだか知りませんが、あの時点で二人がお互いの気持ちを確認し終えていたとは考えにくいです。その日、吉井さんは当時付き合っていた矢上くんと一緒に帰宅したわけですからね。自販機でジュースを買い、ツーショットまで撮ったりして」

「あ、そっか」

確かに、それはそうだ。同じ女として保証するが、瞳は複数名の男を同時に弄ぶような小悪魔ではない。小笠原とこっそり恋仲になっておきながら、平気な顔をして彼氏の矢上と一緒に帰るなどという真似は、あの真面目な瞳に限ってできないだろう。

「となると――会議が終わって早々に帰宅した小笠原は、瞳が黒塗り事件の犯人だってことをまったく知らなかったんだよね？　それなのに、どうして会議が一時間半もかかったなんて嘘をついて、瞳のアリバイ工作に協力したの？」

「彼だけは、気づいていたんですよ」

「……え？」

「吉井さんが楽譜を台無しにした犯人だということに。そして、彼女が固く胸に秘めていた禁断の好意にもね」

いよいよ話の展開が読めなくなり、明日香は思い切り顔をしかめた。「さっぱり分からないんだけど」と白旗を揚げると、畠山が嬉しそうに唇の端を吊り上げた。

「さて、ここで思い出してみてください。吉井さんが楽譜を再印刷してくれた日、彼女の手が黒く汚れていましたね。明日香さんが指摘して、吉井さんが『印刷したときにインクがついちゃったのかな』と言いながら慌てて手を洗いにいきました。どうです、覚えていますか？」

「ああ、うん……でも、それがどうしたの？」

「どうも妙なんです。あのとき明日香さんや吉井さんが話していたとおり、この学校の印刷機は調子が悪く、インクがすぐにかすれます。これは、慢性的なノズルのインク詰まりによって引き起こされる現象です。となると、インクが手に付着するほど多く漏れる、という現象が同じ印刷機で起きるとは考えにくい。普通に楽譜をコピーしただけでは、あのように手が汚れることはありえないんですよ」

あ、と明日香は声を漏らす。畠山の言うことはもっともだった。

「では、彼女はどこで何をしているときに、インクで手を汚してしまったんでしょうね？」

畠山が、回答を求めるようにこちらを見つめる。明日香は脳をフル回転させ、それらしい答えに辿りついた。

「パソコン室で、一枚だけ、何かを印刷したとき？」

「ご名答。吉井さんは――パソコン室にあるインクジェットプリンターで、一面真っ黒の紙を印刷したんです」

「一面真っ黒の……紙？」

何それ、とぽかんとする。「ピンときていないようですね」と畠山が薄い笑みを浮かべた。

「ここに、両面に文字が書かれた紙が一枚あると想像してください。薄い紙質だった場合や、裏面の文字が濃いインクで描かれていた場合、もしくはプリンターの濃度設定が適切でなかった場合、この紙の表面をコピーしようとすると、裏面の文字が透けて写り込んでしまうことがあります。この『裏写り』を避けるために有効なのが、真っ黒な紙を裏に当てる、という方法です」

　ちょっとした裏技ですよ、と畠山は事もなげに言った。裏面の文字が黒い色に紛れ、目立たなくなるのだという。

「インターネットなどで調べれば、すぐに出てきます。吉井さんは、楽譜の再印刷をする際、この方法を使って裏写りを防止しようとしたのでしょう。本当は手頃な黒い画用紙があればよかったのでしょうが、見つからなかった。だからパソコン室に行き、真っ黒な画像か何かをA4用紙いっぱいにプリントアウトしたわけです。印刷したばかりのその紙を持ち歩いた際に、出すぎたインクが親指の側面についてしまったんでしょうね」

　パソコン室に置いてあるインクジェットプリンターは、業務用のレーザープリンターとは異なり、本来であればカラー写真も綺麗に印刷できるような性能を持つ。そのため、黒い画像を普通のコピー用紙に無理やり印刷したことで、すぐには乾かないほどの量のインクが出てしまったのだろう、と畠山は語った。

「ちなみに、一面真っ黒の紙は、プリンターの蓋を開けたまま何も置かずにコピーボタンを押す、という方法でも作れるんですけどね。単純に思いつかなかったか、印刷室は人目があるため咎められるのを恐れたか、インクのかすれが多いことを危惧したか——とにかく、何らかの理由で、吉井さんはパソコン室のインクジェットプリンターを使うことを選んだのでしょう」

「で、つまりどういうことなの？」

明日香は身を乗り出して、畠山を急かした。マニア体質の畠山にとっては大きな問題なのかもしれないが、黒い紙の作り方の別解など、正直どうでもいい。

「瞳は、楽譜の原本に、何かまずいことを書き込んでたってわけ？　それが裏写りして、全員分の楽譜に印刷されちゃったってこと？」

黒く塗りつぶされていたのは、最後から二番目のページの下半分だった。その裏である最終ページは、上段に短い後奏とハミング部分が印刷されているだけで、残りは空白だ。

この白紙の部分に、瞳は何かを書いていたのだろうか。

書き込みのある最終ページは上手く隠して印刷したものの、最後から二番目のページに文字が透けて写っていることには気づかないまま楽譜を配布してしまい、後から油性ペンで慌てて抹消したということだろうか。

そういえば——と、ふと思い出す。一週間前の合唱練習中、瞳がペン先で楽譜の紙を突き破っていた。あのとき彼女は「私、筆圧が強くって」と恥ずかしそうにしていたが、あれは怒りを隠すための言い訳などではなく、単純な事実を述べただけだったのではないか。

「そのとおりです」と、畠山が力強く頷いた。「吉井さんは、ただでさえ筆圧が強いことを気にしていましたよね。たとえ普通のボールペンであっても、インクの種類や色、書き込んだ際の下敷きの有無、楽譜の紙質などによっては、裏に透けやすかったと考えられます」

それは何気ない落書きだったのではないか、と畠山はぽつりと言った。

一年近くも交際を続けたものの、矢上和磨からは心が離れかけていた。合唱への思いをちっとも理解してくれない恋人よりも、同じ目標に向かって邁進する仲間が魅力的に見え始めていた。

そんな吉井瞳は、合唱部の活動で使っていた楽譜の空白部分に――。

「小笠原航への、恋心を書いていた？」

明日香が呆然と呟くと、畠山は表情を変えずに首肯した。

「まあ、伴奏者の明日香さんが見逃したくらいですから、ごく短い文章だったんだと思いますよ。『小笠原くん、かっこいい』とか、『小笠原くんってステキだなあ』とかね。楽譜印刷前というタイミングからすると、運営委員として指揮者の小笠原くんと曲選びの話し合いを始めた段階から、すでに気持ちが傾きかけていたんでしょう」

「私、そんな落書き、全然気づかなかったけど……」

「それも当然です。裏に透けたということは鏡文字で、しかもよく見ないと分からない程度の薄さだったでしょうからね。ただし、誰よりも真剣に楽譜を読み込んでいた指揮者の小笠原くんだけは、まだ練習を開始していなかった転調後のサビの部分に、何かの文字がうっすらと印刷されていることに気づいてしまった。そして、鏡を当てるなどしてその内容を読み、楽譜の原本の持ち主である吉井瞳の密かな思いを知ってしまったのです」

そういうことだったのか、と明日香は唇を噛んだ。楽譜に透けた落書きを通じて、図らずも、瞳が小笠原に告白した形になったというわけだ。

「だから小笠原は、話し合いのときに瞳を……」

「ええ。アリバイなど証明できないと諦めかけていた吉井さんは、突然小笠原くんにかばわれて、さぞ驚いたでしょうね。あの話し合いの後、小笠原くんは、鏡文字を読んでしまったことを吉井さんに明かし、それに対する自分の気持ちも伝えたのでしょう」

「そっか。だから瞳は、あの後すぐ、矢上にきっぱりと別れを告げたんだね」

ようやく、すべての糸が繋がった。瞳が全員の楽譜を黒塗りにした動機も、奥手同士の小笠原と瞳が急接近した経緯も、畠山がパソコン室に足を運んだ理由も。

楽譜が塗りつぶされたのは、練習を中止に追い込むためではなかったのだ。その背景には、不穏でも何でもない、ただひたすらに甘酸っぱい理由が隠されていた。

「あれ、でもさ」

喉に引っかかった魚の小骨のような存在に気づき、明日香は腕組みをした。

「じゃあ、まりえはどうしてあんなに挙動不審なの？」

「ああ、あれは……う ーん」と、畠山が言いよどむ。「本人のプライバシーのためにも、明かすのがいいのかどうか」

「理由、分かってるわけ？　だったら教えてよ」

「いや、でも、本人が隠しているわけですから……」

「だったら私、直接問いただしてくる！」

「え？　ちょっと、明日香さん！」

後ろから、畠山の慌てた声が追いかけてくる。明日香は構わず、列の後方で体育座りをしている田部まりえへと突進した。

楽譜黒塗り事件で濡れ衣を着せたことについて謝罪する間、まりえは終始気まずそうにうつむいていた。そして、明日香が単刀直入に尋ねると、まりえは大人っぽい顔をくしゃりと歪め、恥ずかしそうに言った。

「今まで、隠しててごめん。実は、私ね――」

＊

瞳が持っていた楽譜の原本に書かれていたのは、『小笠原くんが好き！』という、可愛らしくもド直球な文字だった。

明日香がこっそり問い詰めると、瞳と小笠原はすべてを白状した。話を聞き終わり、最後に「お幸せに」と声をかけたときの、二人の真っ赤な顔がなかなか忘れられない。

本当に、幸せになってほしいものだ。校内合唱コンクールに向けて見事に三年一組をまとめ上げたお似合いの二人にも、自分を振った瞳への当てつけのように、さっそく他クラスの女子とデートを繰り返していると噂の矢上和磨にも。

赤くなりかけた西日が、真正面から目を刺す。

今日のホームルームで配られたうまい棒をサクサクと音を立てて食べながら、明日香、畠山、まりえの三人は帰宅の途についていた。

「そういえばさ、まりえって、誕生日はいつ?」

新しくできた帰宅部仲間に向かって、明日香は朗らかに問いかけた。

「あ、えっと、八月二十五日だよ」

「へえ、私も八月! 二十九日だから、近いね」

「そうなんだ、嬉しい」

「でもさ、八月下旬って、微妙な時期だよね。夏休み中だからみんなに祝ってもらえるわけでもないし、宿題には追われるし」

「えっ、夏休みも宿題があるの?」

まりえが目を丸くした。「大丈夫、大丈夫」と明日香は苦笑する。

「私と違って、きっとまりえは計画的にやれるでしょ。夏休みは四十日もあるわけだから」

「うわ、四十日って短い……」

まりえがショートカットヘアに手をやり、意気消沈した顔をする。励ましたつもりが、むしろ不安を与えてしまったようだ。

明日香は反対側に首を向け、うまい棒めんたい味をちびちびとかじり続けている幼馴染の横顔を見やった。

「宗四郎ってさ、いつから気づいてたの? まりえのこと」

「ん? 田部さんが、アメリカに長らく住んでいた帰国子女だということですか?」

畠山が、何でもないようにさらりと訊き返してきた。「うーん、わりと早い段階で見当はついていましたよ」と、眩しそうに目を細めながら言う。

「たまに言葉がたどたどしく聞こえることがありましたし、『まじ?』を『ま?』と略すといった最近の日本の若者言葉をほとんど把握していないようでしたし。あとは、掃除の時間に上手く立ち回れないのは、前の学校では生徒ではなく業者が清掃を行っていたからだろうなあとか、これまでがずっと私服登校だったとすると、そりゃ日本の制服には慣れないだろうなあとか」

「そんなことでピンとくる? 普通」

「引きこもり説や少年院入所説よりは、よっぽど現実的な仮説だと思いますけどね」

明日香をバカにするように、畠山がふふんと鼻を鳴らした。

「ただ、帰国子女といっても、どの国に住んでいたのかまではなかなか特定できませんでした。アメリカだろうなと察したのは、明日香さんが田部さんに関する噂を教えてくれたときです」

まず、と畠山が人差し指をまっすぐに立てる。

「留年疑惑の原因となった、『前の高校では——』という発言について。州によって異なる場合もあるものの、アメリカの学校は基本的に、五—三—四制を取っています。小学校が五年、中学校が三年、高校が四年というわけですね。また、新学期は九月スタートですから、八月生まれの田部さんの場合、日本より学齢が半年ほど早くなる。つまり田部さんは、日本でいう中二の九月からすでにハイスクールに通っていたことになります。これが『前の高校』発言の真相です」

「う、うん」とまりえが頷く。

「すごいね、畠山くん……よく分かったね」

「それと、田部さんにこの辺りの土地勘があり、出身だと言っているわりに、まったく知り合いがいない件について。これは、六月末から九月頭までという長い夏休みの間、毎年のように一時帰国をしていたからだと考えられます。市内にお父さんかお母さんのご実家があるのではないかと推測しますが、いかがですか？」

「えっと、お母さんの実家があるよ。それに、お父さんの仕事でアメリカに行く前までは、このへんに住んでたの」

明日香が「それっていつまで？」と尋ねると、まりえは「幼稚園に入る前までだから、三歳までかな」と答えた。確かに、それなら知り合いが一人もいなくても仕方がないし、出身地がここだというのも間違いではない。

「じゃあ、あれは？　話す相手によって、『何の部活に入ってたの？』って質問に対する答えをコロコロ変えてた件」

「それはですね」

ようやくうまい棒を食べ終わった畠山が、手についたオレンジ色の粉を払いながら説明した。

「アメリカの学校には、一年を通して活動する部活が存在しないんですよ。すべて約三か月単位のシーズン制なんです。例えば、バレーボールやアメフトは秋、屋内プールでの水泳やフェンシングは冬、テニスやサッカーは春、というような形でね。やる気がある生徒は、一年に最大三つ、スポーツチームに所属できるというわけです」

「ってことは……まりえは、バレーボール部と水泳部とテニス部に入ってたの?」

「うん、そう」と彼女が目を伏せて答える。「私の学校では、シーズンがずれてたから」

「すご! 運動神経抜群じゃん」

「そんなことはないけど……」

「あ、でも、瞳や小笠原に対しては、合唱や吹奏楽もやってたって答えたんでしょ? アメリカでは、運動部とは別に、文化部も兼部できるわけ?」

「それは、私、コーラスとバンドのクラスを取ってて……あ、コーラスが合唱で、バンドが吹奏楽って意味なんだけど……」

「調べたところによると」と、畠山がまりえに代わって補足した。「コーラスとバンドというのは、カリキュラムの一環とはいえ、日本の学校でいう音楽の授業とはだいぶ異なるようですね。なんでも、学校の講堂で夜にコンサートを開いたり、上のレベルのクラスに入るためのオーディションがあったりするとか。逆に言えば、合唱や吹奏楽は選択科目として履修するものであって、必ずしも日本のように部活動の形を取っていないんです」

「そうなの。だから、部活とはちょっと違うんだけどね」

もじもじと言うまりえを前に、明日香は「なるほどね」と呟いた。アメリカの学校にいたという事実を公にしないまま情報を小出しにしたため、五つも部活を兼部していたように聞こえてしまい、虚言癖疑惑がかかることになったということか。

「明日香さんが怪しいと言っていた田部さんの言動も、彼女がアメリカからの帰国子女であるという前提に基づけば、すべて説明がつくんですよ」

畠山が自信満々に言い、解説を始めた。

まりえが授業の間の休み時間に廊下に出て、キョロキョロと辺りを窺っていたのは、クラス単位で授業を受けるわけではなく、自分の時間割に従って毎回教室を移動するというアメリカの学校のときの癖がつい出てしまっただけであること。

楽譜黒塗り事件が発覚した日、合唱練習が中止になって喜んでいる矢上を見て呟いた「やっぱり……壊したほうが……」という不穏な言葉は、「They'd better break up（彼らは別れたほうがいい）」の下手な直訳にすぎず、合唱に一生懸命な瞳の気持ちをまったく汲み取らない矢上に向けて放たれたものであったこと。

流れるように説明を終えた畠山は、「あ、それから」と思い出したように言った。

「これは非常に些細なことですが――おととい の練習中、吉井さんが小笠原くんに養生テープを差し出した瞬間、田部さんが驚いて反応したことがありましたよね。彼女の名前『Marie Tabe』は、英語が母国語の人たちが普通に読もうとすると、『マリー・テーブ』になります。あれは、『はい、テープ』と吉井さんが言ったのを、自分の苗字だと思って跳び上がってしまったのではないでしょうか」

「あ、うん……そうだよ。私、バカだよね。全然違ったのにね」

まりえが両手で顔を覆った。この恥ずかしがり屋な転校生は、どこまでも目立ちたくないようだ。自分を没個性的に見せようと秘密主義を貫いたことで、真逆の結果を招いてしまったとは、なんと皮肉なことか。

「でもさあ」

明日香はほんの少し背伸びをして、背の高いまりえの肩に手を回した。

「外国帰りって、めっちゃかっこいいじゃん。『We are the World』の歌詞が上手く読めないふりをしてまで、帰国子女だってことを必死に隠さなくてもよかったのに。英語、本当はペラペラなんでしょ?」

「それは、その……日本の中学では、他の人と違うといじめられるって……なるべくみんなに合わせたほうがいいって、聞いたから……だから、このことは黙っててくださいって、先生にもお願いして……」

まりえは小刻みに歩きながら身を縮めた。不安げな顔をする彼女を前に、明日香はその発言を笑い飛ばす。

「何、そんなふうに聞いてたの? 日本の中学生の一人として言わせてもらうけど、それってすごく不名誉だし、悲しいなあ」

「ご、ごめん!」

「いやいや、まりえが謝ることじゃないって。いい? これからは、何も心配しなくていいんだからね。もしそんなどうでもいい理由でまりえをいじめる奴がいたら、私が守ってあげるから!」

「明日香ちゃん……」

まりえはおどおどとした目で明日香を見つめてから、ふっと相好を崩した。

「優しいね。沙也加ちゃんもだけど、こういう友達ができて、私、本当によかった」

「ああ、確かに、今野さんと明日香さんの二人がバックについていれば、怖いものなしですねえ」

　隣で、畠山がしみじみと言う。「どういうことよ！」と明日香が拳を振り上げると、「だから、そういうところですよ」と彼は虚ろな目でこちらを見返した。

　遠くで、ゆったりとしたチャイムの音がした。波浜中からはだいぶ遠ざかってしまったから、おそらく小学校から聞こえてきているのだろう。

「私ね、日本のチャイム、好きなんだ」

　まりえが音の方向を振り返り、にっこりと微笑(ほほえ)んだ。

「アメリカの学校のチャイムはね、ブーって、非常ベルみたいなの」

「何それ、変なの」

　住宅街の中ほどにある、T字路にさしかかる。じゃあね、と手を振り、まりえは右、畠山と明日香は左へと曲がった。

　二つになった影が、横へと長く伸びる。

最後の合唱コンクールは、慌ただしく終わってしまった。だが、来月末には修学旅行がある。六月には体育祭が控えているし、秋には文化祭だってある。

　これから一年、受験という大変なイベントもあるけれど、ますます楽しくなりそうだ。

うまい棒の最後の一欠片を、隣を歩く畠山の口に押し込んだ。ふがふがと声を上げようとする幼馴染を置いて、明日香は軽やかにスキップを始めた。

みんなで歌ったあの曲のサビが、今も頭の中で鳴り響いている。

願わくば海の底で

額賀澪 *Nukaga Mio*

額賀 澪（ぬかが・みお）

1990年茨城県生まれ。日本大学芸術学部卒。2015年『ヒトリコ』で第16回小学館文庫小説賞、『屋上のウインドノーツ』で第22回松本清張賞を受賞しデビュー。吹奏楽、スポーツなど幅広い題材の青春小説の書き手として注目を集める。また、出版業界の内状に切り込んだノンフィクション『拝啓、本が売れません』も評判となる。著作は他に『タスキメシ』『タスキメシ―箱根―』『ウズタマ』『風に恋う』『競歩王』『沖晴くんの涙を殺して』などがある。

扉イラスト＝いとうあつき

穏やかで飄々としている割に、残酷な性格をしている人だった。僕が菅原晋也のことをつくづくそう思ったのは、彼が高校を卒業する日だった。その日の出来事は決定的だった。

「何考えてるんですか」

批難に振り返った菅原先輩は、僕が抱えた立派な花束を見て「あ」と声を洩らした。室内なのに吐き出す息が白く濃かった。彼の左胸で、「祝　御卒業」と書かれた紅白のリボンが声に合わせて揺れた。

「ごめん、忘れてた」

「酷い人ですね」

スイートピーにガーベラにカーネーションにカスミソウ。美術部に二人しかいない三年生のために、後輩が花言葉まで吟味して買ってきた花束だというのに。この人はそれを笑顔で受け取って、「お前達は俺の自慢の後輩だ」なんて言ったくせに、花束を美術室に忘れて帰ろうとしたのだ。

他の部員が先に美術室を後にしたから、気づいたのが僕だけだったのが幸いだった。

「別に、置いて帰ろうと思ったわけじゃないんだよ？」
今更のように花束を大事そうに抱えて、菅原先輩は「ホントだよ、信じてよ宗平」と肩を竦める。昇降口に向かう彼の後ろに続きながら、「ホントかよ」とため口をついた。上履きが床に擦れ、批難がましく高い音を立てた。

賑わいが近づいてくる。校舎の外で卒業生と下級生が集まって別れを惜しんでいる。声と一緒に昇降口から吹き込んだ風は冷たかった。太平洋に臨む高台に建つ学校では、いつも海の匂いがした。波飛沫と一緒に舞い上がった匂いが北国の冷たい風に晒され、角が取れて丸くなって、淡い海の香りになる。海の底ではこんな匂いがするのかもしれないと、僕は子供の頃から思っていた。

「花束、嬉しいと思ったし、大事に持って帰ろうと思ったんだよ。花が折れないように一旦机に置いてさあ——」

そして、そのまま忘れて帰ろうとした。僕が宿泊学習のお土産に学業成就のお守りを買ってきたときも、美術室に忘れて帰った。後輩が調理実習で焼いたシフォンケーキを差し入れてくれたときなんて、「わーい、嬉しい」と言って自分の分を取り分けたくせに、数分後にはデッサンに夢中になっていた。水分が飛んでカピカピになったシフォンケーキを、「ごめん」と言いながら齧っていたっけ。

「みんなには内緒な。特に本郷には」
靴に履き替えて昇降口を出たところで、菅原先輩は懇願してきた。彼の視線の先で、美術部のもう一人の三年生、本郷藍先輩がクラスメイトと写真を撮っていた。手には、先ほど部の後輩から贈られた花束がある。

この人が先に美術室を出ていてよかった。花束を忘れたと知ったら、藍先輩は怒り狂っただろう。僕が贈ったお守りを菅原先輩が持ち帰らなかったときなんて、「嫌みったらしく届けてやろう」と彼の家まで行ったくらいだ。

「言わないですよ。藍先輩に菅原先輩の愚痴を聞かされるのは僕じゃないですか」

「この一年ですっかり宗平には嫌われたな」

高校に入学して、美術部に入って早一年。何度そういうことがあっただろう。逆に、藍先輩は僕が入部するまでそのフラストレーションをどこで発散していたのか。

あ、でも、それも二人が卒業したらなくなってしまう。

「先輩のこういう非道なところをみんなに見えないように尻ぬぐいしてあげるくらいには、先輩が好きですよ」

花束を指さし、恩着せがましく言ってやる。三年生は三月一日で卒業だが、下級生は下旬まで学校がある。明日、美術室で萎れた花束を見つけたら、部員達がどんな顔をするか。

「わかったよ。ごめん、ごめん。今後は気をつける。本当に気をつける」

先輩を糾弾するような冷たい風が校舎に吹きつけて、周囲から小さな悲鳴が上がった。今日の気温は最高でも六度くらいのはずだ。二度しかなかった昨日に比べたらまだマシだ。卒業式後の、寂しいのと悲しいのと、晴れ晴れしい気持ちとが混ざったこの場所は、寒さも気にならない。高揚感で少しだけ暖かい。

そこから一歩離れたところに体も心もある菅原先輩は、別みたいだけれど。

「うー、寒い、寒い」

コートのボタンを閉め、マフラーをしっかり巻いて、「帰るかな」なんて呟く。

「向こうで先輩のクラスメイトが手招きしてるの、見えないんですか？」

「あいつらみんな上京するんだよ？　東京でいくらでも会えるじゃん」

「そういう問題ですか？」

「そういう問題だよ」

菅原先輩は、東北の海辺にあるこの町を離れ、四月から東京の美大に進学する。高校在学中に大きなコンクールで賞を取っていたから、推薦入試であっさり合格を決めてしまった。推薦とはいえ難易度が高いと噂の実技試験も、さらりとクリアしてしまった。そういうところも、どうにも腹が立って仕方がない。

人混みを避けるようにして正門に向かう菅原先輩だったが、すぐに友人に捕まった。引き摺られるようにして連れて行かれる先輩は、満更でもない顔をしていた。なんだよ、結局友達は好きなんじゃないか。

でも、あの人の胸の中には、寂しさはないような気がした。後輩から花束をもらった藍先輩が感極まって泣きそうになっても、それを菅原先輩に見られないように誰よりも早く美術室を出て行っても、あの人は浜に打ち寄せる波を見るような顔でいたから。

彼は、藍先輩のことすら高校を卒業したらころっと忘れて、東京で悠々自適に美大生ライフを送るのかもしれない。「いくらでも会える」と言った上京組の友人ともほとんど連絡を取らなくなり、新しい友人と気ままに楽しい毎日を過ごす。そんな未来が僕には見えた。

でも、そんなことは起こらなかった。

卒業式から八日後の三月九日。地震があった。昼休みの前だった。三年生が卒業してひっそりとしてしまった古い校舎の教室では、窓際に置かれた暖房器具が風を送る音が、先生の声より大きく聞こえた。多分、僕は眠かったのだ。授業は……古文だった気がする。

そうだ、あの日は授業が午前中だけだったのだ。翌日に高校入試の追試験の準備があるとかで、生徒達は自宅学習期間に入る予定だった。あと数十分耐えれば自宅学習という名の休日。その後何日か登校すれば春休み。それが終わると、藍先輩と菅原先輩のいない高校生活が始まる。そんなことを考えていた。

そのときだった。

教室の壁が一度だけミシッと湿った声を上げて、窓ガラスとロッカーの戸がカタカタと鳴り始めた。暖かい教室の空気がひび割れて隙間風が吹き込むような音だった。床がうねった気がした。車酔いでも起こしたみたいな気持ち悪さを覚えたのは一瞬で、直後、揺れが来た。左右に揺れているのか、それとも上下なのかわからない。先生に言われるがまま机の下に潜った。床についた両膝がひび割れるかと思うほどの大きな揺れは、ぼんやりとした眠気をはぎ取った。

暖房器具の上で誰かが乾かしていた真っ赤な手袋が、床にぽとりと落ちた。僕のいた場所からはそれがよく見えた。

揺れはすぐに収まった。机の下から植物が芽吹くように一人、また一人と顔を出し、先生が「揺れたなあ」と笑った。このときの地震は最大震度5弱だったらしい。怪我人はいなかったし、校舎にも被害はなかった。美術室に置いてあった石膏像が何体か倒れてしまっただけだった。帰宅して夕食を食べながら「今日、揺れたわねえ」と母さんがこぼし、父さんが「揺れた揺れた」と頷いていた。

ちょっと大きかったけれど、これくらいの地震、一年中この国で起きている。「揺れたねえ」と笑い合うだけの《よくあること》が、たまたま自分の町で起こっただけだった。

翌日までは、そうだった。正確には翌々日――三月十一日の午後二時四十六分までは、そうだったのだ。

前々日とは比べものにならない激しい揺れに僕達は襲われ、日常の風景であったはずの海に、町は飲み込まれた。

三月十一日、菅原先輩は朝から家を出ていた。東京への引っ越しを一週間後に控え、地元での短い春休みを満喫していたのだと思う。あの人のことだから、友達と連む(つるむ)こともせず、一人気ままに町をふらふらしていたんだろう。

あれから五年がたった。菅原先輩はあの日以来、ずっと行方不明のままだ。

＊

砂漠にいるみたいだった。土埃の混じる熱風の中、重機のエンジン音に押し潰されそうになりながら、もう三十分近く歩いている。太陽の白い光が、うなじや二の腕をじりじりと焼く。おい、こんな状況で四年後に東京でオリンピックなんてやるつもりか。日本中で、多くの人が同じことを思っている気がする。

それでも、五年前の夏より暑く感じるのは、町があった場所が更地になったからかもしれない。日陰もなく、更地の土は乾いていて照り返しがきつい。海風は磯っぽく生臭い。きっと、風を遮るものがなくなったから、海の匂いがそのまま届くようになったんだ。

世界の終わりのようだった町からは瓦礫（がれき）が撤去され、大量の重機によって盛り土が造成されている。震災後に修繕された真新しい道路は太陽光を吸収し、足下から熱してくる。

当時の町は、歪な足音がした。歩くたびに泥に靴が埋まって、びちゃびちゃと冷たい音がした。もしくは、瓦礫の破片を踏みつけるじゃりじゃりとした音と感触が、足の裏で蠢（うごめ）いた。

震災前は駅のあった町の中心部を通り過ぎ、山間に民家が見えてきた。古びた建物と木々が残るあのあたりには僕の実家がある。町全体の六十パーセント以上の住家が全壊または半壊した東日本大震災で、高台だったおかげで津波の被害を免れた場所だ。この町を襲った津波の高さは、二十メートルもあった。

かつて町の中心を走っていた電車は長く不通で、再開の目処は立っていない。新幹線を降りてから鈍行を乗り継いで二つ隣の駅で下車し、延々歩いてきた。震災前から車社会だった町は、津波被害でそれに拍車がかかった。徒歩移動しているのなんて僕くらいだ。

実家まであと三十分くらいだろうか。坂を上らないといけないから、もっとかかるかもしれない。うなじの汗を拭ったとき、クリーム色の軽ワゴン車が横を通過した。スピードを緩めたと思ったら、少し先で停車する。

「……藍先輩」

運転席の窓から現れた顔に、息を飲んだ。

「やっぱり、宗平だった」

久しぶりじゃん、と白い歯を見せて笑った先輩に手招きされ、僕は大人しく運転席に駆け寄る。最後に会ったのは上京直前だから、かれこれ三年ぶりだ。車内から漂ってきたエアコンの冷気に、頬を舐められた気がした。

「あんた、このクソ暑い中なんで歩いてるの？　熱中症になるよ？」

まるで二日ぶりに会ったみたいな顔で先輩は助手席を指さした。「いいですよ」と断り切らないうちに、「あんたが熱中症で死んだら見捨てた私が罪に問われそう」とたたみ掛けられ、何も言えずに助手席に回った。

助手席のドアを開けた瞬間、後部座席に座っていた男と目が合って、動けなくなった。

「藍先輩、こちらはどちら様ですか？」

エアコンのせいだろうか。背筋が無性に寒くなる。知らない男だった。真っ青なTシャツを着て、キャリーケースを一つ、後部座席にのせている。藍先輩より年上に見えた。

「三浦さんっていうの。東京の人」

なんてことない顔でそう言って、先輩はハンドルを握った。慌てて助手席のドアを閉めると、三浦と呼ばれた男性が会釈した。

「三浦拓海です。東京で会社員をしてます」

丁寧な口調の割に、ぶっきらぼうな雰囲気が隠し切れない。「藍先輩、まさか彼氏ですか？」なんて軽口を咄嗟に用意したのに、とても口にできなかった。

「三浦さん、この子は私の高校の後輩です。今は東京で大学生してます」

恐る恐る「小野寺です」と名乗った。三浦さんは「どうも」と会釈するだけだった。

「宗平、あんた、今日帰ってきたの？　ていうか何年振り？　高校卒業した途端、付き合い悪くなっちゃってさ」

「毎年お盆とお正月には帰ってきてましたよ。課題とかが忙しくて、あんまりこっちの知り合いと会うタイミングがなかっただけで」

言い訳がましく説明すると、藍先輩は興味なさそうに「ふーん」と鼻を鳴らした。

「それにしたって、二駅隣から家まで歩く？　蜃気楼か何かかと思ったよ」

「親と卒業後のことで揉めてるんですよ。迎えを頼みづらいくらいに」

バックミラー越しに、後部座席の三浦さんと視線がぶつかった。ゆっくり目を逸らし、生意気な後輩らしく無遠慮に、でもできるだけ何気ない雰囲気で聞いてみる。

「それで、藍先輩と三浦さんは、どういうご関係で、どこに行こうとしてるんですか」

「どういうご関係だと思う？」

にやりと笑った先輩に、わざとらしく溜め息をついた。三浦さんとの会話が弾まないのはわかるが、僕をダシにしないでほしい。

「先輩、三浦さんに敬語使ってるし、助手席じゃなくて後部座席に乗せてるし。友達ってわけじゃないですよね。お客さんか何かですか？」

「うん、正解。職場の上司のご親戚。うちのあたりに用があるっていうから、暇だし案内を買って出たってわけ」

震災以降、被災地にお金を落とそうと遠方から観光に来る人が増えた。でも、三浦さんは観光客には見えない。レンタカーを借りることもせず、地元の人間に案内を頼むなんて。

また、バックミラー越しに三浦さんと目が合う。

「祖父を捜しに来たんです」

今度は三浦さんが視線を外す。炎天下の屋外を見やって、奥歯を噛み締めるように頬に力を入れた。

「五年前、震災で行方不明になりました」

三浦さんの低い声を拭い取るように、ゆっくり藍先輩を見た。先輩は表情を変えずハンドルを握っていた。同じように行方不明になってしまった人のことを、僕達は思い浮かべている。

なのに、互いの顔を見られない。

「あの、それは」

「生きてるだなんて思ってないです。死亡届もとっくに出してるし、震災から半年後に葬式も挙げました。俺を含めて家族全員、祖父が死んだと納得しています」

他人行儀な言い方だった。でも、そうなってしまう理由が、僕と藍先輩にはよくわかる。

五年前、多くの人がそうだった。最も身近で大切だった人の死を、最も他人事のように語った。藍先輩は「菅原、行方不明なんだって」と、天気予報が外れたみたいな口振りで言い、僕は「らしいですね」と答えた。

そうでもしないと生きていられなかったのかもしれない。悲しむより先に、自分の生活を立て直すために、やるべきことがたくさんあった。いつまでも全身全霊で悲しんでいたら、悔いていたら、何も前に進まない。

「じゃあ、お祖父さんの何を探しに？」

「別に、何を見つけたいってわけじゃないんですけど、祖父の当日の足取りを知りたいんです。二〇一一年三月十一日の」

三浦さんのお祖父さんは、中心街から少し外れた山際に建つ一軒家に、一人で暮らしていたという。詳しく住所を聞くと、直接の津波被害はなかった地域だった。

「家自体は無事だったんです。でも、祖父の姿だけがなかった。当日、近所の人が釣り竿を持って、お気に入りの赤いキャップを被って自転車で海の方に行く祖父を見かけていて、どこかで釣りをしている最中に地震が起きて、津波に飲まれたんだろうと」

「そこまでわかっているなら、三浦さんは、お祖父さんの何を知りたいんですか？」

こんな言い方はつくづく最低だと思うが、三浦さんはまだ幸運な方だ。その人の最期を、ぼんやり想像することができる。それすらできない人があの頃は——今も、大勢いる。

「そうですよね」

自分でも戸惑った様子で、三浦さんは口籠もった。「そうだなあ」「つまり」と煩わしそうに言葉を口の中で転がし、

「祖父が最期にどんな景色を見たのか知りたい、というのが一番近いと思います」

肩を竦めて、答えた。黙って話を聞いていた藍先輩が、「というわけさ」と助け船を出す。

「三浦さんの伯父さんが、たまたま職場の上司でさ。『甥っ子がこのへんを案内してくれそうな人を探してる』って言うから」

「案内役って、そういうことだったんですね」

それにしても、震災から五年たった今、どうしてそんな心境になったのだろう……初対面の人にそれを聞く技量は、僕にはなかった。

交差点で車が停まる。真新しい信号が毒々しく赤く光っている。あの津波以降にできたものは何もかも新しい。信号機も標識も道路のアスファルトも、そこに引かれた白線も。左右に壁のようにそびえる盛り土すらそうだ。

交差点を右折し、軽ワゴン車は海に背を向けて走る。カーナビには弁当屋と商店の名前が表

示されているが、実際の風景にはそんなものはない。藍先輩の車のカーナビは、長く更新されていないようだ。

盛り土と盛り土の間を走り、更地を抜けて内陸へ進んで行くと、昔ながらの田畑と民家が並ぶ。津波に飲まれた場所と、運良く逃れた場所。残酷な境目には白い標識が立っている。遠目には案内標識に見えるが、そこには端的に「過去の津波浸水区間 ここまで」と青字で書いてある。

「このあたりは、津波が来なかったんですね」

背後を振り返った三浦さんが聞いてくる。看板の反対側には「ここから　過去の津波浸水区間」と書いてある。同じ標識が、町の至るところに建っている。

三浦さんがそれを確認するのを待つように、一拍置いて藍先輩が答えた。

「前は海、背後は山、という土地ですからね。ここは海抜より意外と高いところにあって、ぎりぎり津波が届かなかったので」

三浦さんが泊まる宿は、そこからさらに山道を登ったところにある、廃校をリノベーションして作った安宿だ。藍先輩は三浦さんを降ろすと、「明日十時に来ますね」と言って、来た道を戻った。

「三浦さん、何日くらいお祖父さんを捜すつもりなんですか？」

「五日間、休みを取ってるんだって」

先輩がダッシュボードを指さす。言われるがまま開けると、ファイルに挟まった三浦さんのお祖父さんと思しき写真があった。白髪交じりの黒髪は脳天が薄く、日に焼けた顔は凛々しい。黒目が小さい三白眼と直線的な眉の組み合わせが、三浦さんによく似ていた。

僕はしばらく写真を凝視していた。菅原さんの名前が喉を迫り上がってきて、唇を噛む。

「五日間で、何か見つかると思います?」

社会人からしたら、五日間の休みは長いのかもしれない。でも、あの津波で行方不明になった人を捜すには、全く足りない。あの日からの時間に比べたら五日間なんて一瞬だ。

「見つからないだろうね」

悲観しているのか、安堵しているのか。冷めた目をする藍先輩の胸の内は、どちらとも取れた。どうしてこんな面倒事を引き受けたんですか。そう聞きたい。聞こう、聞こうと思っているうちに、僕の実家に着いてしまう。

「宗平、明日は暇?」

やっぱり、そう言うと思った。助手席のドアを開けて、数秒だけ考えた。これは地獄への入り口のような気がした。お盆なんだし、親戚が来るとか墓参りがあるとか、家族でゆっくり過ごすとか、断る理由はいくらでも作れる。なのに、僕はいつの間にか「暇ですけど」と、生意気な後輩として返事をしていた。

「十時過ぎに三浦さんを乗せて来るから、付き合って。お昼ご飯くらいなら奢るよ」

「えー、丸一日ですか?」

「だって、一日中三浦さんと二人切りとか、気まずいし」

「なら引き受けなければよかったのに」

「上司の頼みだしさ、断れないじゃない。もしかしたら、私がずっと彼氏いないって知ってて、変な気を回してるのかもしれないけど」

そう言えば僕がついてくると、この人は思っているのだろうか。

「僕、免許も持ってないから運転代われませんし。ただついていくだけですよ？」

「宗平、免許取ってないの？　高校のとき原付に乗ってなかったっけ？」

「取ってないです。東京だと必要ないし、一生取らないと思います」

原付の免許も、とっくに処分してしまった。

「まあ、とりあえず、そういうことだから、じゃあね、また明日」

まるで高校時代のようにそう言って、先輩は帰っていった。高台にある僕の家から坂を下り、木々の向こうにクリーム色の車体が見えなくなるのをしばらく眺めてから、玄関の戸を開けた。母さんから「帰ってくるなら連絡くらいしてよ」と小言を頂戴したが、意外とすんなり「ごめん」と言えた。とりあえず仏壇にお線香をあげた。

約半年帰っていない自室は埃っぽかった。どろりとした熱気が籠もっていた。窓を開けて、空気を入れ換えてやる。

二階にある僕の部屋からは、遠くに海が見えた。震災遺構として残すかどうか揉めている朽ち果てた市役所も見える。窓ガラスがすべて割れて外壁がえぐれた鉄筋コンクリートの建物は、ぼろぼろの消しゴムみたいだった。

盛り土の上でちょこまかと動くショベルカーとブルドーザーは、相変わらずおもちゃのようだ。五年前、瓦礫を片付ける重機も、やはりおもちゃみたいに見えた。ジオラマを眺めている気分になるのはあの頃と変わらない。

まるで、菅原先輩のいなくなった世界を、乾いた土で埋めて整理整頓しているみたいだ。

港の向こうに、絵の具を塗り忘れたようにぽつんと浮かぶ防波堤の残骸があった。あれはしばらく撤去されないのだろう。

*

いつだったか。多分、僕が美術部に入部した直後だ。藍先輩が半袖のワイシャツを着ていたから、もう衣替えは済んでいたんだろう。

その日描いていたのは、美術部の顧問が課題に出したブルータスだった。僕は、藍先輩と菅原先輩に挟まれる形で、ブルータスの石膏像と向かい合っていた。他の部員がいた記憶がないのは、都合良く消し去っているからだろうか。それとも、緩い部だったから、あの日は本当に僕達しかいなかったのか。

「宗平は形を取るのが下手な」

集中力が切れたらしい菅原先輩が僕の画用紙を覗いてきたのは、一体何時頃だっただろう。目の前の石膏像の大まかな形を紙に落とし込もうと四苦八苦し、碌に描き進んでいなかった僕は、小さくうなり声を上げた。

「……すいません」

中学でも美術部だった僕は、それなりに絵が上手い方だと思っていた。美術部で課題として出される石膏像のデッサンなんて、楽勝だと高をくくっていた。ところが入部直後から何かと僕を構ってくる菅原先輩はそれはそれは絵が上手く、僕の安っぽい自信は一週間ほどで木っ端微塵になった。

「形を一発で正確に取ろうとするから、そうやって手が止まるんだよ。修正しながら柔軟に描けばいいの。鉛筆は消せるんだから」

菅原先輩は「センスだけで何かいい絵が描けちゃいます」というタイプだと思っていたのに、意外にも的確な指摘をする人だった。弱点を丸裸にされた気分で、僕は頷いた。

「もっと丁寧に教えてあげたら？　それだけじゃ、どうすればいいかわからないじゃん」

タイミングを見計らったように、藍先輩が会話に入ってきた。「ええー、そうかな」と菅原先輩が顔を顰め、わざわざ僕に「わかるだろ？」と聞く。

「大丈夫。宗平はできる奴だから」

僕の両肩をとんとんと叩きながら菅原先輩は言うが、ちっとも本気じゃないのが長い指をした掌から伝わってきた。

「小野寺君、こいつ、久々に男子が美術部に入ってくれて嬉しいんだよ。構いたくてしょうがないの。付き合ってやって」

そうだ、あの頃はまだ、藍先輩は僕のことを「小野寺君」と呼んでいた。

「あ、そういうことですか。わかりました」

「うわ、宗平、俺の味方につかないのかよ」

菅原先輩がまた僕の肩を叩いた。このとき僕は、この人の扱い方について方向性を定めた。

「藍先輩の手下になった方が安全な気がして」と言ったら、藍先輩が腹を抱えて笑った。「小野寺君、賢いね」と。菅原先輩は拗ねた様子でデッサンに戻っていった。

一時間後。藍先輩がトイレに行ったタイミングで、菅原先輩はまた僕に声を掛けてきた。

「本郷は、描いたものを消せないんだよな」

藍先輩のイーゼルの前に立ち、親指の腹で顎を撫でながら彼は言った。ゾッとするくらい似合わない、思慮深い顔をしていた。

「描き込んで描き込んで、結構描き進めちゃったところで形が狂ってるって気づいても、消しゴムをかけることを躊躇するタイプ」

画用紙を留めた図画板を持ち上げて、菅原先輩は藍先輩のデッサンをしげしげと眺めた。まるで彼女そのものを見ているようだった。

図画板をイーゼルに戻す際、彼はくすりと笑った。馬鹿にしているというより——もう咲かないと思っていた花が朝起きたら咲いていた、そんな顔だった。

「菅原先輩は、弱点なしの天才タイプですか」

聞いてから、嫌味っぽかったなと後悔した。菅原先輩は、微塵も気に留めなかったけれど。

「格好よく一発で形を取ってるって見えるよう、微妙に修正しながら描いてるんだよ」

自分のイーゼルの前に腰を下ろした先輩は、画用紙の中のブルータスを見つめた。安物の石膏像は、ミケランジェロが彫った本物の大胸像とはかけ離れていた。迫力がないというか、生き物としての圧がないというか。量産型ブルータスを菅原先輩が描けば、ミケランジェロの息遣いが見える。眼光の鋭さや、肌の下を血液が流れる音が伝わってくる。

僕が胸の内でくすぶらせた嫉妬を指先で弄ぶように、先輩は軽やかに唸った。

「俺はどっちかっていうと、このモチーフはこうあってほしいっていう理想が強く出ちゃって、実物と形が違ってることに気づかないで描き上げちゃうことがあるかな」

だからデッサンは苦手なんだよね、と文句を言いつつ、先輩は鉛筆を動かし始めた。「ちょっと脚色しすぎたかな」と、ブルータスの目元に消しゴムをかけてしまう。

穏やかで飄々としている割に、残酷な性格をしている人だ。僕はそう思った。

＊

竹林に囲まれた高台に建つ平屋の家主は、僕達の訪問を歓迎してくれた。事前に訪ねることを手紙で知らせていた三浦さんはともかく、くっついて来た僕と藍先輩にも、嫌な顔一つしなかった。

「今日の夜には息子夫婦が孫を連れてくるんだけど、昼間は一人で暇だったんだよ」

その人は、緒方(おがた)さんといった。作りものみたいに見事な白髪に、口髭まで真っ白だ。その割に姿勢や歩き方はしゃんとしていて、老いを感じさせない。歳は八十二だと三浦さんが来る途中の車中で教えてくれた。

緒方さんが振る舞ってくれた冷たい麦茶を飲みながら、居間を見回した。壁に細く長いヒビが入っている。天井から、茶簞笥と仏壇の置かれたところに向かって、行き場を求めて右往左往するみたいに。

僕がそれを見て不安に思っていると勘違いしたのか、緒方さんは「耐震はちゃんと調べてもらってるから大丈夫」と、細く長いひび割れを指さした。

「拓海君、何歳になった?」

「今年、三十になります」

三浦さんは相変わらず、丁寧な口調なのに無愛想な態度だった。エサをやろうが決して人に懐かない野良犬のようだ。

「結婚は?」

「残念ながらしてないです」

「そうか。でも、立派に大人になって、雅司(まさじ)さんも嬉しいだろうね」

雅司さんは、三浦さんのお祖父さんの名だ。緒方さんは、雅司さんの家の近所に住んでいて、長く交流があったのだという。雅司さんが震災当日に自転車で釣りに出かけるのを目撃したのも、この人だった。三浦さんは、とにかくにも緒方さんを訪ねるところから、お祖父さんの足取りを摑もうとした。

三浦さんの近状や、僕と藍先輩の関係を聞いて、緒方さんは「暑いねえ」と麦茶を飲み干した。二杯目の麦茶を注いだところで、にこやかだった皺だらけの顔が硬くなる。

「今更、雅司さんを捜したいって、どういうこと？　五年前に散々捜しただろ」

麦茶の入った冷茶碗を右手でゆらゆらと揺らし、緒方さんは聞いた。

「祖父の当日の足取りを知りたいんです。できることなら、どこで津波に飲まれたのか、この目で確かめに行きたい」

「行ってどうするの」

穏やかな口調なのに、ふと息が苦しくなる。知ってどうする。間違いなく死んでしまっているのに。どこかで奇跡的に——記憶喪失にでもなって家族が迎えに来るのを待っているかもしれないなんて、そんな願い、すっかり枯れ果ててしまったのに。

「どうもしません。僕が、自分の目で見たいだけです」

きっぱり言う三浦さんを、藍先輩が見た。僕は早々にこの話に乗ったことを後悔した。三浦さんの案内を先輩に頼んだ上司を恨んだ。

「自分の目で、ねえ」

呆れた、という顔を緒方さんはした。「拓海君は、もっと現実的な子だと思ってたよ」とでも言いたげだ。それでも、雅司さんの友人を何人か紹介してくれた。

「まずはこの人のところに行ってみるといい。釣り仲間だったはずだ」

そうアドバイスして、「暑いからちゃんと水分補給しなよ」とスポーツドリンクまで持たせてくれた。

庭先で僕達の車を見送る姿は、自分の子供を送り出すみたいだった。

「随分、フレンドリーな人でしたね」

緒方さんの家が見えなくなってから、僕は呟いた。後部座席の三浦さんは、「昔からあんな感じですよ」と窓の外を竹林が流れていくのを眺めていた。行きより幾分、表情が穏やかに見える。

「三浦さん、子供の頃にお祖父さんの家で暮らしてたことがあったんですか？」

無言でハンドルを握る藍先輩を横目に、僕は聞いた。

「どうしてそう思うの」

「いえ、緒方さんと喋ってる感じが、知り合いの孫を相手にしてるっていうより、近所の子供を前にしてるみたいだったんで」

「毎年お盆に両親と一緒に遊びに来てたけれど。小学六年生の頃、半年ばかりこっちで祖父と二人暮らしだったことがあります。だから、緒方さんもよく知ってるんです」

その半年のことは深掘りしない方がいいだろうか。バックミラーに映る三浦さんの顔を見つめて考えていたら、突然彼が「ここなんです」と声を上げた。藍先輩が慌ててブレーキを踏む。振り返ると、三浦さんは窓に鼻先を擦りつけるようにして、外を凝視していた。

「すいません。ここが祖父の家だったんです」

山間の、乾いた畑と浅い森に囲まれた中に、点々と古い民家が並ぶ一帯。そこに、不自然に更地になった場所がある。生い茂る草木の背の高さや荒れ具合から、いつ頃更地になったかおおよそ見当がついてしまう。

三浦さんはゆっくりとドアを開け、更地へ向かっていった。少し迷って僕も車を降りた。先輩が運転席のドアを開ける音が重なった。

「津波の被害はなかったんですが、地震で半壊したので、住む人間もいないし取り壊したんです。買い手のつく土地でもないので、この通り放置してあります」

あとをついていった僕達に、三浦さんは説明してくれた。説明せざるを得ない形になってしまった。失ったものの詳細を語らせる行為は、話す方も聞く方も消耗する。胸にヤスリをかける。

瞬きをする。緒方さんの家の居間に走っていたヒビが、暗闇に稲妻のように浮かんだ。

「緒方さん、今日の夜に息子夫婦が孫を連れてくるって言ってましたよね」

口の端からこぼれるように、気がついたら声に出ていた。三浦さんは腕を組んで、自分の足下を、睨みつける。

もはや、それが答えだった。

「緒方さんの息子夫婦は、津波で亡くなってます。お孫さんも一緒に。遺体も見つかってるから間違いない」

生暖かい風が、背後から——海から吹いてくる。「祖父の行方を捜してるときに、本人から直接聞いたんで」と語る三浦さんの低く擦れた声が、掻き消されそうになる。

「両親が小学校に子供を迎えに行って、高台に避難しようとして、渋滞に巻き込まれたところを津波に飲まれた、だったかな」

あの日、そういう形で亡くなった人は多かった。大勢の人が車で高台を目指し、道路は車であふれ返った。そこに、ふう、と息を吹きかけるように、津波はやってきた。

「仏壇に、写真が飾ってありましたもんね」

居間に通されたとき、仏壇に視線が吸い寄せられた。そこには四十代くらいの男女の写真と、小学生の男の子の写真があった。仏壇からあふれ出そうなくらい花が飾ってあり、居間はほんのり線香の香りがした。

「今日、迎え火ですから」

庭先で火を焚(た)いて、死者に家の場所を知らせる。帰ってきてほしい人達に、生き残った人間が待っていることを伝える。緒方さんの言った「連れてくる」の意味と、そういう表現をした胸の内について考えていたら、ずっと黙っていた藍先輩が「あ」と声を上げた。

「お庭に植えてたんですか? 向日葵」

先輩が指さした先、恐らくかつて庭だった場所に、向日葵が五、六本、まとめて咲いている。手入れのされていない雑草の中で、眩しい黄色が陽だまりのように揺らめいていた。

三浦さんはしばらく何も言わなかった。記憶の渦から何かをたぐり寄せるように、しばらくして「そうですね」とこぼす。

「植えて、ましたね。手入れする人間がいなくても意外と咲き続けるんですね、あれ」

三浦さんの話し方は変わらずぶっきらぼうで、この場所に思い入れなんてないんだと自分に言い聞かせているようだった。だから、小学生の彼と雅司さんが、向日葵の種を植えた場所にジョウロで水をやっている、そんな身勝手な想像をした。

*

僕達の高校では、秋に体育祭があった。体育祭と言っても、クラス対抗でバスケやバレー、サッカー、ソフトボールといった球技をやるだけだ。

バスケチームに適当に振り分けられた僕は、初戦の開始五分で相手チームの選手と接触して足を痛めた。保健室で湿布を貼ってもらったが「捻挫ではない」と言われ、これは絶対捻挫のはずなのに、と首を捻りながら美術室に向かった。今更試合に戻る気にはなれなかった。

「うわ、先客がいた」

誰もいないはずの美術室で、菅原先輩が携帯を弄っていた。椅子をいくつか繋げ、その上に寝転がっている。開け放った窓から風が吹き込み、それに油絵の具の匂いが混じる。夏と秋の狭間の爽やかな匂いだった。

「うわ、とは酷いなあ、宗平」

体育祭では毎年、クラスごとに揃いのTシャツを作る。真夏の太陽のような眩しいレモンイエローのTシャツは、怠そうに欠伸をする先輩にはすこぶる似合っていなかった。

「先輩、レモン色、似合わないですね」

「宗平も、ショッキングピンクが恐ろしく似合わないな」

クラスメイト全員の名前がプリントされたTシャツの裾を引っ張り、見下ろす。毒々しいピンク色に、肌が拒否反応を起こしている。

「宗平もサボり？」

「足を捻ってやる気がなくなりました」

机の下に仕舞われていた椅子を引っ張り出し、菅原先輩の側に腰掛ける。先輩は怪我をしているようにも体調が悪いようにも見えないから、純粋にサボっているのだろう。

「なんで九月にクラスマッチをやるかなあ。もう少し涼しくなってからでいいじゃんな」

あと一週間ほどで衣替えだというのに、今日は気温が高かった。屋外や体育館で体を動かしていると、じわじわと体が萎びていくような陽気だった。

「みんな元気よなあ」

一際大きな欠伸をした菅原先輩が体を起こす。猫のように伸びをして、のそのそと窓際に移動した。美術室の窓からは、女子ソフトボールの試合がよく見える。

「お、本郷だ。女子ソフトやってんだな」

絵筆を洗う流し台に腰掛け、菅原先輩はふふっと笑った。「え、あいつ、左打ちだったんだ」なんて呟く。綺麗な色のビー玉でも見つけた、という顔で。

「菅原先輩はどこのチームだったんですか?」

　窓辺に歩み寄った僕に、先輩は「サッカー」と短く答える。

「俺がボールを蹴ると、ズビシ、ズビシって変な音がするんだよね」

　グラウンドでは、普段は髪を下ろしている藍先輩が、今日はポニーテールでバットを振り回していた。綺麗な毛並みをした馬の尻尾のようだった。

　空振りをした藍先輩は、ベンチにいるチームメイト達と一緒にげらげらと笑った。笑い声が土埃になってグラウンドを舞う。

「菅原先輩、ジュース飲みます?」

　いつまでもグラウンドを見ているのが——正確には、菅原先輩と一緒に藍先輩を眺めているのが奇妙なまでに恥ずかしく感じて、僕は美術室の隣にある準備室へ向かう。準備室の冷蔵庫には、美術部の部員が勝手に飲み物やお菓子を入れているから。

「飲む」

　グラウンドから目を離すことなく菅原先輩は頷いた。レモンイエローは、本当に彼に似合っていなかった。

*

　山肌を撫でるような長い坂を上り、僕と藍先輩がかつて通っていた高校の正門をくぐった瞬間、三浦さんが目を丸くしたのがバックミラー越しにわかった。彼の目は、グラウンドの半分を埋める仮設住宅に向けられていた。

それを察したように、藍先輩が口を開く。

「随分減ったんですよ。震災後一年くらいは、グラウンド一面が仮設住宅だったんで」

ね？　と先輩が僕を見る。僕の高校生活は、仮設住宅と共にあったと言っても過言ではない。授業中にふと窓の外に視線をやれば、そこには灰色のブロックを並べたような仮設住宅が当たり前に存在していた。

「すいません。今も仮設住宅で暮らしてる人がいるって、わかってはいたんですけど」

仮設住宅を見つめたまま、三浦さんはばつが悪そうに眉を寄せた。

緒方さんが紹介してくれた人は仮設住宅に住んでいた。かつて百戸あった仮設住宅は、今は
四十戸ほどになった。複数の住戸が連なり、それぞれの棟に番号が割り振られていた。

住戸の軒先には、同じ形の表札が掲げられている。形は一緒だが、すべてデザインが違う。黄色とか水色とか桃色とか、派手な色使いのものばかりだ。動物や花のイラストが描かれたものもある。

「この表札、僕達が作ったんです」

三浦さんが表札一つ一つを興味深そうに見ているのに気づいて、僕は説明する。

「震災から三ヶ月くらいたった頃に、仮設住宅に表札を贈ろうって、うちの生徒みんなで美術の時間に作ったんです」

仮設住宅の背後にそびえる校舎を指さすと、三浦さんは合点がいったという顔をした。

　完成したばかりの仮設住宅は住民がやって来ても無機質で、初夏でも寒々しい雰囲気を残していた。灰色の外壁に、鋼製の波打つ屋根に、均等に並ぶ室外機とプロパンガス。アルミサッシのガラス戸の向こうは、いつだって薄暗かった。無表情の顔が延々と並んでいるみたいで、棟と棟の間を歩いていると、出口がなくなってしまったような気分になった。

　だから、それぞれの住戸に表札をつけた。同じデザインの表札はない。住戸に顔がつけば、仮設住宅は無表情でなくなる。

　五年たって、どの表札も色褪せてしまった。入居者がいなくなって表札がない部屋もある。一つ一つ名前を確認しながら、緒方さんに教えられた名前を探した。

「あった。菊地(きくち)さん」

　僕と三浦さんの半歩前を歩いていた藍先輩が立ち止まる。棟の一番端に「菊地成一(せいいち)」という表札が掲げられていた。「菊」の字から連想したのか、表札は鮮やかな黄色をしていた。

　ガラス戸はカーテンが開いていた。藍先輩が戸をノックしたが、応答はない。

　狭い部屋だから、ガラス戸から室内が見渡せてしまう。手前に台所、隣にトイレと風呂場と思しきドア、奥が六畳ほどの和室だ。布団が一組畳まれている。卓袱台(ちゃぶだい)の上には、麦茶か何かを飲みかけたグラス。

「どうします？　緒方さんから聞いた電話番号にまた掛けてみます？」

　藍先輩が三浦さんに聞く。昨日、何度か電話を掛けても菊地さんは出てくれなかった。

「固定電話の番号だったんで、掛けても意味はなさそうですけど」

試しに電話を掛けてみたが、部屋から固定電話のコール音が聞こえただけだった。

今日も昨日に負けず暑かった。軒先で待っているだけで、じりじりと肌が焼けていく。お盆だというのにひっそりとした仮設住宅にいると、時間の感覚がなくなる。

車に戻って作戦を立て直そうか。藍先輩がそう切り出したとき、近くの住戸の戸が開いて、「それじゃあまたねえ」と女性が出てきた。

「菊地のお爺ちゃんにご用ですか？」

四十歳前後に見えるその人は、藍色のTシャツを着ていた。胸に白い字で、市内で活動するボランティア団体の名前がプリントされている。震災後に発足し、仮設住宅で暮らす独居老人を訪問して話し相手になるという《見守り隊》活動をしていたはずだ。

「多分、二棟隣の河田（かわだ）さんっておうちで野球見てるよ」

さすがは《見守り隊》だ。言われた通り河田さんという家を訪ねると、菊地さんと河田さん夫婦が甲子園中継を見ていた。

突然ガラス戸をノックした僕達に三人は怪訝な顔をしたが、三浦さんが雅司さんの名前を出すと、菊地さんは頰を緩めた。皺だらけの額も、髪の毛が一本も生えていない頭部も、浅黒く日焼けしている。緒方さんよりも年下に見えるから、七十代前半といったところか。

「拓海君か、知ってるよ。孫が学校に行けなくなったって、三浦のジジイがぼやいてた。昔、俺が一度だけ三浦の家に行ったとき、『一緒に釣りに行くか？』って聞いたら、二階に逃げてった子だろ」

玄関先で不躾に言った菊地さんに、三浦さんは言葉を失った。聞いてはいけない話題だった予感がして、僕と藍先輩は全く同じタイミングで咳払いをした。

「……祖父の話を伺いたくて、来ました」

「東京からでしょ？　遙々遠くから来て、三浦も喜んでるね、きっと」

僕達がぞろぞろと菊地さんの家へ向かうと、菊地さんはすぐにテレビをつけ、チャンネルを甲子園中継に替え、エアコンのスイッチを入れた。

蒸し暑かった室内は、三浦さんがここへ来た事情を説明し終える頃には幾ばくか涼しくなっていた。しかし、三浦さんが言葉を重ねるほどに、菊地さんの表情は曇っていった。

「悪いね、せっかく来てくれたのに」

話しながら結果を悟っていたのか、三浦さんは「いえ」と短く頷く。

「三浦とは、よーく一緒に釣りに行ってたけど、あの日は一緒じゃなかった」

ずずっと麦茶を啜った菊地さんに釣られ、僕達も麦茶に手を伸ばす。緒方さんの家で飲んだ麦茶より渋くて温かかった。会話が途切れてしまい、甲子園中継の声が嫌に大きく聞こえる。

「お二人で一緒に行っていた釣り場は、どちらなんですか？」

藍先輩がさり気なく会話に入ってくる。海沿いの釣り場の名前をいくつか挙げると、菊地さんは「そうそう」と頬を綻ばせた。

「漁港の防波堤ではチカと根魚がよく釣れてね。夜なら穴子も狙えた。三浦のジジイは、奥さんが買ってくれた赤いキャップをいつも被って釣ってたから、遠くからでもよくわかった。年を取ってからは夜釣りはしなくなったけど」

そこで菊地さんは、何かを思い出したように三浦さんを見た。

「そうだ、君がこっちに来てからだよ。三浦が夜釣りをしなくなったの。『夜に家を空けたら可哀想だから』って」

三浦さんは、しばらく何も返さなかった。口に含んだ水を温めてから飲み下すかのように、ゆっくりと瞬きを繰り返した。

「僕が東京に帰ってからも、祖父は夜釣りをしなかったんですね」

ふうと、三浦さんが吐息をこぼした。笑ったようにも、嘆いたようにも聞こえた。そんな彼の横顔を、藍先輩がじっと見ていた。

「どうして三浦の足取りを知りたいの」

テレビから快音が響く。ヒットが出たようだ。菊地さんはテレビに視線をやったが、すぐに三浦さんを見た。

「気持ちはわかるけど、もし上手いこと三浦があの日いた場所がわかったところで、何にもならないよ。本当に」

菊地さんの口調に、胸元をぐっと押される感覚がした。この人もきっと、震災後に誰かを捜した経験があるのだろう。仮設住宅に一人で暮らしているのは、もともと独り身だからなのか、震災で家族を亡くしたからなのか。

「少なくとも、他人を巻き込んでまで捜す意味はないと思うな、俺は」

菊地さんの目が、僕と藍先輩を順番に見る。慌てて愛想笑いを浮かべようとしたが、三浦さんが息を吸う音に掻き消された。

「菊地さんがご存じの通り、僕は小学六年生の頃、学校に行けなくなったことがあります。両親ともあまりいい関係とは言えない状態で、祖父が僕を預かることになりました」

三浦さんは、麦茶のグラスを見ていた。澄んだ茶色の向こうに、何を見ているのか。

「祖父は寡黙な割に、ときどきとても耳に痛いことを言う人で、僕は嫌いでした。こっちで暮らしている間も、ふとした拍子に『学校で何があった』と聞いてくるのがもの凄く嫌で、あまり口を利かなかった」

「あはは、わかるよ。三浦はあまり口数が多い方じゃなかったが、その代わり言うときは言うんだ。昔からそうだった」

ざらついた声で笑う菊地さんに、三浦さんは頷く。

「祖父は僕を無理に外に連れ出したりはせず、放っておいてくれました。でもときどき、おもむろに『釣りに行くか』と誘ってくるんです。『どうせ夜更かしするなら、夜釣りに行くか。夜釣りは楽しいぞ』って」

「あの人は夜釣りが好きだった。昼より大物が釣れるし、静かだし。暗闇で獲物がかかるのをじっと待ってるのが性に合ってたんだろ。瞑想みたいなもんだってよく言ってた」

「僕は一度も祖父と釣りに行きませんでした」

遠くに投げ捨てるような言い方に、堪らず鼻から深く息を吸った。

「東京に戻るとき、『今度こっちに来たら夜釣りに行こう』と約束させられました。東京に帰って、思い切って学校に行ってみたら意外とすんなり登校できて、中学、高校と進学するにつれて祖父とは顔を合わせなくなったんです。そのまま、震災で祖父はいなくなりました」

また、テレビから快音が響く。菊地さんが応援していた東北の某県代表が逆転されてしまったようだ。でも、菊地さんはテレビを見はしなかった。ずっと三浦さんを見ていた。

「何にもならないと、僕も思っています。何年も行方不明の人がいるのに、お盆休みにふらっと来ただけの僕が、祖父の何かを見つけられるはずがない。でもせめて、祖父が最期にどんな景色を見ていたかどうかくらい、知りたいと思ったんです。夜釣りに行く約束、そのうち、そのうちと思っているうちに、果たせなかったんで」

試合はそのままゲームセットになった。負けた東北のチームの選手が、甲子園の土を両手でかき集めている。真っ黒な指先で、表情を殺して、機械的に土を袋に詰めていく。

選手達が退場し始めた頃、菊地さんが再び「悪いね」と言った。

「三浦のこと、何か思い出したら連絡する」

緒方さんが紹介してくれた人を、午後からも訪ねた。菊地さん同様、仮設住宅に暮らす人もいれば、民間借り上げ住宅に移って生活している人、新しく家を建てた人、いろんな人がいた。けれど、あの日の雅司さんの行方を知る人はいなかった。

結局何も摑めないまま、この日は解散することになった。ホテルまで送ると藍先輩は言ったのに、三浦さんは「歩きたいんで」と譲らず、町の中心に建てられたプレハブ商店街の駐車場で車を降りた。日も暮れかけ、歩く人なんて誰もいない真新しい道を、三浦さんは本当に徒歩で帰っていった。

「夕方になって涼しくなったし、熱中症で倒れるってこともないか」

駐車場の端の自販機で炭酸ジュースを二本買った藍先輩が、一本を僕に向かって放り投げてくる。炭酸を投げるなよ、と思いながら慎重に受け取り、体から離してプルタブを開けた。案の定、白い泡がぬるりとあふれた。

「めげてないかなあ、三浦さん」

自販機横のベンチに腰掛け、藍先輩は空を見る。夕焼けに夜空の色が混ざり込んで、淡いすみれ色をしていた。

「昨日は緒方さんからすんなり手がかりが出てきたのに、今日は全部空振りだったから。しかも、あんまり話したくないことをみんなの前で話すことになっちゃったし」

きい、と藍先輩の座るベンチが鳴る。震災後に「町に賑わいが戻るように」と急ピッチで建設されたプレハブ商店街は、ベンチも自販機も、植木一つ取っても不自然に新しい。遠くから誰かの笑い声が聞こえた。観光客もいるし、明日はささやかな夏祭りもある。

「三浦さん、お祖父さんが見た最期の景色、ってのに随分こだわってるよね」

炭酸ジュースを一口飲んで、先輩が呟く。独り言なのか、僕に何かリアクションをしてほしいのか。

「遺体が見つかってないとさ、せめてそれくらいは、って考えるものなのかな」

「そうなのかもしれないですね」

僕達は今、同じことを考えている。菅原晋也が最期に見た景色は何だったのか。最期に何を思ったのか。あの日から考え続けている。

「ねえ、宗平の家は迎え火した？」

「迎え火の習慣がある家じゃなかったんですけど、震災以降はやるようになりましたね」

「そっか」

気のせいだろうか。昨日から、迎え火の残り香が町中を漂っている。一体どれくらいの人が迎え火をしたのだろう。これは、誰かが誰かを供養する匂いなんだろうか。人間の魂が、かつてあった場所を懐かしむ匂いなんだろうか。

「三浦さん、こっちにいる間に、納得できるといいですね」

何をもって納得できるのか。何かを見つけることなのか、見つからないという事実なのか。わからないから、五年たっても僕はあの人のことを考えてしまう。

「宗平って、地震のとき外にいたんだよね？」

まるで明日の天気の話でもするみたいに、先輩が聞いてくる。

「前日に学校に携帯忘れて帰っちゃったんですよ。入試準備で休校だったけど、先生に頼めば取ってきてもらえるかなと思って、取りに行ったんです。その途中で地震が来て、津波警報まで聞こえてきたから、慌てて近くの五階建てのビルに逃げ込みました」

避難所である学校の体育館に辿り着いたのは翌朝だった。家族としばらく連絡が取れなかったから、母さんには心配をかけた。そのせいで母さんは、僕が東京の大学に行くことも大反対したし、東京で就職しようとしていることにも猛烈に反対している。一人息子を、側に置いておきたいんだろう。

「藍先輩は、菅原先輩が最期に見た景色、見たいですか？」

どうして、彼の名を出してしまったんだろう。僕は早速後悔した。

きっと、迎え火の残り香のせいだ。

「生きてるなんて思ってないからね」

炭酸ジュースを呷り、先輩は笑ってみせた。薄く引き攣った笑顔から、目を逸らした。

「ただ、死んだとも思えないから困るよね」

どっちかにしてよ、って感じ。そう言いたげに肩を落とした先輩に、僕は何も答えず炭酸を口に含んだ。なんとなく予想していたが、喉に焼けるような痛みが走った。

「三浦さんを案内してあげてほしいって頼まれたとき、思っちゃったもんね。この人も、同じ気持ちなんだろうなって。だからせっかくのお盆休みなのに引き受けちゃったし」

震災直後にはあった「生きているはずだ」という望みは、時間がたつごとに――瓦礫が片付けられ、壊れた町が少しずつ整理されていくごとに、テレビの震災報道が少なくなっていくごとに、すり切れていった。まだ、もしかしたら、万が一、奇跡的に……そんな言葉を積み重ねながら、諦めの輪郭が濃くなっていった。そうこうしているうちに、「ここいらが潮時だ」と思う時がくる。

大勢の人が、その《潮時》を無理矢理踏み越えてきた。

＊

僕はその日、活動日でもないのに美術室へ行った。ブレザーの下にセーターを着ないと冷えるようになった、十月の終わりのことだ。

廊下側の窓から中を覗くと、予想通り藍先輩がいた。椅子に腰掛け、テーブルに突っ伏している。ゆっくりとドアを開けると、藍先輩はびくっと肩を揺らして飛び起きた。僕を見て、

「ああ……」と喉の奥から声を絞り出す。

「菅原先輩だと思いました？」

藍先輩の隣に鞄を置く。彼女は「思ったよう」と大きく伸びをした。

「まさかあいつ、先生にも報告しないで帰ったりしないよね？」

「百パーセントないとは言い切れませんけど」

今日は、菅原先輩が受験した推薦入試の合格発表がある。午後二時に、合格者の受験番号が大学のホームページにアップされるらしい。今は午後四時半。とっくに合格発表はされている。

美術部の顧問に報告するため、先輩は美術準備室にやって来る……美術部の人間が美術室に

いれば、ついでに顔を出すだろう。そう思いわざわざ来たのに、菅原先輩は現れない。

「藍先輩、隣のクラスなんだから直接聞きに行けばよかったんじゃないですか？」

「他の子もいる前で『菅原、受験どうだったー？』って？　万が一落ちてたらどうするの」

「メールしてみるとか」

「返事を待ってる時間がしんどすぎるし、不合格だった場合に返す言葉を私は持ってない」

「それ、ここで待ってて合否を聞いたとしても一緒じゃないですか」

「そこは宗平が上手いことフォローしてよ」

テーブルに両手で頬杖をついた先輩は、そのままずるずると突っ伏してしまう。菅原先輩が来る気配は、ない。

「そういう藍先輩は、内定出たんですか？」

先輩は先週、県内の企業の面接を受けた。一週間で結果が出るらしいから、そろそろだ。

「うん、受かったよ。昨日通知が来た」

突っ伏したまま、藍先輩が答える。まるで不採用だったみたいな口振りだ。

「それはおめでとうございます。もっと喜んだらいいのに」

「同じ部活を三年間やってきた菅原の進路が決まったら喜ぶよ」

言い訳がましく呟いて、先輩は小さく小さく、本当に小さく溜め息をついた。あーあ、この二人がさっさと付き合っちゃえば話が早いのに。心の声が喉まで出かかって、咄嗟に掌で口を塞いでいた。

藍先輩は随分心配しているようだが、僕は菅原先輩が不合格になるとは思えなかった。成績だって悪くないし、絵の才能は本物だ。あの人は、美術室という名の井戸で育った蛙ではない。井戸の中で「ここは居心地がいい」と言いながら、ちゃっかり大海の美しさも荒々しさも知っている。もちろん空の蒼さも、しみじみと理解している。

「藍先輩、菅原先輩が上京しちゃったら、寂しくなりませんか？」

あからさまな聞き方だったと思い直し、「三年間、部活一緒だったんだし」と無理矢理付け加えた。藍先輩は自分の前髪を弄りながら小さく唸った。

「近場に美大なんてないし、県外に出るしかないでしょ」

そういうことじゃなくて。でも、その先をどう言葉にすればいいか、僕にはわからない。

「受かると思いますよ、菅原先輩。落ちたとしても一般入試があるじゃないですか」

「受かると思いますと言った一秒後に、何故落ちた話をする」

むくりと顔を上げた藍先輩が、僕を睨んでくる。「仮定の話ですよ」と返した瞬間、引き戸を無遠慮に開ける音がした。背中をトンと突かれたようだった。

振り返らなくても、菅原先輩の音だった。

「部活の日でもないのに二人で何やってんの」

人の気も知らないで呑気なんだから、と、藍先輩は文句を言うのではないかと思った。しかし、勢いよく立ち上がった彼女はただ一言「どうだった？」と首を傾げた。

菅原先輩は「……何が？」と、藍先輩を真似するように首を傾げた。

「いやいやいや、合格発表！　それ以外に今日何がある！」

「ああ、合格発表ね。うん、受かった受かった。春から無事、美大生」

ピースサインを僕達の方に突き出した先輩は、当たり前のように「本郷は？」と聞く。

「もう内定出たの？」

なんだよ。この人は、藍先輩が先週面接試験を受けていて、そろそろ内定通知が来る頃だと、ちゃんと知っているんじゃないか。

「……ああ、うん、受かった。春から社会人」

菅原先輩の言葉を真似るように、藍先輩が答える。不意打ちを食らったような横顔に、僕は頭を抱えたくなる。

「おっ、マジで？　やったじゃん。これで大手を振って卒業できるな」

いえい、と手を上げた菅原先輩を、藍先輩が凝視する。彼の掌と、口元と、目を、順番に。

「いえい！」とハイタッチをした藍先輩は、いつもの藍先輩だった。

さあ、二人とも進路が決まったんだから。どっちでもいいから告白でも何でもして、付き合っちゃってくださいよ。

また心の声が喉まで出かかって、僕は掌で口を塞いだ。菅原先輩と目が合った。

＊

「三浦さん、食べないんですか？」

運ばれてきた冷やしたぬきうどんに一向に手をつけない三浦さんの顔を、僕は覗き込んだ。ハッと我に返った彼は、「食べます」とわざわざ宣言して箸を持った。

三浦さんが町にやって来て、四日目。今日は町外に住んでいる雅司さんの友人二人を午前中に訪ねた。震災後に息子夫婦と同居するようになった人と、民間借り上げ住宅に移った人だった。たいした成果は得られず、僕達はプレハブ商店街の一角で昼食を取っていた。

「とりあえず、生活再建がまだまだ険しいことは、思い知りました」

小さく溜め息をついて、三浦さんはうどんを啜った。この二日間、いろんな人の話を聞いた。仮設住宅から災害公営住宅に移ろうと思ったら入居条件を満たしていないと突っぱねられ、かといって収入が安定しないから新居を探すこともできない、とか。東京オリンピックの開催が決まってから建設業の働き手を東京に取られ、災害公営住宅の建設が遅れて先の見通しが立たない、とか。「オリンピックだって盛り上がってる中、こっちは仮設住宅で暮らしてるのに」

——そんな話を、東京で暮らす三浦さんは居心地悪そうに聞いていた。

藍先輩が目を泳がせながらフォローする。

「震災後一、二年は瓦礫が撤去されてどんどん景色が変わっていったけど、そのあとは意外と進捗がないんですよ。オリンピックまでにはもう少しマシになると思いたいんですが」

瓦礫の撤去に比べたら盛り土の造成はゆっくりで、町の景色は変わり映えしない。だから余計に停滞している気がする。自分達の時間が止まり、何事もなかった人達ばかりが軽快に歩んでいるように思える。

「明日、東京に戻るんですよね？」

僕の問いに、三浦さんはうどんを口に入れたまま頷く。五日間の夏休みは短すぎた。

「今回だけで何かわかるとは端から思ってなかったんで、また時期を見て来てみます」

表面的かもしれないが、彼は穏やかな顔をしていた。けれど、黙ってうどんを啜る藍先輩の無表情が、僕は怖かった。

彼女が口を開いたのは、自分の丼を空にした後だった。

「どうして今だったんですか」

ずっと聞けずにいたことを、意を決したように三浦さんに問いかける。プレハブの外では、今夜の夏祭りと盆踊りに向けて準備が進められている。店の前のビニールプールの中で、金魚掬い用の金魚が蠢いている。

「お祖父さんが最期に見た景色を、どうして今、探したくなったんですか？」

お冷やのグラスを口に寄せて、三浦さんは困った顔をする。でも、すぐに口を開く。

「三十になると、周りも自分自身も、人生に区切りをつけようとするんですよ。震災から五年たって、世間も《一区切り》って雰囲気になってるし。だから、区切りをつける必要があるのかなと思って」

「それだけですか？」

「それだけって言いますけど、僕は五年という時間を怖いと思ったんですよ。仕事が忙しいとか、いろんな理由をつけて先延ばしにしてるうちに五年たってたんですから。未だに震災関連死でどんどん人が死んでいるニュースを見て、もたもたしていたら、また後悔をする予感がしたんです」

夜釣りに行く約束、そのうち、そのうちと思っているうちに、果たせなかったんで。菊地さんの家で話した彼を、僕は思い出した。三浦さんは区切りがつくんですか？」

「お祖父さんと同じ景色を見たら、三浦さんは区切りがつくんですか？」

そんな意地悪な聞き方をしなくたっていいのに。そうせざるを得ないのは、先輩もまた、当事者だからだろうか。

「死亡届を出しても、葬式を挙げても、四十九日が過ぎても、一周忌が過ぎても、祖父を真似て釣りを趣味にしてみようとしても、区切りがつかなかったんですよ。だから、もうこれくらいしか思いつかなくて」

何故、五年で一区切りなのだろう。五、十、十五、五の倍数は区切りがいいというのか。誰が決めたのだろう。誰の感覚なのだろう。

もしくは、誰かが区切りを決めてくれないと、それを仕方なく受け入れないと、僕達は区切ることすらできないのだろうか。

店を出ても行く当てがなかった。祭りの準備で賑やかな商店街が、なんだか恨めしい。

「送り火って、明日でしたっけ」

駐車場に向かう最中、三浦さんが聞いてきた。僕と藍先輩が答えなくとも、明日だと確信しているようだった。

「迎え火はやらなかったけど、送り火くらいは焚いて帰りますかね」

どこで、とは三浦さんは言わない。僕達に「三日間もありがとうございました」と頭を下げ、背負っていたリュックサックから茶封筒を出して藍先輩に渡す。

「小野寺君の分も一緒に入れてるので、二人で分けてください」

中身は三日分の謝礼だろう。藍先輩は「何もお力になれなかったんで」と返そうとしたけれど、三浦さんは決して受け取らなかった。

「一人だと、緒方さんに会いに行けたかもよくわかりません。だからいいんです」

何かを取りこぼしてしまったような顔を、彼はしている。「あと一日あるじゃないですか」と元気づけるところかもしれない。でも、どうしても出てこない。何があと一日だ。

どの口で、そんな残酷な慰めを言えというんだ。

三浦さんのスマホが鳴ったのは、そんなときだった。一礼した彼は、スマホの画面を確認して怪訝な顔をする。すぐに電話を出ると、「昨日はどうも」とスマホを耳に押し当てたまま会釈した。

相手は菊地さんだと、応対する彼を見ているうちに僕も先輩も気づいた。三浦さんの声が徐々に大きくなり、目が見開かれていく。

「いました」

電話を切った彼は、しばらく顔を上げなかった。

「地震発生の一時間前に祖父を見た人が、いました」

お盆休み中で閑散とした漁港の駐車場に車を停めると、その人はもう待っていた。どうやら、三浦さんのために大急ぎで漁港まで来てくれたらしい。僕達に気づくと、両手をぶんぶんと振って手招きしてくれた。

その人は、菊地さんを訪ねたときに会った《見守り隊》の千葉さんという女性だった。今日も、胸にボランティア団体の名前がプリントされた藍色のTシャツを着ている。

千葉さんが、まさか、雅司さんの足取りを知っていただなんて。これは偶然なのか。それとも、こうなると五年前のあの日からすべて決まっていたのか。

とても、嫌な予感がする。

このささやかな旅路に、ハッピーエンドなど有り得ないのだ。必ず僕達は打ち拉がれる。この世にいない人を——九十九パーセント死んでいる人の行方を捜している。どれだけ捜しても、どこに辿り着いても、ただ九十九パーセントこの世にいないことを思い知るだけ。

「行方不明のお祖父さんを捜してるなんて、菊地さんから聞いてびっくりしちゃった」

菊地さんは、千葉さんに僕達のことを話したらしい。神様とやらの意地の悪いいたずらなのか、二〇一一年の三月十一日の午後、この漁港の側の堤防で、赤いキャップを被って釣りをする高齢の男性を、彼女は見ていた。

「私ねえ、普段はデイサービスで働いてるんだけど、よく車で利用者さんの送迎をするのにこの辺を走るのよね」

　防波堤は、道路に沿う形で海岸線を走る。震災で一部が崩れ、新しい部分と古い部分が継（つ）ぎ接（は）ぎされている。道路は町の外れに続いており、そこに千葉さんが勤めるデイサービスセンターがあるらしい。道を反対側に行けば大きな交差点に行き当たり、そこを左折して坂を上れば僕達が通った高校だ。

　駐車場を出てしばらく歩くと、防波堤に上がる階段があった。「ゴミは持ち帰ること」という真新しい看板が立っている。投げ釣りをしている人の姿があり、震災後も変わらず釣りスポットになっているようだ。

　防波堤の上は風が強かった。磯の匂いが増し、頬や髪に貼り付くような湿った風になる。しばらく歩くと、今度は「転落注意」という看板があった。こちらも新しい。足下には古い看板が折れた跡が残っている。津波で折れた看板の上に、同じものを設置したんだろう。

　千葉さんは「これこれ！」と看板を指さして立ち止まった。

「ここの近くにね、いたよ。赤いキャップ被ったお爺ちゃん。あっちの方に体向けて、釣り竿をびゅんって振ってた」

　千葉さんはそこまで言って、目元をくしゃっと歪ませた。朗らかで元気だった声が、絞り出すような高い声に変わる。

「あの日の、二時過ぎくらいだったと思うよ……ちょうど、送迎してた利用者のお婆ちゃんと、天気の話をしてたの。あの日は、午前中は晴れてたんだけど、午後から曇ってきて、雪が降ってきそうでさ。お婆ちゃんが、『こんな日に釣りなんてして』って、ちょうど赤い帽子のお爺ちゃんを見上げて言ってたの」

赤い帽子を被って釣りをするお爺さんが、必ずしも雅司さんとは限らない。でも、この場所は菊地さんが雅司さんとよく行っていたという釣り場とも合致していた。

「ごめんね。じっくり見たわけでも、話しかけたわけでもないし……写真を見ても断言はできないんだけど、何かの助けになればと思って」

申し訳なさそうに肩を落とす千葉さんに、三浦さんは何も返さなかった。うな垂れた彼の前髪を、海風が持ち上げる。彼の背中が微かに震えたように見えた。

「それは、多分、祖父だと思います」

擦れた声に、千葉さんが安堵したように「だといいね」と頷く。

「祖父を見ていてくださって、覚えていてくださって、ありがとうございました」

深々と頭を下げた三浦さんに、千葉さんはふっと笑顔を取り戻した。「いいの、いいの！お互い様だから」と両手を腰にやる。

「それにね、あの日は珍しく、スケッチブックを持った若い男の子が防波堤の上にいたから、余計に印象的だったのよ」

目を細めて、千葉さんはそう言った。確かに、間違いなく、確実に、言った。

「赤いキャップのお爺ちゃんを絵に描いてたみたい。そんなのなかなか見ないじゃない？」

千葉さんの指が、僕を指さす。「多分、貴方くらいの年齢の子が……」と言いかけた彼女に、僕は息を飲んだ。

「菅原先輩だ！」

鋭利な刃物を、胸に突き立てられた気分だ。

「その二人が……菅原先輩と、雅司さんだったんだ」

菅原先輩の名前に、隣にいた藍先輩の体が、跳ねた。彼女の細い喉の奥から、悲鳴が聞こえた。僕の嫌な予感は、この未来を察していたのかもしれない。

「あんな寒い日に海辺で釣り人の絵を描くなんて、そんな物好き、菅原先輩しか、いない」

間違いなく、どうしようもなく、その若い男の子は菅原晋也だ。僕にはわかる。あの人の後輩だった僕には、わかってしまう。

きっと、藍先輩も同じ。あの人を好きだった藍先輩だから、わかってしまう。

藍先輩は能面のような顔をしたまま、自分の爪先を睨みつけていた。三浦さんと千葉さんが困った様子で互いの顔を見合っている。

頭上で、カモメが鳴いた。

「僕達にも、いるんです。ずっと行方不明の、知り合いが」

それ以上は、やっぱり言葉が続かなかった。二人はすぐに察してくれた。千葉さんは唇を引き結び、「そう……」と深く頷く。

「たまに、思い出してたの。あの子達、無事に逃げられたのかなって」

藍先輩が息を吸う音がした。吐き出す音がした。僕はゆっくり目を閉じた。カモメの鳴き声と、防波堤で波が砕ける音が重なった。五年前に聞いた、何もかも引きずり込もうとする禍々しい音を、思い出す。

千葉さんは帰っていった。午後も訪問予定の家があるのだという。僕達はこの場を去る気分になれず、防波堤に綺麗に並んで腰掛けて海を眺めていた。

三浦さんは口を利かなかった。雅司さんが最期に見ていた景色を、脳なのか胸なのか瞼(まぶた)の裏なのかに、焼き付けている。足下で波が砕ける。高さ的にも飛沫が届くはずないのに、足首のあたりがくすぐったかった。

「連絡しないとだよね。菅原のご両親に」

ぽつりと、藍先輩が言う。この日が来たら、彼女は泣くんじゃないかと思った。でも、先輩は拍子抜けしたとでも言いたげな顔で、沖合を睨んでいる。

「……そうですね」

菅原先輩は、行方不明になった半年後に死亡届が出された。彼は法律上、すでに死んだ人間だ。それでも、五年前の三月十一日にここにいたことは、両親には伝えなければならない。望まれていようと、いなかろうと。

「死んだって、理解してるんだ」

次に声を上げたのは、三浦さんだった。

「なのに、《もしかしたら》って感情は、どれだけ小さくなっても胸の奥にずっとある。周りがどんどん死亡届を出して区切りをつけていく中、いつまでも《もしかしたら》って思っていられなくなる」

死亡届を出さないでいると、行方不明者としてずっと捜索され続ける。いろんな人の手を煩わせる。だから、最後は身内で「この人はもう死んだ」ということにする。

最後に手を下すのは家族だ。雅司さんも、菅原先輩も、そうやって死んだ。

「でも、祖父の葬式が終わっても、まだ思ってるんですよ、《もしかしたら》って」

あはは、と笑いながら、藍先輩が三浦さんの言葉を引き継ぐ。

「でも、私は今日、ほんの少し『あいつは死んだんだ』って気持ちに近づいた気がします」

九十九パーセントが、九十九・一パーセントになっただけで、永遠に百パーセントなんてこないのかもしれない。

三人でどれくらいそうしていたか、よくわからない。誰かが立ち上がったのを合図に駐車場まで戻り、藍先輩の運転で三浦さんの泊まる宿へ向かった。

カーナビが役に立たなくなった町を。盛り土の中にぽつんと小さなコンビニがたたずむ町を。ブロックのおもちゃのように崩れたままの水門に臨む町を。プレハブ商店街で夏祭りが開催されている町を。

三浦さんを降ろした後、先輩は僕を家まで送ってくれた。車中では何の話もしなかった。

帰宅すると、夕飯は素麺でいいかと母さんに聞かれた。「いいよ」とだけ答えて、二階に上がった。一日締め切っていた自室は蒸し暑く、うんざりしながら窓を開けた。

部屋の窓から見下ろす町は、盛り土と更地ばかりなのに夏を感じさせた。津波に攫われた土地を、夏の緑がささやかに飲み込む。

そんな町が嫌いだった。ジオラマのようで、何もかも嘘のように感じられて、その度に菅原先輩が死んだことを思い出す。

だから、町を出た。菅原先輩の死から逃げた。お盆休みが終わったら、僕は再び東京へ逃げる。しばらく帰ってくる気にはなれない。藍先輩とも、また年単位で会わなくなる。

ところが、その日の夜、藍先輩から電話が来た。

*

バレンタインと言えば女子のクラスメイトがくれる義理チョコしか経験のなかった僕だったが、高校生になってもそれは変わらなかった。しかも、登校時に机にチロルチョコがぽつんと置かれているという、実に省エネな義理チョコになった。

放課後の美術室で、小腹が空いたからチロルチョコを口に放り込む。義理チョコは一分ともたず溶けて消えた。短いバレンタインだったなと感慨にふけっていたら、同じ部の二年生の先輩が「バレンタインをやろう」と僕のイーゼルの受台に透明な袋に入ったチョコレート菓子を置いた。

「美術部の女子みんなからだよ、喜べ喜べ」

市販のお菓子を何人かで持ち寄って、個別にラッピングしたみたいだ。僕は大袈裟に「わあ！」と驚いてみせた。

「ありがとうございます。ホワイトデーにちゃんとお返ししますんで」

むしろそれが狙いなのだろうか、美術室にいた部員が揃って「よろしくぅ」と僕に手を振る。これはちゃんとお返しを考えておかないと後が怖いな。

でも、美術室の戸を開けて藍先輩が現れて、再び「あ」と声に出してしまった。

「久しぶり〜。みんな元気してる？」

センター試験が終わってから、三年生は自由登校期間に入り学校に姿を見せなくなった。どうやら今日は登校日だったらしい。

藍先輩は「進路が決まった連中は一日中作文書かされるんだよ？　最悪だよねえ」と愚痴りながら机に鞄を置く。

ファスナーを開けたと思ったら、英字がプリントされた可愛らしい小袋が、いくつもいくつも出てくる。それを見た女子部員達が黄色い声を上げた。

「暇だから手作りしちゃったよ」

英字がプリントされていない面は透明になっていて、中にはチョコレートブラウニーが入っていた。口の部分を白い星の形のシールで留めてある。藍先輩がそれを一つ一つ配り、最後に僕のもとに来た。

「はい、宗平にも」

差し出されたブラウニーに、まさかもらえると思っていなかった風を装って、大袈裟に驚いた。イーゼルの受台にあったチョコレート菓子を見て、藍先輩は「モテモテじゃん」と肩を揺らす。

「美味しく焼けたから、味わって食べてね」

「了解です」

チョコレート菓子とブラウニーの袋を、鞄に仕舞い込んだときだった。がらがらと音を立てて、菅原先輩がやって来たのは。

「バレンタインに菅原先輩が来てやったぞ」

ははは っ！　と笑う先輩に、美術部の女子達が「ちゃんと用意してありますよ」と、僕がもらったのと同じ包みを渡す。菅原先輩は「さすが俺の後輩だ」とご機嫌に受け取った。

「バレンタインを登校日にしてくれるんだから、学校も空気読んでくれたんかね」

なんて言いながら、先輩は僕のところへやって来る。「いいだろ」とチョコレートを見せられたから、「僕ももらいましたよ」と鞄から同じものを出してやった。

「なんだ、俺だけ特別扱いじゃないのかよ」

窓辺に鞄を置き、菅原先輩は僕がデッサンしようとしていたガラス瓶と布のモチーフに視線をやる。そんな彼に、藍先輩が音もなく微笑んだのを僕は見逃さなかった。

「ほれ、菅原にもやろう」

ブラウニーの入った袋を摘まみ上げ、藍先輩は菅原先輩に差し出す。菅原先輩の視線がモチーフから藍先輩に移る。その一連の動きが、怖いほどゆっくりに感じられた。

菅原先輩のブラウニーが入った袋は、黄色い星のシールで留められていた。

「え、やったあ。さすが本郷」

片手でひょいとブラウニーを受け取った彼は、笑った。笑ったのに、口角を上げたその横顔が、困っているように一瞬見えてしまう。

そして、あろうことか菅原先輩は、綺麗にラッピングされた袋を無造作に開け、ブラウニーを肉まんでも齧るみたいに大仰に咀嚼し、あっという間に飲み込んでしまう。

彼にだけ与えられた黄色い星のシールは、端っこが欠けてしまっていた。

「美味い、ありがとう」

そうとだけ言って、彼の目は再びモチーフに戻ってしまう。

藍先輩は、彼にバレンタインのチョコレートをあげるために、僕や他の部員の分のブラウニーを焼いた。一番綺麗に焼けたブラウニーの、一番綺麗に粉砂糖がかかった部分を、菅原先輩のためにラッピングしたに違いない。

藍先輩は表情を変えず、むしろどこかおどけた様子で僕と菅原先輩を見た。

「女子と後輩の宗平はいいけど、菅原はホワイトデーのお返し、ちゃんとちょうだいね。結構作るの大変だったんだから」

ホワイトデーは、卒業式の後だ。これで藍先輩は、卒業式の後に菅原先輩と会う口実ができる、というわけだ。

「俺、ホワイトデーにはこっちにいないかも」

菅原先輩は、そんな残酷なことを言う。軽快に言ってのけたが、とうの藍先輩が言葉を失ったのが僕にはわかった。菅原先輩だって、きっと気づいているはずだ。

「え、菅原、そんなに早く引っ越すの？」

「わかんないけど」

とぼけて、はぐらかして、菅原先輩は後輩からもらったチョコレート菓子にも手を伸ばす。ひょい、ひょいとアーモンドチョコやクッキーを口に入れる彼の横顔を、張り倒してやりたかった。

でも、藍先輩は「わかんないって何だ」「ていうか、来月引っ越すならもう物件探しとかしてないとまずくない？」などと、気に留めていない風を貫いている。

二人が、気が済むまでとことんやり合って、どういう形になるにしろ、納得して卒業していけばいい、と僕は思っている。

僕は、二人のいる放課後の美術室が好きだった。二人が高校を卒業したら失われてしまうと寂しく思いながらも、形を変えてこの放課後のような時間が、断片的でもいいから続いていけばいいと願っていた。藍先輩も、菅原先輩も、そうだったのかもしれない。

それは、叶わなかったけれど。

＊

昨日、三人で並んで腰掛けていた防波堤に、藍先輩はいた。三浦さんまでいたのは予想外だった。まるで昨日をおさらいするように、彼は海の彼方に視線をやっている。

「どうしたんですか」

電話口で藍先輩は用件を話してくれなかった。ただ、ここに来いとだけ僕に命じた。

「昨日ね、解散した後に、もう一度千葉さんに会ってきたの」

僕と対峙した藍先輩は、僕が「どうしてですか？」と聞くのを待っているようだった。だから、聞かなかった。

「ねえ、あんた、あの日、菅原と一緒にいたんじゃないの？」

三浦さんが視線だけを僕に寄こした。彼もこれから何が起こるのか、藍先輩が何をするつもりなのか、わかっているようだ。

「私ね、五年前のこと、宗平が嘘をついてる気がしてたの。だってあんた、携帯を取りに行こうとして、学校の側で地震に遭ったって言ってたじゃない。津波警報が聞こえたから、近くのビルに逃げたって。なんで、山の上に建つ学校を目指さなかったの。あの辺にいた人、みんな学校を目指して逃げたはずなのに、なんであんたは流れに乗って一緒に逃げなかったの？　あんたには、真っ直ぐ学校に逃げられない理由があったんでしょ」

パニックを起こしていた。足がすくんで逃げられなかった。藍先輩と同じ疑問を持った母さんに、そう説明した。

「昨日今日じゃない。五年前からずっと、宗平は何かを隠してるんだなって思ってた」

「先輩は、勘づいてるだろうと思ってました」

降参、と両手を上げるつもりで、僕は言った。声は震えていなかった。

だから、先輩には会いたくなかったのだ。

三浦さんを手伝うのに僕を巻き込んだのも、藍先輩の策略だったのだろうか。行方不明の身内を捜す三浦さんの横で、僕に五年前の《本当》をさらけ出してほしかったのだろうか。

「でも、僕が嘘をついていたとして、なんで菅原先輩と一緒にいたことになるんですか？」

自分から火の中に飛び込むように、聞いた。喉の奥から笑い声が込み上げてきてしまう。

「昨日、千葉さんが言ってたから。『あの子達、無事に逃げられたのかな』って」

ああ、やっぱり。

「菅原先輩ならともかく、三浦さんのお祖父さんを指して『あの子達』と言うのは変ですもんね。そうなると、菅原先輩くらいの年齢の人間がもう一人いた、という可能性がありますから」

藍先輩は千葉さんを訪ね、確かめたのだろう。千葉さんは言ったのだろう。あそこには若い男の子が二人いた、と。私は釣りをするお爺さんと、二人の男の子を見たの、と。

昨日、千葉さんが僕を指さし、「多分、貴方くらいの年齢の……」と言いかけたとき、すべてが終わったと思った。「貴方も一緒にいたよね？」と、「貴方くらいの年齢の子が二人いたよ」と言われるのではないかと、肝を冷やした。秘密を暴かれるのが怖いと思い知った。反射的に「菅原先輩だ」と声に出していた。

「あと、あんたが突然、三浦さんのお祖父さんを、『雅司さん』って下の名前で呼んだから」

千葉さんはきっと、三浦さんのお祖父さんの名前が「雅司」だとは聞いていなかったのだ。菊地さんも、確か「三浦」と呼んでいたし。

僕が言った「菅原先輩と、雅司さんだったんだ」という言葉に、そこにいた二人の男の子が「スガワラ」と「マサジ」だと、思い込んでくれたんだろう。

「そうですよ」

頷かなかった。藍先輩の目を見据えたまま、ただ彼女の疑問を肯定した。

「僕は、二〇一一年三月十一日の十四時四十六分に、菅原先輩と、ここにいました」

先ほどまで聞こえていたカモメの鳴き声も、波の砕ける音も、どうしてだか聞こえない。確かにあるはずなのに、聞こえない。

＊

菅原先輩からメールが来たのは、昼過ぎだった。漁港の側の防波堤にいるから遊びにおいで、というものだった。寒いし、曇っていて雪が降りそうだし、無視しても良かった。

でも卒業式以来顔を合わせておらず、このまま何年も会うことはないのかもしれないと思ったら、僕は通学用に使っている原付バイクのカギを引っ摑んでいた。

漁港に着く頃には、寒さで頰がちりちりと痛んでいた。午後二時を過ぎていた。駐車場には菅原先輩の原付があった。原付を停めて防波堤に上がると、赤いキャップを被ったお爺さんが探り釣りをしていた。その傍らに屈み込み、クロッキー帳を抱えた菅原先輩を見つけた。

「何やってるんですか」

遙々やって来た僕に気づいた菅原先輩は、「おお、よく来た」と赤くなった頰を擦った。鉛筆を持った右手に、はあっ、と息を吹きかけ、クロッキー帳をお爺さんに見せる。そこには、釣りをするお爺さんの姿が描かれていた。

「どうです？　いい感じでしょ？」

赤いキャップを被り直したお爺さんは、「よくわからん」と首を横に振った。でも、表情はぶっきらぼうな声色に比べて穏やかだった。

菅原先輩はお爺さんと二、三言葉を交わし、立ち上がる。「三浦さん、ありがとうございました」と、初対面のはずのお爺さんにフレンドリーに一礼する。手持ち無沙汰に頭上を飛ぶカモメを眺めていた僕に、笑いかけた。

「行くか」

先輩は防波堤の上を歩いていく。聞こえるように溜め息をついて、あとをついていった。漁港を囲むように海に突き出した場所に出る。釣り客が何人か投げ釣りをしていた。

菅原先輩は防波堤の先端まで行った。海風が鋭利だ。体の末端から体温が奪われていく。僕はマフラーを口元までぐいと持ち上げた。

「来たはいいが、寒すぎて指の感覚がない」

困り顔で笑う先輩に、僕は「えええ……」と眉を寄せた。

「先輩、絵を描いて回ってるんですか？」

風に煽られればさばさとページがめくれるクロッキー帳には、いくつもの絵があった。春休み中、町の至るところの風景を切り取っていたのだろうか。

「大学での授業のために、たくさん描いておこうってことですか？」

「いや、上京前に、自分の地元を絵にしておこうかなと思っただけ。俺が行く大学、東京って言っても山奥でさあ。海なんて見えないだろうから」

まさか、先輩がそんなセンチメンタルな性格をしているわけがない。

「どうせ、東京に行ったら行ったで、地元のことなんてすぐ忘れちゃうでしょ、先輩は」

「酷いなあ。そんな薄情な先輩に見えるか？」

「見えますよ」

一瞬、言おうかどうか迷った。遠くでカモメの鳴き声が聞こえて、言ってしまえ、という気分になった。

「藍先輩のこと、このままでいいんですか？」

菅原先輩は真っ白な紙に鉛筆を置き、僕の言葉を鼻で笑った。

「宗平はさあ、俺のこと、他人の気持ちを大事にしない薄情な奴だと思ってるだろうけど、罪悪感くらい覚えるんだよ、これでもさ」

赤い指先が鉛筆を握り、紙に線を引く。

「お前が買ってきてくれた学業成就のお守りを美術室に忘れていったときも、酷いなあ、俺、って思ったし。卒業式に後輩からもらった花束をどうして置いて帰ろうとしたのか、自分でもわからない。ああ、また大事にできなかったなーって、罪悪感でいっぱいになる」

「本当ですかぁ？」

「別に、普通の家庭で普通に育ったと思うんだよ。親の教育とか家庭環境の問題じゃなくて、もともとそういう性分なんだろうな」

自分が引いた線が気に食わなかったのか、先輩は肩を落としてクロッキー帳を閉じた。鉛筆を、コートのポケットにしまう。

鉛のような色をした海を背に、僕を見る。

「俺が人間として器が小さすぎるんだよ。だから、大事なものがキャパオーバーを起こしちゃって、体の外に追い出される。そんなの本郷に悪いだろ」

——ああ、それは。

「それって、藍先輩が好きってことじゃないですか」

大事にしたいけど、大事にできなかったら悲しいから、最初から大事にしない、ということじゃないか。

菅原先輩は答えなかった。曖昧に笑ったと思ったら、いつも通り飄々と「さあ、どうでしょう」とおどけてみせる。

「それを僕に言ってどうするんですか。どうして、僕を呼び出したんですか」

どうせ呼び出すなら、藍先輩にすればよかったのに。同じ話を、そのままそっくり藍先輩にすればいい。あとは二人で勝手にしろ。

「宗平、俺に言いたいことがある顔をしてたから。言わないで俺が上京したら、もやもやするんじゃないかと思って」

「僕のため、だって言うんですか？」

その気遣いを、藍先輩にすればいいだろ。

「優しい先輩だろ？」

「優しくなんかないですよ。ばーか」

馬鹿と言ったら、鼻の奥がツンとした。菅原先輩はそれに気づいているのか、気づいていないのか、気づいているくせに無視しているのか、「酷いなあ」と肩を落とした。

そのときだった。

そのときだったのだ。

遠くからうなり声のような低い音が聞こえて、足下から重苦しい何かが這い上がってきた。体の中を撫で回されるような気持ち悪さにその場で膝をついた。この感覚を体が鮮明に覚えていた。一昨日、授業中に震度5弱の地震があった。あれだ。あれと同じだ。

気づいたときには、岸壁に打ち寄せる波が形を変えていた。防波堤の先端で、波が蠢くように渦を作っている。海底の砂が巻き上げられ、あたりが茶色く濁っていく。

「宗平、座ってろ！」

立ち上がろうとした僕を先輩が制した。防波堤に沿って立つ電柱が左右に揺れていて、電線が今にも千切れそうで、僕はただその場に這いつくばって揺れが収まるのを待った。

同じようにしていた菅原先輩のコートのポケットから、鉛筆が転がり落ちた。遠くで何かが崩れる音がして、反射的に目を閉じた。再び開いたときには、鉛筆はどこかに行ってしまっていた。

長い揺れだった。一昨日とは比べものにならなかった。やっと立ち上がることができても、揺れているのか自分の感覚がおかしいのか判断ができなかった。

遠くに見える家々が土煙に霞んで見えて、事の重大さを認識した。

「す、凄かったですね……」

町を囲む山から白い煙が上がっていた。「え、火事？」と勝手に声が出る。先輩が「たぶん、スギ花粉」と、呆けたような顔で言った。

防波堤の一部に亀裂が走っているのを見て、我に返った。サイレンが聞こえた。耳に突き刺さるような鋭い音が、断続的に町中に響き渡る。危険を知らせる音なのに、逃げろと警告する音なのに、足がすくんで動かなくなる。

「津波が来る」

菅原先輩に、腕を摑まれた。反対の手で、クロッキー帳の表紙が歪んでいた。

亀裂の入った部分が近づいてきて、僕達はこのまま取り残されて津波に飲まれるんじゃないか、という不安に襲われた。おもちゃのブロックが上下にずれてしまったように、防波堤には大きな段差ができていた。それでも、何とかよじ登れる高さだった。途中、沖に避難する漁船とすれ違った。エンジン音を轟かせて、何隻もの船が港から逃げていく。そんなに大きな津波が来るのだろうか。

海が沖に向かって川のように流れていく。引き波だ。津波が来る合図だ。

防波堤を下りて、原付を停めた駐車場まで辿り着いた。他の釣り人が、軽トラやワゴン車で続々と避難していく。防波堤の先端にいた僕達は、最後だった。

「学校行くぞ。高台だし、あそこならさすがに津波も来ないだろ」

菅原先輩に言われるがまま、僕はヘルメットを被った。手が震えていて、ベルトが留められなかった。構わず原付のハンドルを握った。

いつも通り走らせたつもりなのに、体がふわっと浮き上がるような、そんな経験したことのないスピードが出た。背後で先輩が僕の名を呼んだが、スピードは緩まらない。

そして僕は、駐車場を出たところで歩道を走ってきた自転車に衝突した。乗っていた人は自転車ごと吹っ飛び、赤いキャップが僕の目の前を舞った。椿の花が散るみたいに、ぼとりと地面に落ちた。

転倒した僕の側で、菅原先輩が原付を停めた。僕を見て、僕が撥ねてしまった——先ほど先輩が絵に描いていたお爺さんを見て、頬を痙攣させた。そんな先輩は初めてだった。

「宗平、救急車！」

先輩がお爺さんに駆け寄る。道路上には釣り具が散乱していた。

菅原先輩の怒鳴り声に、コートのポケットから携帯を出す。あれ、救急車って何番だっけと、指が動かなくなる。先輩が「一一九番！」と叫んだ。

携帯を耳に押し当てる。自分が撥ねてしまったお爺さんを、見た。頭、頬に血が見えた。左足が変な方向に曲がっているような気がする。先輩が頬を叩いて声を掛けている。「あー」とか「うー」とか、か細い唸り声が聞こえる。

「せんぱい、繋がらないです……」

接続音はするのに、コール音が続かない。何度かけ直しても、どれだけ強くボタンを押しても、画面に表示された「119」を睨みつけても、同じだった。

「繋がらないです……！」

叫んだ瞬間、救急車の音がした。遠くではない。幹線道路のあたりを、救急車が走っている。遠くに火事の煙も見える。あのあたりに行けば、少なくとも消防隊か救急隊がいる。

菅原先輩も、同じ方向を見ていた。

「菅原先輩！　僕、呼んできます！」

僕が撥ねてしまった。だから、僕が動かないといけない。携帯をポケットにしまったら、手の震えは止まっていた。

「頼んだ」

菅原先輩が頷く。僕は防波堤沿いの道を、火事の煙に向かって走った。幸い、道路はひび割れていたが、電柱が倒れたり建物が倒壊しているわけではなかった。

ところが、幹線道路に出た途端に景色が変わった。来るときは人通りの多くなかった道を、車が埋め尽くしている。クラクションの音が響き、救急車のサイレンはもう聞こえなかった。津波警報の音は、鳴り止まない。

事故です。怪我人がいます。誰か助けてください。

声を上げても、掻き消されてしまう。近くにあった車のドアを叩いて助けを求めたが、前方を指さして「いいから早く逃げろ」と言われるだけだった。

防災無線が聞こえる。津波が来る。高台に避難しろ。機械的に繰り返されるアナウンスを、「救急車！　救急車！」と誰かの声が遮る。幹線道路の先の交差点で、トラックと乗用車が対面事故を起こしていた。ただでさえ渋滞している道は、事故のせいで車列が立ち往生している。クラクション音に罵声が混じり、ついには、ガコン、ガコンと、車同士がぶつかる音が聞こえ始めた。前の車を押し分けて無理矢理進もうとしたり、渋滞を抜けようと歩道に乗り上げる車が現れだした。

いつの間にか小雨が降っていた。小さく冷たい粒が、頬を掠める。

「津波だ！」

そう聞こえて振り返ったら、僕が走ってきた道の先――防波堤を、どす黒い色をした波が乗り越えた。灰色に濁った飛沫を上げ、アスファルトに叩きつける。

目の前の車に乗っていた人が、車を捨てて避難し始めた。悲鳴と怒号を押し潰し、地響きが迫ってくる。大きな白い漁船が津波と共に防波堤を越え、標識をなぎ倒した。

普段は深い青色をしている海は、黒かった。磯の匂いがしない。鼻の穴を塞ぐような異臭が、黒い水と共に僕に手を伸ばした。

走って避難していた男性に、「早く逃げろ！」と背中を叩かれた。そこからは、見ているもの、聞いているもの、すべてが断片的だった。人の流れにもまれるようにして、気がついたら五階建ての建物に逃げ込んでいた。一階から三階はあっという間に浸水し、四階まで非常階段を駆け上がった。

菅原先輩とお爺さんがいた場所はとっくに見えなくなっていた。黒い海に飲まれ、渦ができていた。瓦礫と、港から流れてきた漁具が、ぐるぐるぐるぐる、ぐるぐるぐるぐる……渦を作っていた。

非常階段の手すりを握り締め、何度も菅原先輩の名前を叫ぼうとした。呼べば、返事が聞こえてくるんじゃないか。例えばあの建物、あの建物、あそこの建物。どこかにお爺さんと一緒に避難して、無事でいるんじゃないか。小雨はいつの間にか氷の粒に姿を変えていた。

僕は先輩の名前を呼べなかった。一緒に避難した人々と夜を明かし、津波が引いてから、高台にある学校に避難した。どこの避難所にも、菅原先輩はいなかった。

東京オリンピックの開催が決まっても、大きな地震や洪水が他の場所で発生しても、悲しい事件や痛ましい事故が日本中で起こっても、菅原先輩は帰ってこない。

　遺体すら、見つからない。

＊

「どうして言わなかったの」

　藍先輩は、漁港の駐車場を見つめていた。防波堤からも、僕が雅司さんを撥ねた場所がよく見える。駐車場のアスファルトは残っているものの、当時とは様子が変わってしまった。僕と菅原先輩が地震に遭遇した防波堤の先端は、津波で大破して放置されている。

「……どうしてでしょうね」

　言う機会はいくらでもあった。避難所で母さんと再会したとき。藍先輩と再会したとき。菅原先輩の両親が遺体収容所を回っていると知ったとき。僕は言わなくてはいけなかった。

「藍先輩こそ、僕が嘘をついてるって思ってたなら、どうして聞かなかったんですか」

「宗平のお父さんが津波で亡くなってたから」

　すり切れそうな声で呟いた先輩に、僕は口の端っこだけで笑った。父さんが生きていたら、僕は自分のしでかしてしまったことを告白できたのだろうか。母さんが仏壇の前で毎晩泣いていなかったら、言えたのだろうか。

　僕は原付でお爺さんを撥ねました。菅原先輩はその人と一緒に津波に飲まれました。

何度も言おうとして、言葉は喉まで出かかって、消えてしまう。僕は自分が理解できなくて、許せなかった。そのくせ、遺体が見つかっただけ、家族の元に帰ってこられただけ、父さんは幸せだ。なんて思ってしまう自分が、五年間、ずっとずっと許せなかった。

「僕が人を撥ねた。そのせいで二人は死んだ。僕は何の罪にも問われてなくて、それを藍先輩に知られたくなかった」

散らかった胸の内を探し回れば、確かにそういう感情があった。僕のせいで菅原先輩が死んだと藍先輩に知られたくなかった。動機がそれだけなら楽だったのに。僕の心には、それ以外のものがたくさん積み上がっていた。藍先輩、母さん、死んでしまった父さん、友達、自分の将来、まだ出会ってすらいないどこかの誰か……わからないのだ。僕にも、僕が菅原先輩の死を葬った理由が解明できない。

「三浦さんのお祖父さんの写真を見て、ついにこの日が来たって、覚悟してたんです」

藍先輩の車のダッシュボードから雅司さんの写真が出てきたとき、裁きの順番が回ってきたのだと思った。僕は藍先輩と三浦さんに裁かれる。あの日の僕達を目撃していた千葉さんがあっさり見つかったのも、きっと神様か何かが帳尻を合わせたんだ。

「自分が犯した悪いことは、隠したいって思うじゃないですか。だから黙ってたんですよ。僕は僕が無事ならそれでよかったんだ」

そう言えば、藍先輩も三浦さんも怒ると思った。殴って蹴って罵倒して叱責して、警察でも家族でも学校でも、とにかく衆人環視の中に引き摺り出して、僕を断罪してくれる。

きっと僕は、五年間待っていた。自分で自分を断罪できない僕は、誰かの裁きを待っていた。

「僕が二人を殺しました」

言葉を研ぎ澄まして、どんどん酷い言葉にしていく。僕が二人を見捨てました。そのせいで二人は津波に飲まれました——なのに、藍先輩も三浦さんも僕に殴りかかってこない。先輩は肩を落として僕から目を逸らし、三浦さんは僕に背を向けた。一歩、二歩、コンクリートを踵で打ち鳴らしながら離れていく。

「糞っ！」

足下に向かって、三浦さんは叫んだ。糞、糞、糞。左足をコンクリートに叩きつけながら、何度も吐き捨てた。

「許さないよ」

顔を上げた三浦さんは僕を見ず、自分の祖父を飲み込んだ海を、赤く充血した目で睨みつけていた。違う。貴方が睨むべきは海じゃない。そう思うのに、彼は僕を見ない。

「でも、祖父ちゃんが死んだんだってわかったことに、どうしても感謝しちまうんだ」

掌で目元を覆って、三浦さんは一度だけ洟(はな)を啜った。

「なんで……」

思わず、そう声に出してしまった。どうして責めてくれないんだと、批難するような言い方になってしまった。

「仕方ないじゃない」

ずっと黙っていた藍先輩がやっと僕を見た。

「普段なら駄目なことでも、あの日あったことなら、仕方ないじゃない」

先輩の声は事務的だった。職場で会議でもしているような表情で「仕方がない」と言った。僕のしでかしたことを、「どうしようもなかったこと」みたいに言わないでくれ。

あの日は、車で避難した人が多かった。避難中に車ごと津波被害に遭った人もいた。交通事故だって発生していたはずなのに、交通事故の件数は数件しか発表されていない。一一〇番も繋がりにくくなっていたし、事故現場も、車両も、何もかも津波が飲み込んでしまった。今更、事故にも事件にもできない。

そんな報道を何度も見た。同じニュースを暗記してしまうくらい、夢に出てくるくらい、見た。時には声に出して読んだ。ふざけるなと呪いながら、お経でも読み上げるように。

「事故だってことも、僕の嘘かもしれないでしょ」

仕方なくなんかない。どうしようもなくなんかない。菅原先輩と雅司さんは確かに、僕のせいで死んだ。

「妄想かもしれない。言い逃れしたくて、都合良く事実をねじ曲げてるのかもしれない」

藍先輩はどうして、僕を可哀そうなものを見るような目で見ているのだろう。三浦さんは、どうして酷く寂しそうな顔で目を閉じているのだろう。

「邪魔だから撥ねたんだ。菅原先輩はお人好しだから、助けようとしたから死んだんだ。僕は端から自分だけ逃げようとしたんだ」

そうだ、きっと、そうだった。

「菅原先輩の遺体が見つかったら、あのお爺さんの遺体が見つかるかもしれない。もしかしたら、遺体から僕の事故が明るみに出るかもしれない。父さんが死んで悲しんでる母さんが余計に悲しむかもしれない。そんな身勝手なことを考えて、誰にも言わなかったんだ」

本当に、そうなのだろうか。

「それでいいよ」

藍先輩が僕の言葉を遮る。悲しい目をしているのに、口は笑っている。風が吹いて彼女の髪が揺れると、表情が変わる。目は穏やかになり、口は真一文字に結ばれる。風が吹く。

でも、彼女は僕を怒らない。

「宗平がそう言うなら、それでいいよ。本当のことなんて今更何だっていいよ」

九十九・一パーセントだった菅原先輩の死が百パーセントになった。まるでそれが清々しいことのように、僕に微笑んでみせる。

「私、今日は《もしかしたら》を捨てるためにここに来たんだ。すり切れてすり切れて、なのに破れないでずっと頭の隅にある《もしかしたら》って奇跡を振り払うために来たんだよ。別に宗平を責めたくて来たんじゃない」

彼女は親指の腹で目尻を拭った。それだけだった。涙を流さなかった。

カモメの鳴き声が聞こえ、波がはぜる音がした。海風が町に向かって吹いていく。更地と盛り土の合間で人間の営みが蘇りつつある故郷に、磯の香りを運ぶ。

「……菅原先輩は、最後まで三浦さんのお祖父さんを助けようとしたのかな」

雅司さんを担いで、避難しようとしただろうか。それとも、さっさと見捨てて一人で逃げようとして、間に合わなかったのだろうか。

「夢に出てくる菅原先輩は、いつも、最後まで三浦さんのお祖父さんを担いで一緒に逃げようとしてるんだ……」

そんな先輩をどす黒い波が飲み込み……彼は、瓦礫に押し潰されて見えなくなる。

「仕方がないだろ」

海を睨みつけたままの三浦さんが、藍先輩と同じことを言う。

「遺された人間っていうのは、いなくなった人間をどんどん美化していっちゃうもんだ」

目を閉じた。両の掌で顔を覆うと、あの日の小雨を思い出した。肌を焼くような太陽光が消え、菅原先輩の赤くかじかんだ指先が暗闇に浮かぶ。先輩のコートのポケットから鉛筆が転がり落ちたのも。

足下がぐにゃりと歪み、誰かに肩を突き飛ばされた感覚がした。目を開けると視界が霞んでいて、僕は防波堤から投げ出されていた。

ゆっくり、ゆっくり、僕は海に落ちた。

視界を真っ白な泡が覆い、潮の香りと海水の冷たさに四肢が強ばった。あの日の海とは正反対の、青く澄んだ海面を僕は見上げていた。太陽の揺らめきが海中からもよく見えた。

仕方がないと言いながら、藍先輩は、三浦さんは、僕を許せなかったんだろう。どちらかが僕を海に突き落としたんだろう。

なら、このまま沈んでしまえ。海の底で、菅原先輩と雅司さんが僕を地獄に突き落とそうと待っているかもしれない。

そう思ったのに、頭上でドボンと重たい音がして、大量の泡が海中を舞った。泡の中から三浦さんが姿を現し、藍先輩が僕の名を呼ぶ声がした。僕は自分の勘違いに気づいた。僕を突き落としたのは、僕自身だった。

三浦さんが僕の腕を摑み、そのまま海面を目指す。僕の体はふわりと浮き上がる。

菅原先輩、貴方は死の間際に、僕を恨みましたか。僕を後輩として可愛がっていたことを後悔しましたか。藍先輩の顔を思い浮かべましたか。彼女がいて僕がいたあの放課後の美術室が、一瞬でも蘇りましたか。

今も、僕を恨んでいますか。

穏やかで飄々としている割に、残酷な性格をしている人だった。だからあの人は「さあ、どうでしょう」と、おどけて笑うのだろう。

あるいは紙の

青崎有吾

Aosaki Yugo

青崎有吾（あおさき・ゆうご）
1991年神奈川県生まれ。明治大学卒。学生時代はミステリ研究会に所属し、在学中の2012年『体育館の殺人』で第22回鮎川哲也賞を受賞しデビュー。エラリー・クイーンを思わせる論理展開と、キャラクターの妙味で人気を博す。著作は他に、〈裏染天馬〉シリーズの『水族館の殺人』『風ヶ丘五十円玉祭りの謎』『図書館の殺人』、〈アンデッドガール・マーダーファルス〉シリーズ、〈ノッキンオン・ロックドドア〉シリーズ、『早朝始発の殺風景』がある。

扉イラスト＝田中寛崇

1

ドアが開いたな、と思ったときにはもう向坂が目の前にいて、長机に両手をついている。

「格技場裏の吸い殻をやります」

何やら宣言された。眼鏡の奥のまなざしはいつになくまっすぐで、僕はとりあえず、食べきれずに困っていたルマンドをひとつ彼女に差し出した。

「食べる？」

「もらう」サクサク音を立てながら、再び。「かくぎぎょううらのふいがらをやります」

「格技場の、え、何」

「吸い殻。いま自販機行ったら女剣の育田ちゃんと会ってね、タレコミというか相談というかそういう系をもらいまして」

「じょけん」

「女子剣道部の」

「そう略すの？」

「女子バスケ部は女バスなんだから女子剣道部は女剣でしょ」

「あのー僕歯医者の予約があるんですけど」

一年の池ちゃんが口を挟む。時刻は十七時過ぎ、僕もそろそろパソコンを閉じて帰宅しようと思っていたところだ。

向坂はスマホをいじり、一枚の画像を僕らに見せた。ひび割れたコンクリの地面を接写したものだった。落ち葉に交じって煙草の吸い殻が二本。どちらも指の関節二つ分くらいの長さで、フィルター部分はコルク色。先端は靴で踏まれたようにつぶれていて、周囲に灰が散らばっている。

「格技場の裏にね、ときどき落ちてるんだって。今月入って二回目。これは昨日の写真で育田ちゃんが撮ったやつ」

思わず格技場の方角を向いた。ドアと廊下とその先の第一校舎に阻まれて、もちろん実物は見えなかったけれど。

風ヶ丘高校の格技場は弓道場と並んで敷地の北西の角にあり、人通りもほぼない。こっそりふかすには絶好のスポットだといえる。でもそんなところも含めて、古風だなと思ってしまう。反抗期だからって煙草が流行る時代じゃない。駅前や市内の公共施設も条例で今年から禁煙になった。

「まあ……吸い殻があるってことは、誰か吸ってるんだろうね」

「けしからんですな」

「からんのですよ」

池ちゃんに相槌を打ってから、向坂は隅に置かれたダンボール箱をあさる。

部室は狭い。古紙が人の生活圏を侵す埃っぽい空間だ。二つくっつけた長机が中央に陣取り、スペースのほとんどを占めている。引き戸タイプのドアとその正面のサッシ窓以外、壁の大部分は棚で埋まっていて、かろうじて空いたスペースには書き込みだらけの大きな模造紙が二枚画鋲で留められている。

向坂はダンボール箱から丸めた模造紙を一本抜き取り、広げた。そこにも細かい文字や矢印がびっしり書き込まれている。先週記事にした合唱祭レポの内容だ。裏返されると白い面が現れた。模造紙は節約のため、いつも裏・表と二度使う。

向坂は貼る場所に迷ったようでしばらく部屋をうろうろし、結局セロテープで窓に貼った。背伸びして、上部に〈校内喫煙問題〉と書く。

「じゃあまあ次号に載せるかはわかんないけど、京都とパント部と並行してこっちもやってこうと思います」

向坂はサインペンのキャップを閉じる。遠くから吹奏楽部の練習曲が聞こえた。

僕は決まったばかりのテーマを眺めてから、以前から貼られているほうの二枚の模造紙へ目を移した。一枚は来月二年生が行く修学旅行に関連して、京都の穴場スポットを書き出し中のもの。もう一枚は先日ローカル番組に出演したパントマイム部について、インタビューなどをまとめ途中のもの。

「了解でーす」

池ちゃんが言い、僕も遅れて「わかった」と応えた。今日の部活はそれで終わった。

ノートパソコンを切り、リュックを背負い、三人そろって部室を出た。〈新聞部〉と表示の貼られたドアに向坂が鍵をかける。廊下の窓から差す夕日がその背中を茜色に染める。敷地内には部室棟もあるが、印刷室を頻繁に使う関係上、僕らの部室は本校舎内にある。第二校舎の三階。格技場の裏と同じく人通りは少ない。

池ちゃんは歯医者に遅れると言いながら昇降口のほうへ走り去った。向坂は鍵を返すため職員室に向かい、僕もついていった。

階段を下りながら、向坂の横顔をうかがう。

片耳を出したショートヘアと、よく目立つ赤いフレームの眼鏡。紺のブレザーの胸元では華奢な体と不釣り合いなごついカメラが揺れている。一年のころ、向坂は写真が好きでこの部に入ったのだと思っていた。でも違った。もちろん写真も撮りまくるけど、向坂がやりたいのはあくまで新聞作りで、引退した先輩たち曰く「安心して任せられる」タイプの逸材だった。先輩たちの意見には僕もおおむね同意する。でも助手席に座っていると、安心できないときもある。向坂はときどきアクセルを踏み過ぎる。

今日の時速は何キロだろう。僕はどうするべきだろうか。

「どしたの倉っち」向坂のほうから話しかけてきた。「顔の彫りが深いよ」

倉町剣人が僕の名前で、あだ名で呼ぶのは向坂だけだ。

「彫りが深いのはいつもだよ」

「いやいつにも増してと言いますか」

「吸い殻なんて、どうして急にやる気になったの」

「育田ちゃんが困ってたっぽいし、ネタになるかなーと思って」

「それはもう決定？　部長命令？」

「命令、じゃないけど。なんで？　やだ？」

「いやではないけど……なんか、僕ら向きじゃないっていうか」

吸い殻について調べるとなれば、取材の中身はおそらく犯人探しになる。校則どころか法律違反の生徒を見つけ、記事にし、追及する形になる。全校生徒がそれを読み、教職員の目にも留まる。

面倒なことになるのでは、という予感があった。

向坂が一人でひっぱっているこの部において、副部長の僕の仕事はあまりない。しいて言うなら、アクセルに対するブレーキ役。

向坂に無茶をさせないのが、僕の仕事だ。

「僕らにはもっとこう、エンタメっぽいネタが合ってるんじゃないかな」

「まあ調べるの大変だったらやめるし。いいじゃんたまには、新聞部なんだし」

「新聞っていっても僕らのは、ただの」

「ん？」

「……なんでもない」

向坂がこちらを向いたとき、眼鏡のフレームに夕日が反射した。眩しさと混じりけなさにたじろぎ、僕は口をつぐんだ。

ただの紙のお遊びなんだから、とは言えなかった。

2

僕らのお遊びには〈風ヶ丘タイムズ〉という安直なタイトルがついている。

一応、創部以来十年ほどの歴史があり、通算ナンバーは二百を超える。発行は不定期で、ひどい時期には半年に一度などもあったようだが、僕らの代になってからは二週に一度くらいのペースでコンスタントに出せている。

フォーマットは縦のA4サイズで四面。毎回印刷室で刷ったものを職員室に届け、各クラスで配布してもらう。号外を出したときなどは自分たちで配ることもある。

記事は主にメインとサブの二部構成で、それに一～三面を使う。どれも最近催された学校行事のレポとか、大会で入賞した部活のインタビューとか、町内のおいしいお店に行ってみましたとか、ありきたりであたりさわりのない内容だ。文章が足りないときは向坂の撮り溜めた写真を適当に載せ、かさましする。何しろ部員不足なのでしかたない。一、二年合わせて四人しかいない上、一年の片方は陸上と兼部していてあまり顔を出さないため、書き手は向坂と池ちゃんの実質二人だけ。僕は穴埋めで何か書くこともあるが、基本的には編集ソフトでのレイアウトを担当している。

新聞の裏側、四面は外注スペースで、上半分には図書委員の推薦本や学食からのおしらせなどを載せる。残る下半分では漫研部長によるバトル漫画『蟹(かに)ヤンキー タラバ』が連載されており、正直これが一番人気がある。次に人気なのは向坂の書く記事で、軽快な文章がウケている。僕の記事の評判は聞かない。面白みがないからだろう。

とはいえ、ちゃんと読んでくれるのは生徒のごくごく一部だけだ。僕だって自分が関わっていなければ学校新聞なんて基本スルーだと思う。それでも毎回会議でネタを決め、模造紙に情報をまとめ、記事を書き、レイアウトを組み、印刷機を動かし、新聞を作る。隔週ペースで〈風ヶ丘タイムズ〉を出し続ける。

だって、向坂がやりたがるから。

「でもさ、たった二回じゃ常習犯とは言えないんじゃ」

「いや二回ならもう定位置ってことじゃん？　九月も何度か落ちてたっていうし」

翌日、昼休み。僕は向坂のクラスにお邪魔してコンビニのおにぎりを食べていた。向坂は持参した弁当箱からアスパラ肉巻きを口に運んでいる。箸の持ち方が綺麗だ。

「僕だったら三ヵ所くらいでローテするけどな。毎回同じ場所は危ないよ」

「んーまあ確かにそうかも。頻度にもよるけど……あ、天馬(てんま)～ちょっと来て来て」

教室に入ってきた色白の男子に向坂が手招きした。裏染(うらぞめ)くんだ。学食で受け取ったらしきうどんのどんぶりを持っている。

こぼすまいと注意するような足取りで裏染くんが寄ってくる。向坂は事情を簡単に話しながら例の写真を見せた。彼は一瞥(いちべつ)するなり、

「アメスピ」

とつぶやき、隣の席に座った。

「あめすぴ？」

「銘柄。ナチュラルアメリカンスピリットメンソールライト」

「よくわかるね。吸ってんの？」

「『デュラララ!!』の平和島静雄(へいわじましずお)が」

シャーロック・ホームズみたいに煙草の研究でもしているのかと思ったが、彼の場合は別方面から得た知識のようだ。

ちゅるちゅるとうどんをすする裏染くん。前髪の隙間から覗く目はひどく眠たそうで、どんぶりに顔を突っ込むのではと心配になる。向坂が彼の肩を揺する。

「いま追っかけてんの。なんか知らない？」

「知らねえよ」

「ほかの場所にも落ちてそうでさー探そうかと思うんだけど」

「ほかに人目につかん場所なら学食裏とか旧体裏とかテニスコートのほうだろうが、吸い殻を見たことはないな」

「裏染くんって校内に詳しいよね」

僕が言うと、「四六時中いるもんね」となぜか向坂が答えた。四六時中……。

「学校が好きなの？」

裏染くんは「ゴキブリが好きなんですか」と聞かれたときの害虫駆除業者みたいな顔を僕に返した。

「んー、天馬が見てないならやっぱ格技場裏だけかな」

右手に箸を持ったまま腕組みする向坂。天馬は裏染くんの下の名で、向坂は彼をいつもそう呼ぶ。裏染くんも向坂を「香織」と下の名前で呼ぶ。幼少時からの知り合いらしい。

「放課後、学食裏とか回ってみるよ」

「そだね。あとアメスピ売ってるコンビニ調べて……あ、梶ちゃーん。あのさあやっぱ嵐山中心で攻めない？」

話の途中で向坂は席を立った。教室に入ってきた梶原くんを呼び止め、あれやこれやと相談を始める。修学旅行の自由行動日の行き先だろう。

気づけば裏染くんと二人きりになっていた。僕は食べ終えたおにぎりの包装を、いつもより時間をかけてたたんだ。彼も僕なんて存在しないかのように、無言でうどんをすすっている。

裏染くんは僕らと同じ高二だけど、ちょっと、普通じゃない。観察眼が鋭くて、頭の回転がすごく速い。夏休み、磯子の水族館で起きた殺人事件を解決したのも彼で、僕もその場に居合わせた。矢継ぎ早の推理に圧倒され、同時に住む世界が違うとも思った。だからこうして肩を並べると、少し緊張してしまう。

たたみ終えた包装をポケットにしまい、話題を探す。

「……向坂って、せわしないよね」

「中学のころはもうちょいおとなしかったんだが」

裏染くんは興味なさそうに、うどんのつゆに口をつける。

「京都、裏染くんはどこ回るの」

「嵐山を攻めることになりそうだな」

「あ、同じ班なんだ向坂と」

「俺は抜け出して滋賀の豊郷に行こうと思ってる」

「抜け出しちゃまずいよ」

「別に誰も怒らんし」

「向坂は怒るんじゃないかな」

麺をつかんだ箸が一瞬止まり、またすぐに動きだした。自由人の裏染くんでも向坂には敵わないらしい。二人はどういう関係なのだろうとときどき不思議に思うけれど、僕が気にするのもおかしい気がして、いつも聞き出せないでいる。

会話が途切れ、気まずさが戻る。吹き込んだ風がクリーム色のカーテンを揺らす。

ふいに裏染くんの指が伸び、机に置かれたままの向坂のスマホをタップした。スリープしかけていた画面が明るくなり、吸い殻の写真が表示される。裏染くんはつゆを飲みほしながらそれを眺め、

「長いな」

また、ぼそりとつぶやいた。

意味を尋ねようと思ったのだが、直後に予鈴が鳴ってしまった。

3

「ここ、ここ」

剣道袴の育田さんが竹刀の先で地面を指した。コンクリートのひび割れ方が写真で見た形と同じだった。

白い壁の内側からはどてんばたんと受け身の音がし、板塀の向こうからは矢を射る音に続いて「はいしんちょーにー」とかけ声が聞こえる。格技場と弓道場が二方向から迫る、日当たりの悪いスペースである。

「毎回ここに落ちてるの？」

「毎回って言ってもまだ二回くらいだけど。あ、でもほかの子も何度か見つけてるらしくてー。お昼の掃除のときに。ね?」

背後の部員たちを振り返る育田さん。僕はメモ帳を開き、聞いた話を書き留めていく。

格技場の清掃は柔道部と剣道部が分担して行っており、女子剣道部には外掃除が割り振られている。彼女たちは当番表を組み、昼休みのたび二、三人がここに来て、簡単な掃き掃除をするのだという。吸い殻を見つけるのは毎回その清掃時というわけだ。

見つけ始めたのは夏休み明けからで、わかっているだけで計五回。発見の頻度はまちまちで、二週間空くこともあれば三日しか空かないこともあるそうだ。

「吸ってる人を実際に見たとかは」

「ないない、見たら声かけるし。や、かけんかな? 怖いもんね」

育田さんに声かけされたらどんな不良も逃げるのではという気もする。ノリは軽いが有段者らしい。

「煙草の種類、アメリカンスピリットっていうんだけど。毎回同じ?」

「だと思うけど」育田さんはちょっと笑って、「新聞部ってほんとにちゃんと調べるんだね。探偵みたい」

「……向坂がやろうって言うから、やってるだけだよ。女剣のみんなも困ってるだろうし」

「じょけんて?」

「女子剣道部……」

「そう略すの？　へえ。や、別に困ってはないけど。うちらが吸ってるわけじゃないし」

「……そう」

育田さんたちはポカリを飲みながら格技場内に戻っていく。はいしんちょーにー。かけ声が聞こえる。

僕はメモ帳をポケットにつっこみ、早足で第二校舎へ向かった。落ち葉がかさかさと音を立てた。正義の味方のように思われたことがなんだか恥ずかしかった。僕はもとから乗り気じゃないし、向坂がこの件を追い始めた理由だって結局は気まぐれだろう。放課後の部活の一環。ただの遊びだ。

部室に戻ると、姦しい声が頬を打った。

お客さんが二人いて、向坂と一緒にお菓子をつまんでいた。女子卓球部の一年生、袴田さんと野南さん。向坂と仲がいいらしく、ときどき部室にも遊びに来る。

「そうそれで京都の穴場も調べててさーあっおみやげ買ってくるよ何がいい？」「甘納豆がいいです」「柚乃ちゃんってときどき渋いよね」「えっだめですか甘納豆」「でもいいなー二年はあたしらも旅行行きたいです」「二人はこないだ箱根行ったじゃん」「あれは旅行じゃなくて合宿で」「もう大変だったんですよなんか裏染さんもいたし」「あー天馬は別件だったっぽいね」「そうだ香織さん聞いてくださいよ柚乃がね夜に佐川さんとね」「違うからあれ事故だから」「しかも全裸ですよ全裸」「全裸ではねえよ」

銃撃戦めいて話題が飛び交う。野南さんは恋人みたいに袴田さんにくっついており、袴田さんは可憐な見た目など嘘のように友人の頭をばしばし叩き、向坂は十秒おきに廊下まで響きそうな笑い声をあげる。僕は邪魔にならぬよう端に座り、パソコンのキーボードを拭いてみたり、絡まったコードをほどいてみたりする。

「じゃまたね」「ごちそうさまです」「甘納豆ってだめかな」

二人がおいとまをすると、祭りのあとみたいな静寂が降りた。向坂は背筋をほぐすように両手を伸ばした。

「女剣に話を聞いてきた」僕はメモ帳を開く。「そっちの成果は？」

「いま取材を終えたとこ」

「女子会じゃなくて？」

「雑談の前はちゃんと話してたの」向坂はとんがりコーンの残りを口に放った。「女子卓球部がね、朝練のとき格技場らへんで筋トレするんだって。ランニングして北門から帰ってきたあと体育館戻るより近いから」

「うん」

「で、休憩のときだいたい格技場の壁沿いに座るらしいのね。背中つけられるし」

「うん」

「柚乃ちゃんたち、吸い殻一度も見たことないって」

「……うん？」

「おつかれでーす」

池ちゃんも部室に戻ってきた。用務員さんに話を聞いてきたという。向坂が席を立ち、サインペンのキャップを外した。

窓に貼られた〈校内喫煙問題〉の模造紙は、文字と矢印と囲んだ丸ですでに七割方埋まっている。ナチュラル・アメリカン・スピリットに関する基本情報。ニコチン含有量、デザインの特徴、町内のどのコンビニにどの種類が売っているか等々。校則の喫煙を禁じる項目の写し。横浜市が出した禁煙条例の写し。発見場所の図解、校内のほかの場所の調査結果、近隣の学校で類似の問題は起きているか否か。

すでに、件の銘柄が近所では販売されていないことと、校内のほかの場所では吸い殻の目撃例はないことがわかっていた。調査二日目にしてはけっこう調べたほうだと思う。

記事や企画を作るとき、構成その他は二の次で、とにかく四方八方から情報を集める、というのが僕らのやり方だ。僕らっていうか、まあ向坂の。カメラはデジタル一眼レフだが執筆に関してはアナログ派らしく、パソコンもタブレットも使わずに、こうして大きな模造紙にサインペンで書き込んでゆく。誤情報やいらない情報だと判明したときは赤の二本線を引いて消す。

――こっちのほうが取材の流れとかわかっていいじゃん。消した情報にも価値ってあるし。

ホワイトボードを買ったほうが、と勧めたときにそう言われた。消した情報にも価値がある。面白い考え方だと思うけど、おかげで模造紙は毎回文字と記号が渋滞し、最終的にはぐちゃぐちゃになる。記事に起こそうとした段階ではてこの書き込みはなんだったか、と首をひねることもしばしばだ。

十分後、僕らは早くも首をひねっていた。各自の報告によって書き込みがさらに増え、模造紙は九割近くが埋まっていた。

「ちょっと待って……整理させて」

僕は立ち上がり、向坂の横に並ぶ。

「まず、女剣の人たちは毎日昼休みに掃き掃除をする。吸い殻を見つけるのはそのとき。つまり吸い殻は、いつもお昼の時点であの場所に落ちている」

隠れて煙草を吸うならば放課後だろうという勝手なイメージがあった。吸い殻は夕方ごろに落とされ、夜と朝をまたぎ、翌日のお昼に発見されているのだろうと思っていた。

でも。

「でも、朝の時間帯に吸い殻はない。あれば袴田さんたちの目に留まってるはずだから」

「用務員さんも朝にあのへん通るけど、見たことないって言ってました」

もちろん小さな吸い殻だから、見落とされている可能性だってあるけれど……情報を素直に受け止めるなら、結論はこうなる。

「吸い殻は毎回、朝から昼の間に落とされる」

「……昼休み中に吸ってるってことすか？」

「いや、女剣の部員が掃除に来る時間って、五限が始まる直前だったり昼休みに入った直後だったり、けっこうまちまちらしい。昼休み中に吸ってたら鉢合わせしてると思う」

そもそも昼休みはあのあたりも人が通りがちで、煙草を吸うのは危険だ。

朝でもなく昼でもないとすれば、残るは。

「中休み……？」

風高には二限と三限の間にも短い休み時間がある。わずか十五分間の中休み。この間に吸っている可能性が高い。

でも、どうして中休みに？　移動を考慮すれば余裕は十分ほどしかないだろう。煙草を二本吸うのに平均何分かかるかよく知らないけど、普通はもっと時間のあるときを狙うのではないか。

「なんか、変っすね」

「変だね」

池ちゃんと僕は顔を見合わせ、自然と部長の判断を仰いだ。窓際に背をつけた向坂は、しばらく悩んでから赤い眼鏡を押し上げた。

何を言いだすかは予想がついていて、僕は思いとどまらせる方法を必死に考えようとしたのだけど、残念ながら間に合わなかった。

そういうわけで張り込みをしている。

週明け、月曜の中休み。青空の下、向坂と二人で弓道場の隅に這いつくばり、板塀の下に開いた三十センチほどの隙間から格技場裏を見張っている。なるべく目立たぬようにとの理由でこうなったのだが、傍目(はため)には僕らのほうが不審者だと思う。

「現れねえな」

ホシを追う年配刑事のように向坂がつぶやく。

「向坂……二ヵ月で五回ってことはさ、平均すると十二日に一度だよね」

「数学的にはそうなるね」

「今日で三日目だけど、あと九日もこれやるの」

「まあものはお試しですよ」

「中休みに何か食べないと三、四限お腹がすくんだよ」

「倉っち育ち盛りだねえ。ここで食べれば？」

「こんな過酷なピクニックってないよ。うわ、コオロギ」

腕のすぐ横を秋の虫が這っていった。腕時計を見ると、中休み終了まであと五分だった。今日もはずれだ。そろそろ弓道場に鍵をかけて教室に戻ったほうがいいだろう。ここの鍵は弓道部の部長を説き伏せて借りたという。向坂は顔が広い。

そして僕は肩幅が広い。少し体をずらすと、向坂と肩が触れ合った。「あ、ごめん」と言ってみたけど、反応は何もなかった。至近距離に僕がいることも、制服が土で汚れることも気にかける素振りはなく、じっと格技場を見つめている。顔の前で構えているのは中古で買ったニコンのデジイチ。いつでも撮影できるようにレンズキャップを外している。

「向坂は、こういうのが好きなの？」

「こういうのって？」

「こういう……探偵ごっこみたいな」

「え」向坂はこちらを向いて、「これってごっこなの？」

「…………」

そのとき、板塀の向こうから足音が聞こえた。

僕は身を強張らせ、向坂は素早くファインダーを覗いた。足音は積もった落ち葉を踏みながら近づき、僕らのすぐ前――いつも吸い殻が見つかるあの場所で止まった。ごそごそとポケットを探るような音と、ライターの着火音。

そして僕らは板塀の隙間から、現れた人物の足を見た。

向坂はぽかんと口を開け、シャッターボタンを押せずにいた。僕も呆然としたまま、ある一言を思い出していた。

――長いな。

吸い殻の写真を見たときの、裏染くんの一言。

発見された吸い殻は四センチ強あった。フィルター部分を除いてもかなり長く残っていた。ナチュラル・アメリカン・スピリット・メンソール・ライトは近所のコンビニでは売っておらず、そもそも煙草は値段も張る。タスポも持てない僕らでは何箱も簡単に買えるものじゃない。もし高校生が、入手したその煙草をこっそり吸うならば。貴重な一本をめいっぱい味わうため、フィルターギリギリまで吸うのではないか。とすれば吸い殻は、短くなるのが普通ではないか。

でもあの吸い殻は、長かった。

裏染くんは見抜いていたのだ。どうして気づかなかったのだろう、こんな簡単なことに——

「うわっ」

気がつくと、手の甲をさっきのコオロギが這っていた。僕は思わず声を出してしまった。塀の向こうの相手が、ぎょっとしたように走りだす。向坂が遅れてシャッターを切る。足音は校舎の角に消えていった。

僕らは弓道場を出て、格技場のほうへ回った。ひび割れたコンクリの上には、ほとんど吸われていないアメスピが一本と、銀色のケースのようなものが残されていた。携帯灰皿だろうか。たぶん慌てた拍子に落としていったのだ。

「向坂、犯人撮った?」

「ごめん、ブレブレ。でも、ねえ、いまのって」

「……うん」

逃げていったその足は、上履きでもローファーでもなかった。スラックスを穿(は)いた男子の足でも、ハイソックスに包まれた女子の足でもなかった。

白っぽいジャージと、安っぽいスニーカー。

「生徒じゃない」

吸っていたのは、

教師だ。

4

考えてみれば当たり前だった。

条例により、市内の駅前や公共施設は今年から全面禁煙になった。風ヶ丘高は県立なので公共施設に含まれる。それまで第三校舎の端にあった喫煙所は敷地の外に移されてしまい、教職員は気軽に煙草を吸えなくなった。

そんな状況におかれた大人たちが、不良生徒のように隠れて喫煙するというのは、ありえないどころかとてもありそうな話だ。

普段は休み時間ではなく、授業が入っていない空きコマを利用し一服しているのだろう。今日は三限が空いていて、ゆっくり吸おうと早めにあの場に来たところで、僕らと鉢合わせしたのだ。吸い殻はいつも携帯灰皿で持ち帰るけれど、何度か忘れてきた日があり、そのときだけポイ捨てした。

たぶん、それだけの。

たったそれだけの真相だった。

「高そうだね、それ」

放課後。編集ソフトをいじりながら向坂に話しかけた。池ちゃんは今日は顔を出さず、部室には僕ら二人だけだった。

　向坂は「んー」とうわの空で返す。白い両手には携帯灰皿が包まれていて、ニコンのカメラより不釣り合いに見える。吸い殻と一緒にあの場から回収したものだ。懐中時計のような金属製で、蓋には十字架と何かのシンボル。うちの父も吸うけれど、使っている携帯灰皿はもっと安っぽいビニール製だ。

「落とし物として届けたほうがいいんじゃない？　落とした先生も困ってるだろうし。……誰かはわからないけど」

　喫煙していた教員の正体はまだ不明だ。たぶん男性だとは思うのだが、ジャージにスニーカーの先生なんてスーツに革靴の弁護士くらいたくさんいるし、柄も一瞬でよく見えなかった。

「ヴィヴィアン・ウエストウッド。一万五千円……たっか」

　スマホでブランドや値段を調べてから、向坂はパイプ椅子を引き、〈校内喫煙問題〉の模造紙に携帯灰皿の情報を書き込み始めた。躊躇（ちゅうちょ）のないその行為に、僕は思わず声を投げる。

「記事、まだやる気なの」

「まだっていうかこっからでしょ。犯人の目星ついたし」

「先生だったんだよ？　吸ったって別に問題ないよ」

「先生だってポイ捨てはだめじゃん」

「そうだけど、わざわざ伝える意味ないよ。こんな小っちゃい事件」

　向坂は振り返って、僕の顔をじっと見た。友達に向ける目でも副部長に向ける目でもなく、満員電車で隣り合った人に向けるみたいな、温度のない視線だった。

「倉っち。それは、よくわからない」

　頭の中から言葉を拾い集めるように、向坂は続ける。

「これは、起きてることだから。小っちゃいけど、実際に起きてるから。起きてる出来事なら、伝える意味がないなんてことはないと思う。それに記事の価値とか、そういうの決めるのはあたしたちじゃなくて」

「そうじゃなくてさ」

　僕はノートパソコンを閉じ、体ごと向坂のほうを向いた。奇妙な対抗心が生まれていた。

「そうじゃなくて……教師の問題を騒ぎ立てるような記事、学校側は認めないでしょ」

　部室が急に広く感じる。向坂がとても大きく見える。けれど僕は口を動かす。

　向坂に無茶をさせないのが、僕の仕事だ。

「ただでさえ弱小の部活なんだからさ。予算とか補助費とか……印刷室だっていつも使わせてもらってるし。学校のご機嫌はなるべくとっておかなきゃ。こんなくだらないことで波風立てたって、なんにもいいことないよ」

　言いきったあと、僕は自分の上履きに目を落とした。たぶん向坂もそうしているだろうと思った。吹奏楽部の練習は休みなのか、外からは何も聞こえなかった。

「ごめん」

　やがて向坂がつぶやき、あきらめの証のようにサインペンを机に置いた。僕はそれを手に取り、壁に貼られたほうの〈京都〉と書かれた模造紙に近づいた。わざと気楽な声を出す。

「穴場スポット、詰めよう。こっちのほうが向坂らしいよ」

「倉っちあたしのことなんて知らないじゃん」

キャップを外しかけた手が止まった。

向坂はまた「ごめん」と言い、椅子に座った。机に突っ伏すみたいに、伸ばした腕に頭を乗せる。彼女の顔が僕の視界から隠れる。

「そうだよね、ごっこだもんね」

声だけが聞こえた。

僕ではなく、自分に話しかけるような言い方だった。

窓の向こうの第三校舎で廊下の電気がついていく。空は向坂の眼鏡と同じ赤色に染まり、部活の終了時間が近づいていた。僕はいつもより焦れるような気持ちでそれを待った。もしここに煙草があるなら吸ってみたいとぼんやり思った。

代わりにポッキーを開封して、わざとらしく音を立てながらかじった。

＊

新聞部に入ったきっかけは向坂だった。

「クラーク・ケントだね」

入学して間もないころ。隣のクラスからやって来た向坂は、僕が読んでいた教科書を勝手に閉じ、開口一番そう言った。見ず知らずの女子であるから、僕はかなり警戒した。

「……何？」

「倉町くんの名前。倉町剣人でしょ？　クラーク・ケントじゃん。知らない？　スーパーマンの正体の人」

「知ってるけど、僕は空を飛べたりしない」

「でも編集ソフトは使える」向坂の顔がぐっと近づく。「D組の麻井さん同中でしょ？　パソコン部だったって聞いたの。新聞部入ってくんない？　部員足らなくてさ。クラーク・ケントの表の顔は新聞記者なんだよ」

「新聞記者はピーター・パーカーじゃない？　スパイダーマンの」

「そうだっけ」向坂はきょとんとしてから、「え、じゃあケントは何？」

帰ってから調べたら、クラーク・ケントも新聞記者だった。翌日僕は入部届を書いた。

どうしてそんな気になったのだろう。スキルを活かせる部活だったからか。部員不足と言われしかたなくか。急に話しかけてきた変なテンションの女子に押しきられたからか。

それとも、スーパーマンみたいに活躍できるとでも思ったのだろうか。

だとしたら、そのもくろみは大はずれだった。入部して早々、向坂に振り回されるのが僕の日常になった。水族館の事件に巻き込まれたときも、彼女に現場撮影を頼むことくらいしかできなかった。ヒーローとは向坂や裏染くんのことを言うのだ。僕はせいぜい意地悪な同僚とか、ドジな部下とか、その程度の役どころだ。

クラーク・ケントにはなれない。

＊

翌日、火曜日の朝。

僕は霧吹き片手に三階の渡り廊下を歩いていた。

霧吹きは観葉植物の朝食用だ。緑化委員の当番で、月に一度校内の鉢植えに水をやって回る。まだ生徒の姿は少なく、グラウンドのほうから部活の朝練の声だけが聞こえる。

ガジュマル、アンスリウム、それと……名前のわからないギザギザの葉っぱ。渡り廊下の窓際に並んだ植物へ順に餌を与えていく。よく晴れた空は一足早い冬の気配をまとっていて、かさつく自分の唇にも霧を吹きかけてみたくなる。

第二校舎を通り抜けようとしたとき。妙な場面を見かけ、立ち止まった。

ずんぐりした人影が、ある部屋の鍵を開け、中に入っていくところだった。

僕らの部室。新聞部だ。

少し迷ってから、僕は巡回ルートをはずれた。ゆっくりと部室に近づいていく。でも、ドアの前に着くより早く——一分足らずで、その人物は部屋を出てきた。

白いジャージにスニーカーを履いた、額の広い中年男性だった。

「岡引先生？」

「ん？　おお、倉町か」

岡引先生。二年の数学教師。授業もテストも生活指導も、かなり厳しいことで知られている。でも今朝の額の皺はなだらかだった。散歩中のおじさんのような砕けた雰囲気で、先生は僕に笑いかける。

僕も「おはようございます」と挨拶したが、その間も彼から目を切らなかった。

「あの……僕らの部室で、何してたんですか」

「ああ、模造紙だよ。教材室になくてな。ここにならあるかと思ったんだが」

「……大きい紙は、うちもいま切らしてて」

「みたいだな。や、勝手に入ってすまんかった。これ、返しとくな」

岡引先生は部室の鍵を手の中で鳴らし、階段を下りていく。僕はその背中を見送る。

本校舎の教室の鍵は職員室で管理しているので、教員ならある程度自由に持ち出せる。岡引先生は模造紙を探すため鍵を借り、新聞部を覗き、見当たらないのですぐ出てきた。……そういうこと、なのだろう。

なのだろうとは、思うのだけど。どこか納得できないまま、僕は廊下に立ち尽くした。手元からシュッと小さな音が鳴り、それでようやく我に返った。

霧吹きを持つ右手に、いつの間にか力がこもっていた。

5

放課後。部室のドアを開けたとたん、いつもと違う空気を感じた。

向坂と池ちゃんが椅子に座り、パソコンを開くでもブルボンをつまむでもなく、無言で眉根を寄せている。向坂は一点を見つめたまま腕組みし、池ちゃんは事情を把握しきれぬように、きょろきょろと視線を振っていた。

「どうかしたの」

「倉っち、今日部室入った？」

「入ってないけど……」

向坂は長机の隅を指さし、短く告げた。

「灰皿がなくなってる」

はっとして、机に顔を近づけた。

犯人が格技場裏に落としていったあの灰皿。ヴィヴィアンの金属製の携帯灰皿。昨日部室を出るときはここに置かれていたはずだ。現に、一緒に回収した吸い殻はビニールに入ったまま残されている。

けれど、灰皿だけが消えている。

周囲のファイルや文房具を持ち上げてみる。ない。床に落ちているのではと机の下に潜り込む。ない。どこにもない。

「そんな」

つぶやいた直後、スカートから伸びる向坂の両脚に気づいた。慌てて顔をひっこめようとし、机の裏に頭をぶつける。手でさすりながら立ち上がっても、部室の空気は張り詰めたままだった。

「向坂、昨日持って帰ったりは……」

「してない。あのさ、先生ならこの部屋入れるよね」

何が起きたのか、向坂はすでに察していた。そう、教職員なら鍵を借りられる。部室に入り、灰皿を回収できる。

そして僕は、今朝ここに入った先生を知っている。

ジャージとスニーカーの取り合わせ。あの妙に砕けた笑顔。たぶん彼が犯人で間違いない。二人にいますぐ伝えることもできる。でも僕は、否定の根拠を必死に探した。岡引先生をかばおうとしたわけじゃないけれど、事実を認めたくなかった。

僕の目の前で、むざむざ証拠品を盗まれたなんて。

犯人を呼び止めておきながら、見逃してしまったなんて。

「……先生が盗ったってことは、ないよ。だって、灰皿を僕らが持ってるってわかるわけない。僕らは隠れてたから、向こうからは見えなかったはず」

「あたしのカメラ、見えてたのかも。校内でカメラ持ち歩いてるのなんてあたしだけだし」

格技場裏から犯人が逃げだす寸前、向坂はカメラを突き出すように構えていた。板塀の向こうからもそれは視認できたかもしれない。カメラに気づいたならば、新聞部にもすぐにつながる。

向坂の手が、机に置かれたニコンのボディをそっと撫でた。うつむいた横顔は自身を責めているようだった。それを見つめる僕の中に、ひどく身勝手で理不尽な、よくわからない想いが噴出した。

あのとき声を出してしまったのも、今朝先生を見逃したのも、全部僕なのに。

どうして向坂がそんな顔をするんだ。

どうして僕は、馬鹿みたいに突っ立っているんだ。

リュックを椅子に放り、備品箱からソニーのボイスレコーダーを借りた。メモ帳の新しいページを開き、ボールペンを挟んで、いつでも使えるようポケットに突っ込む。

「ちょっと出てくる」

向坂が顔を上げ、視線が合った。僕は言葉に詰まり、

「あの……大丈夫。なんとかする」

なんとかってなんだよ、と聞かれる前にドアを閉めた。

ひとけのない廊下を駆け、階段を下りる。何をすべきかはわからないが、どこに行くべきかはわかっていた。職員室だ。

僕らがやっていることは単なる紙のお遊びで、面倒くさい事件からは手を引くのが正しくて、こんな行動はどうしようもなく間違っているのかもしれない。

けれど向坂のあんな顔は、きっともっと間違っている。

職員室の前はほのかにコーヒーのにおいがした。ノックしてドアを開け、岡引先生を呼んだ。

先生はデスクで書きものをしていたが、僕の姿を認めると、自分から廊下に出てきた。本来なら生徒のほうから近づくのが礼儀なのに、まるで周りに話を聞かれるのをいやがるみたいに。

高圧的とは少し違う、猜疑心（さいぎしん）を帯びた目をしていた。

「何か用か」

「学校新聞の、取材を……少しだけ、いいですか」

先生は無言でうなずく。僕はレコーダーのスイッチを押し、まず日時を吹き込んだ。十月二十三日、午後三時二十分、記録者、倉町。取材前のルーティーン。

レコーダーを先生に向ける。

「灰皿を――」

返していただけますか、と言いかけ、躊躇した。そもそも彼の持ち物なのだからこの理屈はおかしい気がする。

悩んだあげく、結局。

「昨日、校内で煙草を吸われてましたよね」

直球を投げてみた。

「煙草？　なんだそりゃ。校内は禁煙だぞ」

「そうです。でも吸っていたはずです」

　先生の眉がぴくりと動き、僕はすぐさま失敗に気づく。「はず」は余計だった。写真などの確たる証拠がないことを知られてしまった。

「どうしておれだと思ったのかわからんが、勘違いだよ。吸ってない」

「僕ら、先生の靴を見たんです」

「身に覚えがないな。ほかの先生と間違えたんじゃないか」

「灰皿を盗りましたよね。今朝、僕らの部室から」

「盗ってない」

「僕は先生が出入りするところを見ました」

「おれが入ったときには携帯灰皿なんて見かけなかったぞ。ちゃんと探したか？　ほかの部員が持ち帰ったんじゃないか？」

「そんなはずは……」

「吸ってたのはたぶん別の先生だろ。もしくは、けしからん生徒がいるのかもな。おれのほうで格技場裏を見回っておくよ。もういいか？　いま忙しいんだ」

　岡引先生は踵(きびす)を返した。構えたままのボイスレコーダーが手汗で滑りそうになる。突撃すれば認めてもらえると思っていた。でもだめだ。決め手がない。僕は生徒で、立場も弱い。

　ふと、裏染くんの姿が脳裏をよぎった。

クラゲ水槽のホールで披露された推理。大人たちの反論を丁寧につぶしてゆく少年。

彼ならこの危機を、どうやって――

「どうして場所を知ってるんですか」

戻りかけた先生が、動きを止めた。

「先生、いま『格技場裏を見回っておく』とおっしゃいましたよね。僕は『校内で』としか言ってません。現場が格技場裏だなんて一言も言ってない。なぜ格技場裏だと知っているんですか」

「………」

「それに、灰皿も。先生は『携帯灰皿なんて見かけなかった』と言った。僕は単に『灰皿』としか言ってません。見かけなかったのだとしたら、どうして詳しい種類をご存じなんですか」

岡引先生が振り向く。歯を食いしばったようなその顔へ、僕はもう一度レコーダーを突き出す。

記事にしよう、と決意した。ことの顚末を書いて、灰皿の盗難は省いて、そして岡引先生の反省コメントを添えよう。それなら誰も傷つかないし、立つ波風も最小限で済む。向坂も満足して――

「どうしてって、当たり前だろう」

岡引先生は唇を緩め、

「おまえらの部室に貼ってあったじゃないか。いろいろ書き込んだ模造紙が」

ごく普通にそう答えた。

職員室から別の先生が出てきて、僕らの横を通り過ぎた。岡引先生は一歩ずれたが、僕にその余裕はなかった。予想外すぎる一言だった。

「今朝部室に入ったとき、見たんだよ。確か〈格技場裏〉って書いてあったよな？　携帯灰皿の種類なんかも。それを読んで、だから知ってたんだよ。それだけだ」

「で……でも、先生が部室にいたのは一分足らずで」

「あんなに大きく貼られてたんだから、一目見りゃわかるよ」

たとえ屁理屈だとしても、その反論を否定できないことは誰よりも僕が知っていた。

模造紙はドアの目の前に貼られていたし、取材内容はすべて書き込まれていた。そうだ、彼の言うとおりだ。部室に入った人間なら、誰でも情報は得られたのだ。

「さ、もういいだろ？　喫煙について採り上げようとしたのは偉いが、かなり込み入った問題だからな。先生たちに任せてくれないか。次の会議で議題にしとくから」

岡引先生は僕の肩を叩き、

「新聞部はもっと、気楽な記事を書きなさい」

今度こそ職員室に戻っていった。

ノックやテスト期間に関する注意が貼られたアイボリー色の引き戸が、僕の眼前で閉ざされた。レコーダーは赤いランプを光らせたまま、廊下の無音を録り続けていた。

6

格技場の壁に後頭部をつける。

柔道部が繰り返す受け身の振動が、畳から壁を伝って頭蓋骨の中に響く。建物そのものが駄目な僕の頭をひっぱたいているみたいだった。

職員室前で失態を演じたあと、収穫なしのまま部室に戻った。向坂は僕が何をしてきたかは聞かなかったけど、何もできなかったことは察したようだった。そして「まあもうボツにするつもりだったし」と割りきるように笑った。僕は耐えきれず、二人に京都のまとめを丸投げし、一足早く部室を出た。

なんとなくここに寄ってみたけど、やはり得られるものはない。フェンス沿いに植えられたイチョウはまだ見ごろに少し早く、葉は黄緑のままだった。色づく前に落ちきってしまうかもしれない。

「おっ倉町くん」

剣道袴の育田さんが通りかかった。

「吸い殻どうなった?」

「……もう解決っていうか、大丈夫だと思う。たぶん」

「まじ？　さすがっすね」

ぞんざいに返したら喜ばれてしまい、余計気が重くなった。壁から背を離し、正門のほうへ歩きだす。

岡引先生はおそらく、今後ここでは吸わないだろう。僕らにバレそうになったから。そういう意味では一件落着で、こんなふうに悩む必要ないのかもしれない。けれど胸の異物感がどうしても拭えない。

自分への情けなさと、向坂への申し訳なさと、そして岡引先生への悔しさ。結局はそこだ。尻尾をつかんだのに逃げられた。姑息（こそく）だが強固な嘘で。喫煙そのものより、その逃げ足が許せなかった。写真はブレてしまったし携帯灰皿も持ち去られた。彼が犯人だと証明する方法は、まだあるだろうか。

「……？」

格技場と正門の間には、運動部の部室棟がある。

その前を通り過ぎようとしたとき、妙な光景を目にした。

ゴトゴトと古い洗濯機が音を立てている。ユニフォームなどの洗濯用に部室棟の外に置かれたうちの一台だ。普段なら、洗濯カゴを抱えてその前に待機しているのは、野球部やサッカー部のマネージャーたちだろう。

でも今日そこにいたのは、スポーツとも青春ともほとほと無縁そうな、細身の陰気な男子だった。

「裏染くん?」

彼は振り向き、記憶と照らし合わせるように僕を眺め、微妙に会釈した。

洗濯機が止まり、ぴぴーと音が鳴る。裏染くんは蓋を開け、脱水まで済んだ衣類をカゴへ移し始める。あまりにも自然な動作なので、「何してるの」と聞くことすらためらわれた。服はどうやら彼の私物で、ワイシャツや靴下、ジーンズにトランクスまで含まれていた。なぜ校内で洗濯を? 家の洗濯機が故障中? それとも学校に住んでいるとか? そんなまさか。

やっぱり彼は普通じゃないと思う。奇妙で、異例で——特別だ。

僕は裏染くんに近づき、そばに放置されていた丸椅子に座った。名探偵は一心不乱に洗濯物を取り出している。

「裏染くん、ひとつ聞いてもいい?」

「ん」

「いつもどうやって謎を解くの」

黒い前髪の隙間で端整な眉が歪んだ。裏染くんはケーキ作りの極意を聞かれたラーメン屋みたいな顔で、視線をさまよわせた。

「別に……普通に」

「普通に?」

「考えて……」

「どうやって考えるの」

「いや。普通に……」

おそろしく歯切れが悪い。尋ねた僕のほうがいたたまれなくなってきた。「そう」と言い、話を打ち切る。どこかの電柱からカラスの鳴き声がした。

裏染くんはしばらく手を動かし続けていたが、一枚のTシャツを取り出したところで動きを止めた。そしてその服にじっと目を落とした。何かのグッズだろうか、ロボみたいなキャラクターがプリントされていて、TIGER&なんちゃらというロゴが見える。

「実写とアニメーションの一番の違いは」

唐突に彼は語り出した。

「アニメーションは絵でできてるってことだ。当たり前だが。絵ってことは、つまり、全部人の手で描かれてる。キャラクターも建物も小道具も雲も、全部人が描く。てことは、あー……描かれたもの全部に、意味がこもってる。描いた奴の意志や、意図が」

裏染くんは僕を見ない。年代物の東芝の洗濯機に向かって話し続ける。

「DVDとか見てて気に入ったシーンがあったら、停止して、巻き戻して、スローでワンカットずつじっくり見るんだ。髪の流れ方とか、走りだす前の溜めの動きとか、そういうのを見る。なぜなら全部に意味があるからだ。転がってる空き缶にも道の標識にも通り過ぎた猫にも意味がある。抽象的な意味かもしれないし、演出的な意味かもしれないし、かっこいいからとかかわいいからとか単にそれだけかもしれないが、とにかく何かがある。で、どうしてそれを描き込んだかってのを考える。作った奴の、想像力を……想像する」

「…………」

「そういうのが好きだ」

言い添えて、彼はTシャツをカゴに入れた。僕はうなずいてみたが、内心首をひねっていた。ケーキの極意を聞いたのにラーメンの極意が返ってきた。必死に関連を探す。

「えっと、つまり……想像力を使えってこと？」

裏染くんは少し間を置き、「そうかも」と答えた。洗濯機の蓋を閉じる。

「ただ想像するんじゃなくて、もっとこう……根拠を、その」

「論理的に？」

それそれ、という感じで雑に僕を指さし、彼は洗濯カゴを持ち上げた。カゴは部室棟の備品を勝手に使っているようだった。

水族館での華麗な弁舌とはずいぶん印象が異なる。ひょっとして彼は、こういう会話が苦手なのかもしれない。年上をあしらったり年下をからかったり犯人を追い詰めるのは得意でも、僕みたいな普通の男子と、内面に踏み込むような話を交わすのは。

そういう会話は、なんだか、とても……友達っぽいから。

「思い出した。クラーク・ケントだ」

「え？」

「香織んとこの。新聞部。だろ？」

椅子からずり落ちそうになる。前言撤回、友達どころか存在すら覚えられてなかった。

「確かに新聞部だけど、僕はスーパーマンじゃないよ」

「水族館のとき記憶力がすごかったから、俺の中ではそう呼んでる」

裏染くんの口調は淡々としすぎで、どこまでが本気かわからない。僕は反応に困り、意味もなくブレザーのボタンを触る。

「悪いな。香織がいつも迷惑かけて」

「いや……いつもひっぱってもらって助かってるよ。たまーに暴走気味だけど」

「そうだな。最近のあいつは――」

格技場のほうへ歩いていきながら、裏染くんはぼそりと言った。

「ちょっと無理をしてる」


帰りの電車に揺られながら、目をつぶり、想像してみた。

ここ数日の記憶を頭の中で再生し、フィルムのように切り分けて、付された意味を考えていく。裏染くんの推理法――もしくはアニメの鑑賞法――だ。格技場裏の吸い殻。携帯灰皿とその消失。岡引先生の勝ち誇った笑み。取材。張り込み。書き込みだらけの大きな模造紙。それを見ながら議論する僕らと、新聞部の雑多な部室。

夕日が顔を照らし、まぶたの裏が緋色に燃える。記憶の中の部室が溶け、廊下を歩く向坂に変わった。最近のあいつはちょっと無理をしてる。裏染くんはそう言っていた。最近というのはいつだろう。ここ数日？　それとも高校に入ってから？　赤い眼鏡が印象的な、でも顔立ち自体はおとなしそうな、ちょっと視線を落とした女子の横顔。向坂には夕焼けが似合う。そんなことを初めて思い――

僕は目を開いた。

筋道立った、華麗な推理とはいかなかったけど。

電車が駅に滑り込むころ、僕の想像力はある事実をつかんでいた。

7

「京都でもこれくらい晴れるといいですねえ」と、身の入らない会話をしながら二人の教師が通り過ぎる。日誌を取りに来たらしき一年生が大あくびとともに去ってゆく。水曜朝の職員室前はどこかだらけた雰囲気で、僕の肩だけが強張っていた。

時間は昨日より少し早い。手には霧吹きではなく、ボイスレコーダーを握っている。

七時半過ぎ、彼は第三校舎のほうから現れた。額の広い数学教師は今日もジャージにスニーカー履きだった。

「岡引先生」

「……倉町。なんだ」

「もう一度だけ、取材いいですか。時間は取らせませんから」

先生は断る口実を探すようにしばらく黙っていたが、やがて承諾した。

僕は階段を上り、三階へ向かう。先生に「おい」と声をかけられたが返事はしなかった。ずんぐりした足音が五歩あとをついてくる。

新聞部室の前まで来てから、録音スイッチを入れた。

「十月二十四日、七時三十六分。記録者倉町」

裏染くんみたいにできるとは最初から思っていない。自分なりのやり方でやるしかない。毎日繰り返してきた、記者ごっこのやり方で。

「岡引先生。昨日、喫煙問題についてすでに知っていたとおっしゃいましたよね」

「ああ」

「どこで知ったのか、もう一度教えていただけますか」

「だから、この部室だよ」先生はドアをあごでしゃくった。「昨日の朝入ったとき、模造紙にまとめられた情報を読んだんだ」

「昨日の朝、部室に入ったとき。間違いないですか」

「ないよ」

先生はうなずく。泣きわめく幼児を憐れむような、大人の笑みが浮かんでいる。

僕は部室のドアに向き直り、事前に借りておいた鍵を挿し込んだ。

息を吸ってから、一気に引き開けた。

「……あっ」

岡引先生が小さく叫んだ。
ドアの向こうは、ごく普通の新聞部の部室だった。散らかり放題の長机。資料が満載の棚。ダンボール箱。壁の空きスペースに貼られた〈京都〉と〈パントマイム部〉の模造紙。そしてサッシ窓の片面に貼られた〈校内喫煙問題〉の模造紙。いつもの放課後とほとんど変わりはない。ほとんど。

ただひとつだけ、大きな変化があった。

窓から眩しいほどの朝日が差し込んでいる。

そして〈校内喫煙問題〉の模造紙からは、意味のある文字が消えていた。

ぐちゃぐちゃと入り乱れた、解読不能な、異次元の暗号のような黒い塊(かたまり)が紙を埋め尽くしていた。

「読めないんです。岡引先生」

部室に踏み込み、僕は説明を始める。するまでもないことなのだけど、一応、録音を再生したときわかりやすいように。

「学校の教室の窓は、多くの場合南向きか東向きに作られています。授業が行われる午前中に日あたりをよくするためです。うちの高校もその慣習にならっています」

新聞部の部室は本校舎の中にある。部活を終えて帰るときはいつも廊下の窓から夕日が差す。廊下の窓と部室のドアは向き合っていて、部室の窓もドアの正面に位置している。

つまり――

「この部室の窓も東を向いています。だから朝には日差しが入る。そして喫煙問題についてまとめた模造紙は、窓ガラスに貼られている。模造紙の表はびっしり文字が書かれ、裏側も、合唱祭レポについての書き込みで埋まっています」

僕らは取材内容を大きな模造紙にまとめる。

そのため模造紙はいつも書き込みだらけになる。

そして紙の節約のため、模造紙は裏・表と二度使う。

〈校内喫煙問題〉を追い始めたあの日。向坂が選んだ模造紙の片面は〈合唱祭レポ〉の書き込みですでに埋まっていた。向坂はそれを裏返し、壁の空きスペースがもうなかったので、サッシ窓の片側にセロテープで貼りつけた。

書き込む分にも読み返す分にも、問題はまったくなかった。午後の時間帯——部活動をする時間帯には、窓から日差しは入らないから。

ところが、朝には降り注ぐのだ。

何億年も前からそうだったように。神様が定めた法則にのっとって。

太陽の光が。

「窓の外から光が差すと、模造紙の裏側の文字が透けて、表に書かれた文字と重なり合うんです。一枚の新聞を光に透かしたときと同じです。両面の文字がごっちゃになって、どの文字も意味をなさなくなる」

僕は模造紙を軽くたたく。岡引先生は一歩部室に踏み込んだまま、その場を動けないでいた。

彼の記憶はこれを見逃していたのだろうか。それとも気づかれるはずがないと高をくくっていたのだろうか。表情から察するに、前者のようだ。

「昨日もよく晴れていたので、今日と同じように朝日が差したはずです。その状態でかろうじて読めるのは、大きく書かれた〈校内喫煙問題〉のタイトルくらいでしょう。まして先生が部室に入っていた時間は一分足らずです。その短い間で、この紙に書き込まれた細かい情報を読み取れたはずがない」

「い、いや……たまたま読めたんだよ。そういうことだってあるだろ」

「では指をさしてみてください。格技場裏と携帯灰皿の情報がどこに書かれているのか」

「ええと……」

先生は挑戦を受けて立ったが、指は空中をさまようことしかできなかった。模造紙の両面を埋め尽くす文字が、僕らの努力と向坂の矜持が、彼の嘘を跳ね返していた。

無駄な取材なんてない。

消した情報にも価値がある。

「先生には読めなかった」僕はもう一度繰り返した。「つまり、昨日の朝知ったという証言は嘘です。だとしたらどこで情報を手に入れたのか？　ほかの場所から仕入れたとしても、こんな嘘をつく意味はないですよね。先生は格技場裏のことも携帯灰皿のことも、最初から全部知っていたんです。なぜなら、喫煙の犯人はあなただから」

岡引先生の目が、生徒を叱るときのようにかっと燃え上がり、すぐにまた色を失った。暖かい光に包まれた部室の中で冷たい視線が交錯した。

「どこが悪いんだよ」

開き直るように、彼は肩をすくめた。

「去年までは校内で普通に吸えてたんだ。条例でしかたなく禁煙になったが、普段吸わない先生方もみんな『このままでいいのに』って言ってた。それに教師ってのは忙しいんだよ。息抜きのたびいちいち外に出ちゃいられん。おれはちゃんとひとけのない場所を選んでたし、吸い殻だってほとんどいつも持ち帰ってた。誰にも迷惑かけてないだろ？　わざわざ記事にするようなことじゃない」

「どちらかというと、僕もそう思います」

「だったら……」

「でも、決めるのは僕らじゃない」

部活の意義や記事の価値を、割りきったり決めつけたり、そんなのは不遜だったかもしれない。

僕らは調べ、書き、新聞を作る。全校生徒の手にそれが渡る。読み飛ばされることもある。紙のお遊びだと馬鹿にされることも。

けれど、読者の何人かには。誰かの心には、何かを灯すかもしれない。

灯に、なれるかもしれない。

少なくとも、向坂ならそう言うのだろう。

「……おれは予算会議にも顔がきく。来年、部が立ちいかなくなるぞ」

「録音されてますよ、先生」

先生は苦々しげに口をつぐんだ。僕は一歩近づく。

「認めていただけるなら、嘘をついたり無断で灰皿を取ったりしたことは書きません。次の号には載せる記事がたくさんあるので、スペースもあまり取らないと思います。……先生が思ってるほど大ごとにはなりませんよ」

軽く溝を掘ってやると、濁った水はすぐにそちらへ流れ込んだ。岡引先生の口元に、あきらめと打算と、気まずさを取り繕うような照れ笑いがよぎった。僕はそれを視界から隠すように、ボイスレコーダーを差し出した。

「コメントをお願いします」

8

学校でよく使われている事務印刷機の名前をご存じだろうか。

僕も新聞部に入るまで知らなかったのだが、いくつかメジャーな機種があり、風高の印刷機はそのうちのひとつ、理想科学工業の〈リソグラフ〉である。十年以上酷使され、壊れかけである。

そのご老体が今日もヴィンヴィンうなり、一分二百枚のハイペースでA3用紙を吐き出していく。両面印刷されたそれを一枚ずつ手で折り、学校新聞の形に仕上げていく。全校生徒プラス各廊下の掲示分、約千枚。慣れた作業だけど毎回三十分近くかかる。

「ちょっと部長、サボんないでくださいよ」

「んー」

「ホームルーム始まっちゃいますよ」

「んー、ふっふ」

池ちゃんが文句を言い、向坂があしらうような笑いを返した。見れば作業を中断し、ゆったり椅子に腰かけて、刷られたばかりの新聞を読んでいる。

僕も手を止め、横からそれを覗いた。

〈風ヶ丘タイムズ〉十月二十六日、第226号。発行・風ヶ丘高校新聞部。

〈タワーの地下に大浴場〉京都穴場スポット特集。

〈マルセル・マルソーに憧れて〉テレビ出演したパントマイム部の沿革とインタビュー。

図書委員から今月の推薦図書『雪の中の三人男』。学食から秋の新メニュー、きのこかき揚げ蕎麦の告知。漫研連載『蟹ヤンキー　タラバ』第十八話。

そして――〈風高教師　校内で喫煙〉格技場裏の吸い殻問題。

喫煙の記事は僕が書いた。場所はレイアウト担当権限で、一面の下半分に勝手にねじこんだ。岡引先生との約束を一部反故にした形だが、まあ向こうも嘘をついたのだからお互いさまだ。

「向坂、どう？　今回の出来は」

「衝撃だね。まさか父親がヤドカリだったとは」

「蟹ヤンキータラバの話じゃなくて」

「たぶん次回は海老高が助太刀に来るよね」

「蟹ヤンキータラバから頭離して」

「んー、ふっふっふ」

脇腹をぺちぺち叩かれる。よくわからないが、嬉しそうなのでよしとした。

「一年の分、持ってきまーす」

紙束を抱えた池ちゃんが、隣接する職員室へ歩いていった。できた新聞を配布物コーナーに置いておけば仕事は終了。放課後からはまた次号の話し合いが始まる。

僕は二つ折り作業を再開する。向坂もようやく手を動かし始める。

「穴場特集からは省いたんだけどさー、京都ってけっこう廃墟も多くて。八幡の病院跡とか心霊スポットらしくてね」

「なんの話」

「回ってみて特集したら面白そうかなーと」

もう次号のことを考えている。たまにはアクセルを緩めてほしい。

「向坂の班は嵐山を攻めるんでしょ」

「そこなんだよねーもう予定組んじゃったし。抜け出そっかな」

「いや怒られるから」

老リソグラフは千枚分を刷り終え、印刷室は静かになっていた。二人で新聞を折り続ける。職員室からミーティングらしき話し声が、窓の外から登校した生徒たちの挨拶が聞こえる。一昨日(おととい)より少し淡い朝日が、漂う埃を光らせている。

作業を終え、新聞の束をそろえている最中。僕はもう一度口を開いた。

「ほんとに抜け出すなら一声かけてよ」

「お、つき合ってくれんの?」

「不法侵入しないよう見張っとかないと」

向坂の視線を感じたけど、なぜか顔を上げられなかった。自分の分をそろえてから、向坂のほうの束に手を伸ばす。

「持つよ」

返事を待たずに持ち上げ、僕の束の上に重ねた。一瞬だけ触れ合った指先がほかの感覚を吸い取ってしまったかのように、七百枚の新聞はあまり重く感じなかった。

ありがと、と向坂がちょっと笑う。うん、と僕は言い、歩きだす。

職員室まではほんの数メートルだけど。

向坂に無茶をさせないのが、僕の仕事だ。

本書は文庫オリジナル作品です。

検印
廃止

放課後探偵団 2

書き下ろし学園ミステリ・アンソロジー

2020年11月27日　初版

著　者　青崎有吾（あおさきゆうご）・斜線堂有紀（しゃせんどうゆうき）・
武田綾乃（たけだあやの）・辻堂ゆめ（つじどう）・
額賀澪（ぬかがみお）

発行所　（株）東京創元社
代表者　渋谷健太郎

162-0814／東京都新宿区新小川町1-5
電　話　03・3268・8231-営業部
03・3268・8204-編集部
URL　http://www.tsogen.co.jp
DTP　キャップス
暁印刷・本間製本

ISBN978-4-488-40062-0　C0193